Les termes suivis d'un astérisque renvoient au lexique p. 316.

Qui sont les personnages ?

Les personnages principaux

EDMOND DANTÈS, COMTE DE MONTE-CRISTO

Jeune officier de marine au cœur d'or, Edmond Dantès s'apprête à épouser Mercédès, sa fiancée. Mais, victime d'un complot, il est emprisonné au château d'If durant quatorze ans. Après son évasion, sous divers pseudonymes (lord Wilmore, l'abbé Busoni, Simbad, et bien sûr Monte-Cristo), il n'a qu'un but : se venger...

MERCÉDÈS

Belle Catalane éprise de Dantès, elle finira par épouser Fernand, croyant son amour perdu. Devenue comtesse de Morcerf, elle aura un fils, Albert.

Les personnages secondaires

LES ADVERSAIRES : CADEROUSSE, BENEDETTO, MME DE VILLEFORT

Si Caderousse bascule dans le crime par mollesse, Benedetto et Mme de Villefort l'ont dans les veines. Mais les trois ignorent que Monte-Cristo les manipule à sa guise.

L'ABBÉ FARIA

Savant et perspicace, l'abbé Faria est pour Dantès un père spirituel. Non seulement il lui transmet son savoir et lui ouvre les yeux sur son emprisonnement, mais il lui lègue aussi le fabuleux trésor des Spada...

FERNAND, DANGLARS, VILLEFORT

Ce sont les ennemis de Dantès : Fernand (futur comte de Morcerf) convoite sa fiancée, Danglars son poste et Villefort craint son témoignage. Devenus riches et puissants, ils ignorent que, si Dantès a disparu, le comte de Monte-Cristo va naître de ses cendres...

LES AMIS : L'ARMATEUR MORREL, MAXIMILIEN, ALBERT, VALENTINE, HAYDÉE

Pleins de reconnaissance et d'admiration pour le héros, ils feront renaître dans son cœur la tendresse, la pitié et même l'amour.

LES SERVITEURS : ALI, BERTUCCIO, LUIGI VAMPA

Monte-Cristo ne juge pas les origines mais les cœurs et les actes. C'est pourquoi ses serviteurs lui sont dévoués corps et âme.

Quelle est l'histoire ?

Les circonstances

Le 24 février 1815, Edmond Dantès, un officier de marine de 19 ans, rentre à Marseille sur le *Pharaon*. Mais, le jour où il doit se marier, on l'arrête, l'accusant d'avoir comploté contre le roi. Il est incarcéré au château d'If et mis au cachot. Il y restera quatorze ans jusqu'à une rencontre providentielle.

Le début de l'action

1. De retour d'une expédition en mer, Edmond Dantès, tout juste nommé capitaine, se prépare à épouser la belle Mercédès. Mais, accusé de bonapartisme par une dénonciation calomnieuse, il est emprisonné.

2. Sept ans passent. Dantès est désespéré, jusqu'à ce qu'il rencontre le détenu de la cellule voisine, l'abbé Faria. Celui-ci lui explique pourquoi il a été arrêté, l'instruit des secrets de la vie, et lui révèle qu'un trésor est enfoui sur l'île de Monte-Cristo.

JOURNAL DU JEUDI

LITTÉRATURE — HISTOIRE — VOYAGES

LE COMTE DE MONTE-CRISTO

Le but

À travers ce roman, paru en feuilleton d'abord dans *Le Journal des débats* puis dans d'autres journaux les années suivantes, Alexandre Dumas cherche avant tout à tenir son lecteur en haleine avec une histoire de vengeance palpitante et pleine de rebondissements*. Pour cela, il dote son héros, le comte de Monte-Cristo, d'une toute-puissance qui fait de lui un personnage mythique (voir repère 2, p. 280-281).

La une du *Journal du jeudi* du 3 mai 1860, illustrée par un épisode du *Comte de Monte-Cristo* (ici, l'arrestation de Dantès).

3. Dantès s'évade et trouve le trésor. Il devient un noble richissime, le comte de Monte-Cristo. De retour à Marseille, sous une fausse identité, il sauve de la ruine l'armateur Morrel puis il se rend à Paris pour punir ceux qui ont voulu sa perte.

4. À Paris, Monte-Cristo constate l'ascension sociale de ses ennemis, le riche banquier Danglars, le procureur de Villefort et Fernand, devenu l'époux de Mercédès et comte de Morcerf. Il prépare sa vengeance, que seul l'amour pourra ébranler…

Qui est l'auteur ?

Alexandre Dumas (1802-1870)

• UNE ENFANCE DANS L'OMBRE DU PÈRE

Alexandre Dumas naît le 24 juillet 1802 à Villers-Cotterêts (Aisne). Son père, noble, général sous le Premier Empire, est issu d'une union mixte, la grand-mère d'Alexandre étant une esclave noire. Malgré leur précarité due à un veuvage précoce, sa mère songe à son instruction.

• DU THÉÂTRE AU ROMAN

Dumas abandonne le droit et vient chercher la célébrité à Paris. Son ambition est récompensée au théâtre (*Henri III et sa cour*, 1829 ; *Antony*, 1831). En 1830, Dumas voyage à travers l'Europe. Il publie ses plus célèbres romans en feuilleton : *Les Trois Mousquetaires*, *Le Comte de Monte-Cristo* (1844), *La Reine Margot* (1845). Romancier prolifique, il est aidé par Auguste Maquet.

• LES CONSÉQUENCES DE LA CONSÉCRATION

Dumas voyage à nouveau en Europe (*Mémoires*, 1852-1854). Malgré de gros revenus, il est affaibli par ses dettes et le procès qui l'oppose à Auguste Maquet. Il décède le 5 décembre 1870. Ses cendres sont transférées au Panthéon en 2002.

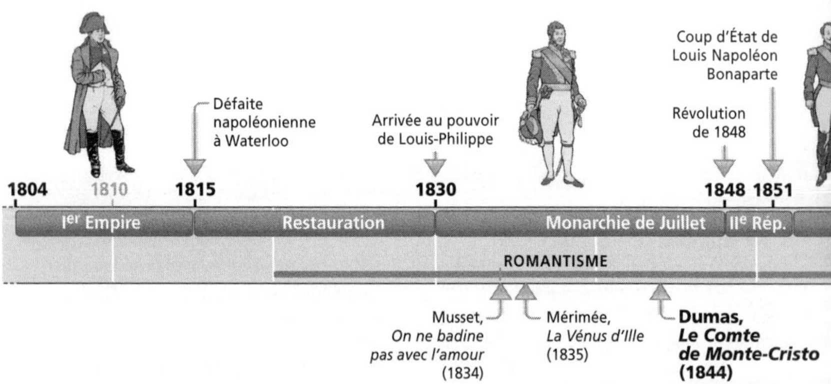

Que se passe-t-il à l'époque ?

Sur le plan politique

● LES CENT-JOURS (1815)

1er mars – 22 juin : Napoléon tente de restaurer l'Empire. Après la défaite de Waterloo, il abdique définitivement.

● DE 1815 À 1830

Louis XVIII puis Charles X règnent jusqu'en 1830 : c'est la Restauration. Les Trois Glorieuses en juillet 1830 y mettent fin : c'est la monarchie de Juillet.

● DE LA RÉPUBLIQUE À L'EMPIRE

En 1848, la IIe République est proclamée. Elle est détournée par Louis Napoléon Bonaparte qui, après son coup d'État du 2 décembre 1851, est couronné empereur.

Sur le plan littéraire

● LE ROMANTISME

En rupture avec le classicisme, le romantisme, qui donne la primauté aux sentiments, se développe dans tous les domaines artistiques.

● L'ÂGE D'OR DU ROMAN

Le roman, devenu un genre majeur, prolifère. Se développent alors le roman historique (Dumas), romantique (Hugo) et réaliste (Balzac, Maupassant, Zola...).

● L'ESSOR DE LA PRESSE

Les publications périodiques se multiplient au XIXe siècle, encore accrues après 1820 par l'amélioration des techniques d'impression.

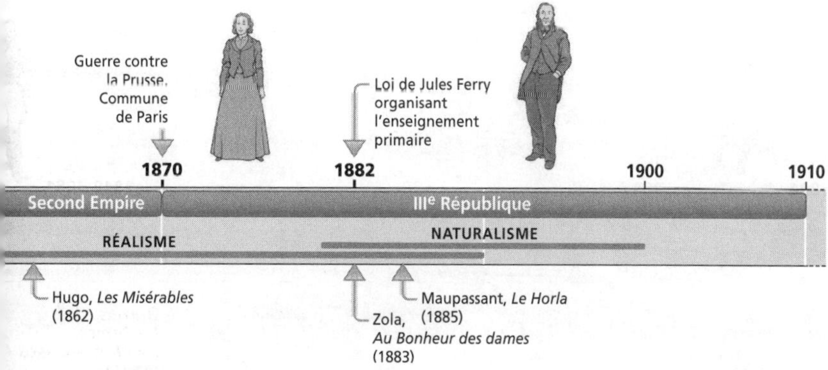

Le Comte de Monte-Cristo

1. Retour à Marseille

Le 24 février 1815, la vigie[1] de Notre-Dame de la Garde signala le trois-mâts[2] le *Pharaon*, venant de Smyrne, Trieste et Naples●.

[...] Il s'avançait dans toutes les conditions d'un navire parfaitement gouverné : son ancre était en mouillage[3], ses haubans de beaupré[4] décrochés ; et près du pilote, qui s'apprêtait à diriger le *Pharaon* par l'étroite entrée du port de Marseille, était un jeune homme au geste rapide et à l'œil actif, qui surveillait chaque mouvement du navire et répétait chaque ordre du pilote.

La vague inquiétude qui planait sur la foule avait particulièrement atteint un des spectateurs de l'esplanade de Saint-Jean●, de sorte qu'il ne put attendre l'entrée du bâtiment[5] dans le port ; il sauta dans une petite barque et ordonna de ramer au-devant du *Pharaon*, qu'il atteignit en face de l'anse[6] de la Réserve.

En voyant venir cet homme, le jeune marin quitta son poste à côté du pilote, et vint, le chapeau à la main, s'appuyer à la muraille du bâtiment.

1. **Vigie** : guetteur placé en hauteur qui surveille le large.
2. **Trois-mâts** : voilier ayant trois mâts.
3. **Son ancre était en mouillage** : l'ancre a été lancée à l'eau.
4. **Haubans de beaupré décrochés** : les voiles des mâts sont enlevées.
5. **Bâtiment** : bateau.
6. **Anse de la Réserve** : baie où se trouve le restaurant *La Réserve*.

● **Smyrne, Trieste et Naples sont trois villes portuaires ; la première est située en Turquie, les deux suivantes en Italie.**

● **Notre-Dame de la Garde et l'esplanade de Saint-Jean situent l'action dans le Vieux-Port de Marseille. La basilique domine la ville de Marseille, l'esplanade est le parvis du fort Saint-Jean.**

C'était un jeune homme de dix-huit à vingt ans, grand, svelte, avec de beaux yeux noirs et des cheveux d'ébène[1] ; il y avait dans toute sa personne cet air calme et de résolution particulier aux hommes habitués depuis leur enfance à lutter avec le danger.

– Ah ! c'est vous, Dantès ! cria l'homme à la barque ; qu'est-il donc arrivé, et pourquoi cet air de tristesse répandu sur tout votre bord ?

– Un grand malheur, monsieur Morrel ! répondit le jeune homme, un grand malheur, pour moi surtout : à la hauteur de Civita-Vecchia, nous avons perdu ce brave capitaine Leclère.

– Et le chargement ? demanda vivement l'armateur[2].

– Il est arrivé à bon port, monsieur Morrel, et je crois que vous serez content sous ce rapport ; mais ce pauvre capitaine Leclère...

– Que lui est-il donc arrivé ? demanda l'armateur d'un air visiblement soulagé ; que lui est-il donc arrivé, à ce brave capitaine ?

– Il est mort.

– Tombé à la mer ?

– Non, monsieur ; mort d'une fièvre cérébrale, au milieu d'horribles souffrances [...] voici votre comptable, M. Danglars, qui sort de sa cabine, et qui vous donnera tous les renseignements que vous pouvez désirer. Quant à moi, il faut que je veille au mouillage et que je mette le navire en deuil.

L'armateur ne se le fit pas dire deux fois. Il saisit un câble que lui jeta Dantès, et, avec une dextérité[3] qui eût fait honneur à un homme de mer, il gravit les échelons[4] cloués sur le flanc rebondi du bâtiment, tandis que celui-ci, retournant à son poste

1. **D'ébène** : d'un noir brillant.
2. **Armateur** : propriétaire de plusieurs navires faisant du commerce de marchandises.
3. **Dextérité** : habileté.
4. **Échelons** : marches.

de second[1], cédait la conversation à celui qu'il avait annoncé sous le nom de Danglars, et qui, sortant de sa cabine, s'avançait effectivement au-devant de l'armateur.

Le nouveau venu était un homme de vingt-cinq à vingt-six ans, d'une figure assez sombre, obséquieux[2] envers ses supérieurs, insolent envers ses subordonnés ; aussi, outre son titre d'agent comptable, qui est toujours un motif de répulsion pour les matelots, était-il généralement aussi mal vu de l'équipage qu'Edmond Dantès au contraire en était aimé.

– Eh bien ! monsieur Morrel, dit Danglars, vous savez le malheur, n'est-ce pas ?

– Oui, oui. Pauvre capitaine Leclère ! c'était un brave et honnête homme !

– Et un excellent marin surtout, vieilli entre le ciel et l'eau, comme il convient à un homme chargé des intérêts d'une maison aussi importante que la maison Morrel et fils, répondit Danglars.

– Mais, dit l'armateur, suivant des yeux Dantès qui cherchait son mouillage, mais il me semble qu'il n'y a pas besoin d'être si vieux marin que vous le dites, Danglars, pour connaître son métier, et voici notre ami Edmond qui fait le sien, ce me semble, en homme qui n'a besoin de demander des conseils à personne.

– Oui, dit Danglars en jetant sur Dantès un regard oblique où brilla un éclair de haine, oui, c'est jeune, et cela ne doute de rien. À peine le capitaine a-t-il été mort qu'il a pris le commandement sans consulter personne, et qu'il nous a fait perdre un jour et demi à l'île d'Elbe ● au lieu de revenir directement à Marseille.

1. **Second** : adjoint du capitaine.
2. **Obséquieux** : trop poli (terme péjoratif).

● **C'est dans cette île italienne de la Méditerranée, située à l'est de la Corse, au large de la Toscane, que Napoléon s'exile après sa première abdication, en mai 1814.**

– Quant à prendre le commandement du navire, dit l'armateur, c'était son devoir comme second ; quant à perdre un jour et demi à l'île d'Elbe, il a eu tort ; à moins que le navire n'ait eu quelque avarie[1] à réparer.

– Le navire se portait comme je me porte, et comme je désire que vous vous portiez, monsieur Morrel ; et cette journée et demie a été perdue par pur caprice, pour le plaisir d'aller à terre, voilà tout.

– Dantès, dit l'armateur se retournant vers le jeune homme, venez donc ici.

– Pardon, Monsieur, dit Dantès, je suis à vous dans un instant. Puis s'adressant à l'équipage :

– Mouillez[2] ! dit-il.

Aussitôt l'ancre tomba, et la chaîne fila avec bruit. Dantès resta à son poste, malgré la présence du pilote, jusqu'à ce que cette dernière manœuvre fût terminée ; puis alors : Abaissez la flamme à mi-mât[3], mettez le pavillon en berne[4], croisez les vergues[5] !

– Vous voyez, dit Danglars, il se croit déjà capitaine, sur ma parole.

– Et il l'est de fait, dit l'armateur.

– Oui, sauf votre signature et celle de votre associé, monsieur Morrel.

– Dame ! pourquoi ne le laisserions-nous pas à ce poste ? dit l'armateur. Il est jeune, je le sais bien, mais il me paraît tout à la chose, et fort expérimenté dans son état.

1. **Avarie** : dégâts matériels.
2. **Mouillez** : jetez l'ancre.
3. **Abaissez la flamme** : descendez le drapeau.
4. **Mettez le pavillon en berne** : descendez le drapeau en signe de deuil.
5. **Vergues** : barres en bois placées à la perpendiculaire d'un mât pour soutenir la voile.

Un nuage passa sur le front de Danglars.

– Pardon, monsieur Morrel, dit Dantès en s'approchant ; maintenant que le navire est mouillé, me voilà tout à vous : vous m'avez appelé, je crois ?

Danglars fit un pas en arrière.

– Je voulais vous demander pourquoi vous vous étiez arrêté à l'île d'Elbe ?

– Je l'ignore, Monsieur ; c'était pour accomplir un dernier ordre du capitaine Leclère, qui, en mourant, m'avait remis un paquet pour le grand maréchal Bertrand●.

– L'avez-vous donc vu, Edmond ?

– Qui ?

– Le grand maréchal ?

– Oui.

Morrel regarda autour de lui, et tira Dantès à part.

– Et comment va l'empereur● ? demanda-t-il vivement.

– Bien, autant que j'ai pu en juger par mes yeux.

– [...] Allons, allons, continua l'armateur en frappant amicalement sur l'épaule du jeune homme, vous avez bien fait, Dantès, de suivre les instructions du capitaine Leclère et de vous arrêter à l'île d'Elbe, quoique, si l'on savait que vous avez remis un paquet au maréchal et causé avec l'empereur, cela pourrait vous compromettre.

– En quoi voulez-vous, Monsieur, que cela me compromette ? dit Dantès : je ne sais pas même ce que je portais, et l'empereur

● **Le grade de maréchal est le plus élevé dans la hiérarchie militaire. Le grand maréchal Bertrand suivit Napoléon à l'île d'Elbe puis à Sainte-Hélène.**

● **Il s'agit de Napoléon Ier, alors en exil à l'île d'Elbe.**

ne m'a fait que les questions qu'il eût faites au premier venu. Mais, pardon, reprit Dantès, voici la santé et la douane qui nous arrivent ; vous permettez, n'est-ce pas ?

– Faites, faites, mon cher Dantès.

Le jeune homme s'éloigna, et, comme il s'éloignait, Danglars se rapprocha.

– Eh bien ! demanda-t-il, il paraît qu'il vous a donné de bonnes raisons de son mouillage à Porto-Ferrajo[1] ?

– D'excellentes, mon cher monsieur Danglars.

– Ah ! tant mieux, répondit celui-ci, car c'est toujours pénible de voir un camarade qui ne fait pas son devoir.

– Dantès a fait le sien, répondit l'armateur, et il n'y a rien à dire. C'était le capitaine Leclère qui lui avait ordonné cette relâche[2].

– À propos du capitaine Leclère, ne vous a-t-il pas remis une lettre de lui ?

– Qui ?

– Dantès.

– À moi, non ! En avait-il donc une ?

– Je croyais qu'outre le paquet, le capitaine Leclère lui avait confié une lettre.

– De quel paquet voulez-vous parler, Danglars ?

– Mais de celui que Dantès a déposé en passant à Porto-Ferrajo ?

– Comment savez-vous qu'il avait un paquet à déposer à Porto-Ferrajo ?

Danglars rougit.

1. **Porto-Ferrajo** : principale ville de l'île d'Elbe.
2. **Relâche** : pour un navire, fait de s'arrêter dans un port.

– Je passais devant la porte du capitaine qui était entr'ouverte, et je lui ai vu remettre ce paquet et cette lettre à Dantès.

– Il ne m'en a point parlé, dit l'armateur ; mais s'il a cette lettre, il me la remettra.

Danglars réfléchit un instant.

– Alors, monsieur Morrel, je vous prie, dit-il, ne parlez point de cela à Dantès ; je me serai trompé.

En ce moment, le jeune homme revenait ; Danglars s'éloigna.

– Eh bien, mon cher Dantès, êtes-vous libre ? demanda l'armateur.

– Oui, Monsieur.

– La chose n'a pas été longue.

– Non, j'ai donné aux douaniers la liste de nos marchandises ; et quant à la consigne, elle avait envoyé avec le pilote côtier un homme à qui j'ai remis nos papiers.

– Alors, vous n'avez plus rien à faire ici ?

Dantès jeta un regard rapide autour de lui.

– Non, tout est en ordre, dit-il.

– Vous pouvez donc alors venir dîner avec nous ?

– Excusez-moi, monsieur Morrel, excusez-moi, je vous prie, mais je dois ma première visite à mon père. Je n'en suis pas moins reconnaissant de l'honneur que vous me faites.

– C'est juste, Dantès, c'est juste. Je sais que vous êtes bon fils.

– Et... demanda Dantès avec une certaine hésitation, et il se porte bien, que vous sachiez, mon père ?

– Mais je crois que oui, mon cher Edmond, quoique je ne l'aie pas aperçu.

– Oui, il se tient enfermé dans sa petite chambre.

– Cela prouve au moins qu'il n'a manqué de rien pendant votre absence.

Dantès sourit.

– Mon père est fier, monsieur, et, eût-il manqué de tout, je doute qu'il eût demandé quelque chose à qui que ce soit au monde, excepté à Dieu.

– Eh bien, après cette première visite, nous comptons sur vous.

– Excusez-moi encore, monsieur Morrel ; mais, après cette première visite, j'en ai une seconde qui ne me tient pas moins au cœur.

– Ah ! c'est vrai, Dantès ; j'oubliais qu'il y a aux Catalans[1] quelqu'un qui doit vous attendre avec non moins d'impatience que votre père : c'est la belle Mercédès.

Dantès sourit.

– Ah ! ah ! dit l'armateur, cela ne m'étonne plus, qu'elle soit venue trois fois me demander des nouvelles du *Pharaon*. Peste ! Edmond, vous n'êtes point à plaindre, et vous avez là une jolie maîtresse !

– Ce n'est point ma maîtresse, monsieur, dit gravement le jeune marin : c'est ma fiancée.

– C'est quelquefois tout un, dit l'armateur en riant. [...] Bon, bon ! vous prendrez le temps que vous voudrez, Dantès ; le temps de décharger le bâtiment nous prendra bien six semaines, et nous ne nous remettrons guère en mer avant trois mois... Seulement, dans trois mois, il faudra que vous soyez là. Le *Pharaon*, continua l'armateur en frappant sur l'épaule du jeune marin, ne pourrait pas repartir sans son capitaine.

– Sans son capitaine ! s'écria Dantès les yeux brillants de joie ; faites bien attention à ce que vous dites là, Monsieur, car vous venez de répondre aux plus secrètes espérances de mon cœur. Votre intention serait-elle de me nommer capitaine du *Pharaon* ?

1. **Catalans** : quartier de Marseille.

– Si j'étais seul, je vous tendrais la main, mon cher Dantès, et je vous dirais : C'est fait ; mais j'ai un associé, et vous savez le proverbe italien : « *Che a compagne a padrone*[1]. » Mais la moitié de la besogne est faite au moins, puisque sur deux voix vous en avez déjà une. Rapportez-vous-en à moi pour avoir l'autre, et je ferai de mon mieux.

– Oh ! monsieur Morrel, s'écria le jeune marin, saisissant, les larmes aux yeux, les mains de l'armateur ; monsieur Morrel, je vous remercie, au nom de mon père et de Mercédès.

– C'est bien, c'est bien, Edmond, il y a un Dieu au ciel pour les braves gens, que diable ! Allez voir votre père, allez voir Mercédès, et revenez me trouver après.

– Mais vous ne voulez pas que je vous ramène à terre ?

– Non, merci ; je reste à régler mes comptes avec Danglars. Avez-vous été content de lui pendant le voyage ?

– C'est selon le sens que vous attachez à cette question, monsieur. Si c'est comme bon camarade, non, car je crois qu'il ne m'aime pas depuis le jour où j'ai eu la bêtise, à la suite d'une petite querelle que nous avions eue ensemble, de lui proposer de nous arrêter dix minutes à l'île de Monte-Cristo● pour vider cette querelle[2] ; proposition que j'avais eu tort de lui faire, et qu'il avait eu, lui, raison de refuser. Si c'est comme comptable que vous me faites cette question, je crois qu'il n'y a rien à dire et que vous serez content de la façon dont sa besogne est faite.

– Mais, demanda l'armateur, voyons, Dantès, si vous étiez capitaine du *Pharaon*, garderiez-vous Danglars avec plaisir ?

1. ***Che a compagne a padrone*** : « Qui a un associé a un patron ».
2. **Vider cette querelle** : y mettre un terme par un duel.

● **Îlot situé entre la Corse et l'Italie, au large de la Toscane, l'île de Monte-Cristo est proche de l'île d'Elbe.**

– Capitaine ou second, monsieur Morrel, répondit Dantès, j'aurai toujours les plus grands égards pour ceux qui posséderont la confiance de mes armateurs.

– Allons, allons, Dantès, je vois qu'en tout point vous êtes un brave garçon. Que je ne vous retienne plus : allez, car je vois que vous êtes sur des charbons[1].

– J'ai donc mon congé ? demanda Dantès.

– Allez, vous dis-je.

– Vous permettez que je prenne votre canot ?

– Prenez.

– Au revoir, monsieur Morrel, et mille fois merci.

– Au revoir, mon cher Edmond, bonne chance !

Le jeune marin sauta dans le canot, alla s'asseoir à la poupe[2], et donna l'ordre d'aborder à la Canebière●. Deux matelots se penchèrent aussitôt sur leurs rames, et l'embarcation glissa aussi rapidement qu'il est possible de le faire, au milieu des mille barques qui obstruent[3] l'espèce de rue étroite qui conduit, entre deux rangées de navires, de l'entrée du port au quai d'Orléans.

L'armateur le suivit des yeux en souriant, jusqu'au bord, le vit sauter sur les dalles du quai, et se perdre aussitôt au milieu de la foule bariolée[4] qui, de cinq heures du matin à neuf heures du soir, encombre cette fameuse rue de la Canebière, dont les Phocéens● modernes sont si fiers, qu'ils disent avec le plus grand

1. **Être sur des charbons** (ou sur des charbons ardents) : bouillir d'impatience.
2. **Poupe** : arrière d'un navire.
3. **Obstruent** : gênent.
4. **Bariolée** : aux vêtements très colorés.

● **La Canebière est une longue avenue qui, à Marseille, relie le Vieux-Port au centre-ville.**

● **Le nom *Phocéens* désigne les Marseillais. Marseille a en effet été fondée en l'an 600 de notre ère par des marins originaires de la ville grecque de *Phocée*.**

sérieux du monde et avec cet accent qui donne tant de caractère à ce qu'ils disent : Si Paris avait la Canebière, Paris serait un petit Marseille.

En se retournant, l'armateur vit derrière lui Danglars, qui, en apparence, semblait attendre ses ordres, mais qui, en réalité, suivait comme lui le jeune marin du regard.

Seulement, il y avait une grande différence dans l'expression de ce double regard qui suivait le même homme.

Extraits du chapitre I, « Marseille. – L'arrivée »

Le Comte de Monte Cristo, dessin de Henri Meyer (1844-1899).

2. Edmond Dantès et son père

[...] La nouvelle de l'arrivée du *Pharaon* n'était pas encore parvenue au vieillard, qui s'occupait, monté sur une chaise, à palissader[1] d'une main tremblante quelques capucines mêlées de clématites, qui montaient en grimpant le long du treillage[2] de sa fenêtre.

Tout à coup il se sentit prendre à bras-le-corps, et une voix bien connue s'écria derrière lui :

– Mon père, mon bon père !

Le vieillard jeta un cri et se retourna ; puis, voyant son fils, il se laissa aller dans ses bras, tout tremblant et tout pâle.

– Qu'as-tu donc, père ? s'écria le jeune homme inquiet ; serais-tu malade ?

– Non, non, mon cher Edmond, mon fils, mon enfant, non ; mais je ne t'attendais pas, et la joie, le saisissement de te revoir ainsi à l'improviste... ah ! mon Dieu ! il me semble que je vais mourir !

– Eh bien ! remets-toi donc, père ! c'est moi, c'est bien moi ! On dit toujours que la joie ne fait pas de mal, et voilà pourquoi je suis entré ici sans préparation. Voyons, souris-moi, au lieu de me regarder comme tu le fais, avec des yeux égarés. Je reviens et nous allons être heureux.

– Ah ! tant mieux, garçon ! reprit le vieillard ; mais comment allons-nous être heureux ? tu ne me quittes donc plus ? Voyons, conte-moi ton bonheur !

1. **Palissader** (ou palisser) : accrocher les tiges des fleurs sur une grille.
2. **Treillage** : fines planches de bois croisées permettant aux plantes de grimper.

– Que le Seigneur me pardonne, dit le jeune homme, de me réjouir d'un bonheur fait avec le deuil d'une famille ! mais Dieu sait que je n'eusse pas désiré ce bonheur ; il arrive, et je n'ai pas la force de m'en affliger : le brave capitaine Leclère est mort, mon père, et il est probable que, par la protection de M. Morrel, je vais avoir sa place. Comprenez-vous, mon père ? capitaine à vingt ans ! avec cent louis[1] d'appointements et une part dans les bénéfices ! n'est-ce pas plus que ne pouvait vraiment l'espérer un pauvre matelot comme moi.

– Oui, mon fils, oui, en effet, dit le vieillard, c'est heureux.

– Aussi je veux que du premier argent que je toucherai vous ayez une petite maison, avec un jardin pour planter vos clématites, vos capucines et vos chèvrefeuilles... Mais qu'as-tu donc, père, on dirait que tu te trouves mal ?

– Patience, patience ! ce ne sera rien.

Et, les forces manquant au vieillard, il se renversa en arrière.

– Voyons, voyons ! dit le jeune homme, un verre de vin, mon père ; cela vous ranimera ; où mettez-vous votre vin ?

– Non, merci, ne cherche pas ; je n'en ai pas besoin, dit le vieillard essayant de retenir son fils.

– Si fait, si fait, père, indiquez-moi l'endroit.

Et il ouvrit deux ou trois armoires.

– Inutile... dit le vieillard, il n'y a plus de vin.

– Comment, il n'y a plus de vin ! dit en pâlissant à son tour Dantès, regardant alternativement les joues creuses et blêmes[2] du vieillard et les armoires vides, comment, il n'y a plus de vin ! Auriez-vous manqué d'argent, mon père ?

1. **Louis** : ancienne monnaie d'or.
2. **Blêmes** : d'une grande pâleur.

– Je n'ai manqué de rien puisque te voilà, dit le vieillard. [...]

– Oui, me voilà, dit le jeune homme, me voilà avec un bel avenir et un peu d'argent. Tenez, père, dit-il, prenez, prenez, et envoyez chercher tout de suite quelque chose.

Et il vida sur la table ses poches, qui contenaient une douzaine de pièces d'or, cinq ou six écus de cinq francs et de la menue monnaie.

Le visage du vieux Dantès s'épanouit.

– À qui cela ? dit-il.

– Mais, à moi !... à toi !... à nous !... Prends, achète des provisions, sois heureux, demain il y en aura d'autres.

– Doucement, doucement, dit le vieillard en souriant ; avec ta permission, j'userai modérément de ta bourse : on croirait, si l'on me voyait acheter trop de choses à la fois, que j'ai été obligé d'attendre ton retour pour les acheter.

– Fais comme tu voudras ; mais, avant toutes choses, prends une servante, père ; je ne veux plus que tu restes seul. J'ai du café de contrebande et d'excellent tabac dans un petit coffre de la cale[1], tu l'auras dès demain. Mais chut ! voici quelqu'un.

– C'est Caderousse qui aura appris ton arrivée, et qui vient sans doute te faire son compliment de bon retour.

– Bon, encore des lèvres qui disent une chose tandis que le cœur en pense une autre, murmura Edmond ; mais, n'importe, c'est un voisin qui nous a rendu service autrefois, qu'il soit bienvenu.

En effet, au moment où Edmond achevait la phrase à voix basse, on vit apparaître, encadrée par la porte du palier, la tête noire et barbue de Caderousse. C'était un homme de vingt-cinq

1. **Cale** : partie entre le pont et le fond d'un navire, destinée à contenir la cargaison.

à vingt-six ans ; il tenait à sa main un morceau de drap, qu'en sa qualité de tailleur il s'apprêtait à changer en un revers[1] d'habit.

– Eh ! te voilà donc revenu, Edmond ? dit-il avec un accent marseillais des plus prononcés et avec un large sourire qui découvrait ses dents blanches comme de l'ivoire.

– Comme vous voyez, voisin Caderousse, et prêt à vous être agréable en quelque chose que ce soit, répondit Dantès en dissimulant mal sa froideur sous cette offre de service.

– Merci, merci ; heureusement, je n'ai besoin de rien, et ce sont même quelquefois les autres qui ont besoin de moi. Dantès fît un mouvement. Je ne te dis pas cela pour toi, garçon ; je t'ai prêté de l'argent, tu me l'as rendu ; cela se fait entre bons voisins, et nous sommes quittes.

– On n'est jamais quitte envers ceux qui nous ont obligés, dit Dantès ; car lorsque l'on ne leur doit plus l'argent, on leur doit la reconnaissance. [...]

– Ce bon Caderousse, dit le vieillard, il nous aime tant.

– Certainement que je vous aime, et que je vous estime encore, attendu que les honnêtes gens sont rares ! Mais il paraît que tu deviens riche, garçon ? continua le tailleur en jetant un regard oblique sur la poignée d'or et d'argent que Dantès avait déposée sur la table.

Le jeune homme remarqua l'éclair de convoitise qui illumina les yeux noirs de son voisin.

– Eh ! mon Dieu ! dit-il négligemment, cet argent n'est point à moi ; je manifestais au père la crainte qu'il n'eût manqué de quelque chose en mon absence, et pour me rassurer, il a vidé sa bourse sur la table. Allons, père, continua Dantès, remettez cet

1. **Revers** : doublure.

argent dans votre tirelire ; à moins que le voisin Caderousse n'en ait besoin à son tour, auquel cas il est bien à son service.

– Non pas, garçon, dit Caderousse, je n'ai besoin de rien, et, Dieu merci, l'état[1] nourrit son homme.

– [...] mon père, reprit Dantès, et, avec votre permission, maintenant que je vous ai vu, maintenant que je sais que vous vous portez bien et que vous avez tout ce qu'il vous faut, je vous demanderai la permission d'aller faire visite aux Catalans.

– Va, mon enfant, dit le vieux Dantès, et que Dieu te bénisse dans ta femme comme il m'a béni dans mon fils !

– Sa femme ! dit Caderousse ; comme vous y allez, père Dantès ! elle ne l'est pas encore, ce me semble !

– Non ; mais, selon toute probabilité, répondit Edmond, elle ne tardera pas à le devenir.

– N'importe, n'importe, dit Caderousse, tu as bien fait de te dépêcher, garçon.

– Pourquoi cela ?

– Parce que la Mercédès est une belle fille, et que les belles filles ne manquent pas d'amoureux ; celle-là surtout, ils la suivent par douzaine.

– Vraiment, dit Edmond avec un sourire sous lequel perçait une légère nuance d'inquiétude.

– Oh ! oui, reprit Caderousse, et de beaux partis, même ; mais, tu comprends, tu vas être capitaine, on n'aura garde de te refuser, toi !

– Ce qui veut dire, reprit Dantès avec un sourire qui dissimulait mal son inquiétude, que si je n'étais pas capitaine...

– Eh ! eh ! fit Caderousse.

1. **État** : métier.

– Allons, allons, dit le jeune homme, j'ai meilleure opinion que vous des femmes en général et de Mercédès en particulier, et, j'en suis convaincu, que je sois capitaine ou non, elle me restera fidèle.

– Tant mieux, tant mieux ! dit Caderousse, c'est toujours, quand on va se marier, une bonne chose que d'avoir la foi ; mais, n'importe ; crois-moi, garçon, ne perds pas de temps à aller lui annoncer ton arrivée et à lui faire part de tes espérances[1].

– J'y vais, dit Edmond.

Il embrassa son père, salua Caderousse d'un signe et sortit.

[...]

Extraits du chapitre II, « Le père et le fils »

1. **Espérances** : espoir en l'avenir qui incite à considérer que ce que l'on désire est réalisable.

3. Mercédès la Catalane

[...]

Une belle jeune fille aux cheveux noirs comme le jais[1], aux yeux veloutés comme ceux de la gazelle, se tenait debout adossée à une cloison, et froissait entre ses doigts effilés et d'un dessin antique[2] une bruyère innocente dont elle arrachait les fleurs, et dont les débris jonchaient[3] déjà le sol ; en outre, ses bras nus jusqu'au coude, ses bras brunis, mais qui semblaient modelés sur ceux de la Vénus d'Arles[4], frémissaient d'une sorte d'impatience fébrile[5], et elle frappait la terre de son pied souple et cambré, de sorte que l'on entrevoyait la forme pure, fière et hardie de sa jambe, emprisonnée dans un bas de coton rouge à coins gris et bleus.

À trois pas d'elle, assis sur une chaise qu'il balançait d'un mouvement saccadé, appuyant son coude à un vieux meuble vermoulu, un grand garçon de vingt à vingt-deux ans la regardait d'un air où se combattaient l'inquiétude et le dépit[6] ; ses yeux interrogeaient, mais le regard ferme et fixe de la jeune fille dominait son interlocuteur.

– Voyons, Mercédès, disait le jeune homme, voici Pâques[7] qui va revenir, c'est le moment de faire une noce, répondez-moi !

1. **Jais** : pierre d'un noir brillant.
2. **D'un dessin antique** : les doigts de la jeune fille sont ciselés comme ceux d'une statue antique.
3. **Jonchaient** : recouvraient.
4. **Vénus d'Arles** : statue antique de la déesse Vénus, découverte à Arles, en Provence.
5. **Fébrile** : nerveuse.
6. **Dépit** : déception.
7. **Pâques** : fête chrétienne célébrée chaque année au printemps, en mémoire de la résurrection du Christ.

– Je vous ai répondu cent fois, Fernand, et il faut en vérité que vous soyez bien ennemi de vous-même pour m'interroger encore !

– Eh bien ! répétez-le encore, je vous en supplie, répétez-le encore pour que j'arrive à le croire. Dites-moi pour la centième fois que vous refusez mon amour, qu'approuvait votre mère ; faites-moi bien comprendre que vous jouez[1] de mon bonheur, que ma vie et ma mort ne sont rien pour vous. Ah ! mon Dieu, mon Dieu ! avoir rêvé dix ans d'être votre époux, Mercédès, et perdre cet espoir qui était le seul but de sa vie !

– Ce n'est pas moi du moins qui vous ai jamais encouragé dans cet espoir, Fernand, répondit Mercédès ; vous n'avez pas une seule coquetterie à me reprocher à votre égard. Je vous ai toujours dit : « Je vous aime comme un frère, mais n'exigez jamais de moi autre chose que cette amitié fraternelle, car mon cœur est à un autre. » Vous ai-je toujours dit cela, Fernand ? [...] J'aime Edmond Dantès, dit froidement la jeune fille, et nul autre qu'Edmond ne sera mon époux.

– Et vous l'aimerez toujours ?

– Tant que je vivrai.

Fernand baissa la tête comme un homme découragé, poussa un soupir qui ressemblait à un gémissement ; puis tout à coup relevant le front, les dents serrées et les narines entr'ouvertes :

– Mais s'il est mort ?

– S'il est mort, je mourrai.

– Mais s'il vous oublie ?

– Mercédès ! cria une voix joyeuse au dehors de la maison, Mercédès !

– Ah ! s'écria la jeune fille en rugissant de joie et en bondissant d'amour, tu vois bien qu'il ne m'a pas oubliée, puisque le voilà !

1. **Vous jouez de** : vous vous moquez de.

Et elle s'élança vers la porte, qu'elle ouvrit en s'écriant :

– À moi, Edmond ! me voici.

Fernand, pâle et frémissant, recula en arrière, comme fait un voyageur à la vue d'un serpent, et, rencontrant sa chaise, il y retomba assis.

Edmond et Mercédès étaient dans les bras l'un de l'autre. Le soleil ardent de Marseille, qui pénétrait à travers l'ouverture de la porte les inondait d'un flot de lumière. D'abord ils ne virent rien de ce qui les entourait. Un immense bonheur les isolait du monde, et ils ne parlaient que par ces mots entrecoupés qui sont les élans d'une joie si vive qu'ils semblent l'expression de la douleur.

Tout à coup Edmond aperçut la figure sombre de Fernand, qui se dessinait dans l'ombre, pâle et menaçante ; par un mouvement dont il ne se rendit pas compte lui-même, le jeune Catalan tenait la main sur le couteau passé à sa ceinture.

– Ah ! pardon, dit Dantès en fronçant le sourcil à son tour, je n'avais pas remarqué que nous étions trois.

Puis, se tournant vers Mercédès :

– Qui est Monsieur ? demanda-t-il.

– Monsieur sera votre meilleur ami, Dantès, car c'est mon ami à moi, c'est mon cousin, c'est mon frère ; c'est Fernand ; c'est-à-dire l'homme qu'après vous, Edmond, j'aime le plus au monde ; ne le reconnaissez-vous pas ?

– Ah ! si fait, dit Edmond ; et, sans abandonner Mercédès dont il tenait la main serrée dans une des siennes, il tendit avec un mouvement de cordialité[1] son autre main au Catalan.

Mais Fernand, loin de répondre à ce geste amical, resta muet et immobile comme une statue.

1. **Cordialité** : sympathie.

Alors Edmond promena son regard investigateur[1] de Mercédès, émue et tremblante, à Fernand, sombre et menaçant.

Ce seul regard lui apprit tout.

La colère monta à son front.

– Je ne savais pas venir avec tant de hâte chez vous, Mercédès, pour y trouver un ennemi.

– Un ennemi ! s'écria Mercédès avec un regard de courroux[2] à l'adresse de son cousin ; un ennemi chez moi, dis-tu, Edmond ! Si je croyais cela, je te prendrais sous le bras et je m'en irais à Marseille, quittant la maison pour n'y plus jamais rentrer.

L'œil de Fernand lança un éclair.

– Et s'il t'arrivait malheur, mon Edmond, continua-t-elle avec ce même flegme implacable[3] qui prouvait à Fernand que la jeune fille avait lu jusqu'au plus profond de sa sinistre pensée, s'il t'arrivait malheur, je monterais sur le cap de Morgion[4], et je me jetterais sur les rochers la tête la première.

Fernand devint affreusement pâle.

– Mais tu t'es trompé, Edmond, poursuivit-elle, tu n'as point d'ennemi ici ; il n'y a que Fernand, mon frère, qui va te serrer la main comme à un ami dévoué.

Et à ces mots la jeune fille fixa son visage impérieux[5] sur le Catalan, qui, comme s'il eût été fasciné par ce regard, s'approcha lentement d'Edmond et lui tendit la main.

[...]

Extraits du chapitre III, « Les Catalans »

1. **Investigateur** : observateur.
2. **Courroux** : colère.
3. **Flegme implacable** : calme imperturbable.
4. **Morgion** : rocher surmontant la baie de Marseille.
5. **Impérieux** : autoritaire.

4. Le complot

Edmond et Mercédès partent se promener. Fernand va s'attabler à La Réserve *et y rencontre Danglars et Caderousse.*

– Ah çà ! mon cher monsieur, dit Danglars à Fernand, voilà un mariage qui ne me paraît pas faire le bonheur de tout le monde ?

– Il me désespère, dit Fernand.

– Vous aimiez donc Mercédès ?

– Je l'adorais !

– Depuis longtemps ?

– Depuis que nous nous connaissons, je l'ai toujours aimée.

– Et vous êtes là à vous arracher les cheveux, au lieu de chercher remède à la chose ! Que diable, je ne croyais pas que ce fût ainsi qu'agissaient les gens de votre nation[1].

– Que voulez-vous que je fasse ? demanda Fernand.

– Et que sais-je, moi ? Est-ce que cela me regarde ? Ce n'est pas moi, ce me semble, qui suis amoureux de mademoiselle Mercédès, mais vous. Cherchez, dit l'Évangile●, et vous trouverez.

– J'avais trouvé déjà.

– Quoi ?

– Je voulais poignarder l'*homme*, mais la femme m'a dit que s'il arrivait malheur à son fiancé, elle se tuerait.

– Bah ! on dit ces choses-là, mais on ne les fait point.

1. **De votre nation** : Fernand est Catalan.

● **L'Évangile / les Évangiles désignent les livres qui racontent la vie et le message du Christ. Ils font partie de la Bible dont ils constituent le Nouveau Testament. La phrase « Cherchez et vous trouverez » se trouve dans l'Évangile de l'apôtre Matthieu.**

– Vous ne connaissez point Mercédès, Monsieur : du moment où elle a menacé, elle exécuterait.

– Imbécile ! murmura Danglars : qu'elle se tue ou non, que m'importe, pourvu que Dantès ne soit point capitaine.

– Et avant que Mercédès ne meure, reprit Fernand avec l'accent d'une immuable[1] résolution, je mourrais moi-même.

– En voilà de l'amour ! dit Caderousse d'une voix de plus en plus avinée[2] ; en voilà, ou je ne m'y connais plus !

– Voyons, dit Danglars, vous me paraissez un gentil garçon, et je voudrais, le diable m'emporte ! vous tirer de peine ; mais...

– Oui, dit Caderousse, voyons.

– Mon cher, reprit Danglars, tu es aux trois quarts ivre : achève la bouteille, et tu le seras tout à fait. Bois, et ne te mêle pas de ce que nous faisons : pour ce que nous faisons il faut avoir toute sa tête.

– Moi ivre ? dit Caderousse, allons donc ! J'en boirais encore quatre, de tes bouteilles, qui ne sont pas plus grandes que des bouteilles d'eau de Cologne ! Père Pamphile, du vin !

[...]

– La mort seule les séparera, dit Fernand.

– Vous raisonnez comme un coquillage, mon ami, dit Caderousse, et voilà Danglars, qui est un finaud, un malin, un Grec, qui va vous prouver que vous avez tort. Prouve, Danglars. J'ai répondu de toi. Dis-lui qu'il n'est pas besoin que Dantès meure ; d'ailleurs ce serait fâcheux qu'il mourût, Dantès. C'est un bon garçon, je l'aime, moi, Dantès. À ta santé, Dantès.

Fernand se leva avec impatience.

– Laissez-le dire, reprit Danglars en retenant le jeune homme, et d'ailleurs, tout ivre qu'il est, il ne fait point si grande erreur.

1. **Immuable** : définitive.
2. **Avinée** : ivre, saoule.

L'absence disjoint[1] tout aussi bien que la mort ; et supposez qu'il y ait entre Edmond et Mercédès les murailles d'une prison, ils seront séparés ni plus ni moins que s'il y avait là la pierre d'une tombe.

– Oui, mais on sort de prison, dit Caderousse, qui avec les restes de son intelligence se cramponnait à la conversation, et quand on est sorti de prison et qu'on s'appelle Edmond Dantès, on se venge.

– Qu'importe ! murmura Fernand.

– D'ailleurs, reprit Caderousse, pourquoi mettrait-on Dantès en prison ? il n'a ni volé, ni tué, ni assassiné.

– Tais-toi, dit Danglars.

– Je ne veux pas me taire, moi, dit Caderousse. Je veux qu'on me dise pourquoi on mettrait Dantès en prison. Moi, j'aime Dantès. À ta santé, Dantès !

Et il avala un nouveau verre de vin.

Danglars suivit dans les yeux atones[2] du tailleur les progrès de l'ivresse, et se tournant vers Fernand :

– Eh bien, comprenez-vous, dit-il, qu'il n'y a pas besoin de le tuer ?

– Non, certes, si, comme vous le disiez tout à l'heure on avait le moyen de faire arrêter Dantès. Mais ce moyen, l'avez-vous ?

[...]

– Garçon, dit Danglars, une plume, de l'encre et du papier !

– Une plume, de l'encre et du papier ! murmura Fernand.

– Oui, je suis agent comptable : la plume, l'encre et le papier sont mes instruments ; et sans mes instruments je ne sais rien faire.

– Une plume, de l'encre et du papier ! cria à son tour Fernand.

1. **Disjoint** : sépare.
2. **Atones** : inexpressifs, vides.

– Il y a ce que vous désirez là sur cette table, dit le garçon en montrant les objets demandés.

– Donnez-les nous alors.

Caderousse, Fernand et Danglars jalousent la réussite de Dantès. Illustration du XIXe siècle.

Le garçon prit le papier, l'encre et la plume, et les déposa sur la table du berceau[1].

– Quand on pense, dit Caderousse en laissant tomber sa main sur le papier, qu'il y a là de quoi tuer un homme plus sûrement que si on l'attendait au coin d'un bois pour l'assassiner ! J'ai toujours eu plus peur d'une plume, d'une bouteille d'encre et d'une feuille de papier que d'une épée ou d'un pistolet.

– Le drôle[2] n'est pas encore si ivre qu'il en a l'air, dit Danglars ; versez-lui donc à boire, Fernand.

Fernand remplit le verre de Caderousse, et celui-ci, en véritable buveur qu'il était, leva la main de dessus le papier et la porta à son verre.

Le Catalan suivit le mouvement jusqu'à ce que Caderousse, presque vaincu par cette nouvelle attaque, reposât ou plutôt laissât retomber son verre sur la table.

– Eh bien ? reprit le Catalan en voyant que le reste de la raison de Caderousse commençait à disparaître sous ce dernier verre de vin.

– Eh bien ! je disais donc, par exemple, reprit Danglars, que si, après un voyage comme celui que vient de faire Dantès, et dans lequel il a touché à Naples et à l'île d'Elbe, quelqu'un le dénonçait au procureur du roi comme agent bonapartiste[3]...

– Je le dénoncerai, moi ! dit vivement le jeune homme.

– Oui ; mais alors on vous fait signer votre déclaration, on vous confronte avec celui que vous avez dénoncé : je vous fournis de

1. **Berceau** : la table se trouve sous une voûte (berceau) de verdure.
2. **Drôle** (n. m.) : personnage fourbe, dont on doit se méfier.
3. **Bonapartiste** : partisan de l'empereur Napoléon Ier, alors déchu de son titre et exilé à l'île d'Elbe.

quoi soutenir votre accusation, je le sais bien ; mais Dantès ne peut rester éternellement en prison, un jour ou l'autre il en sort, et, ce jour où il en sort, malheur à celui qui l'y a fait entrer !

– Oh ! je ne demande qu'une chose, dit Fernand, c'est qu'il vienne me chercher une querelle !

– Oui, et Mercédès ! Mercédès, qui vous prend en haine si vous avez seulement le malheur d'écorcher l'épiderme à son bien-aimé Edmond !

– C'est juste, dit Fernand.

– Non, non, reprit Danglars, si on se décidait à une pareille chose, voyez-vous, il vaudrait bien mieux prendre tout bonnement, comme je le fais, cette plume, la tremper dans l'encre, et écrire de la main gauche, pour que l'écriture ne fût pas reconnue, une petite dénonciation ainsi conçue.

Et Danglars, joignant l'exemple au précepte[1], écrivit de la main gauche et d'une écriture renversée, qui n'avait aucune analogie[2] avec son écriture habituelle, les lignes suivantes, qu'il passa à Fernand, et que Fernand lut à demi voix.

« Monsieur le procureur du roi est prévenu, par un ami du trône et de la religion, que le nommé Edmond Dantès, second du navire le *Pharaon* arrivé ce matin de Smyrne après avoir touché à Naples et à Porto-Ferrajo, a été chargé, par Murat[3], d'une lettre pour l'usurpateur[4], et, par l'usurpateur, d'une lettre pour le comité bonapartiste de Paris.

1. **Précepte** : leçon, règle.
2. **Analogie** : ressemblance.
3. **Murat** : fidèle officier de Napoléon.
4. **Usurpateur** : imposteur ; c'est le nom donné à Napoléon Ier par les royalistes.

« On aura la preuve de son crime en l'arrêtant ; car on trouvera cette lettre ou sur lui, ou chez son père, ou dans sa cabine à bord du *Pharaon.* »

– À la bonne heure, continua Danglars ; ainsi votre vengeance aurait le sens commun, car d'aucune façon alors elle ne pourrait retomber sur vous, et la chose irait toute seule ; il n'y aurait plus qu'à plier cette lettre, comme je le fais, et à écrire dessus : « À Monsieur le Procureur royal. » Tout serait dit.

Et Danglars écrivit l'adresse en se jouant[1].

– Oui, tout serait dit, s'écria Caderousse, qui par un dernier effort d'intelligence avait suivi la lecture, et qui comprenait d'instinct tout ce qu'une pareille dénonciation pourrait entraîner de malheur ; oui, tout serait dit : seulement, ce serait une infamie[2].

Et il allongea le bras pour prendre la lettre.

– Aussi, dit Danglars en la poussant hors de la portée de sa main, aussi, ce que je dis et ce que je fais, c'est en plaisantant ; et, le premier, je serais bien fâché qu'il arrivât quelque chose à Dantès, ce bon Dantès ! Aussi, tiens...

Il prit la lettre, la froissa dans ses mains et la jeta dans un coin de la tonnelle[3].

[...]

– Rentrons, dit Caderousse, mais je n'ai pas besoin de ton bras pour cela. Viens-tu, Fernand ? rentres-tu avec nous à Marseille ?

– Non, dit Fernand, je retourne aux Catalans, moi.

1. **En se jouant** : en s'amusant.
2. **Infamie** : parole, acte pouvant nuire à la réputation d'une personne.
3. **Tonnelle** : petite construction couverte de végétation.

– Tu as tort, viens avec nous à Marseille, viens.

– Je n'ai point besoin[1] à Marseille, et je n'y veux point aller.

– Comment as-tu dit cela ? Tu ne veux pas, mon bonhomme ! eh bien, à ton aise ! liberté pour tout le monde ! Viens, Danglars, et laissons Monsieur rentrer aux Catalans, puisqu'il le veut.

Danglars profita de ce moment de bonne volonté de Caderousse pour l'entraîner du côté de Marseille ; seulement, pour ouvrir un chemin plus court et plus facile à Fernand, au lieu de revenir par le quai de la Rive-Neuve il revint par la porte Saint-Victor.

Caderousse le suivait, tout chancelant, accroché à son bras. Lorsqu'il eut fait une vingtaine de pas, Danglars se retourna et vit Fernand se précipiter sur le papier, qu'il mit dans sa poche ; puis aussitôt, s'élançant hors de la tonnelle, le jeune homme tourna du côté du Pilon[2].

– Eh bien, que fait-il donc ? dit Caderousse, il nous a menti : il a dit qu'il allait aux Catalans, et il va à la ville ! Holà, Fernand ! tu te trompes, mon garçon !

– C'est toi qui vois trouble, dit Danglars, il suit tout droit le chemin des Vieilles-Infirmeries.

– En vérité ! dit Caderousse, eh bien ! j'aurais juré qu'il tournait à droite ; décidément le vin est un traître.

– Allons, allons, murmura Danglars, je crois que maintenant la chose est bien lancée, et qu'il n'y a plus qu'à la laisser marcher toute seule.

Extraits du chapitre IV, « Complot »

1. **Je n'ai point besoin à Marseille** : je n'ai rien à faire à Marseille.
2. **Pilon** : rocher en forme de dent qui culmine très haut sur le massif de l'Étoile, à Marseille.

5. Le repas des fiançailles

Le lendemain les invités se retrouvent au restaurant La Réserve, *où a été préparé le repas.*

[...]

Dantès était simplement vêtu. Appartenant à la marine marchande, il avait un habit qui tenait le milieu entre l'uniforme militaire et le costume civil ; et sous cet habit, sa bonne mine, que rehaussaient[1] encore la joie et la beauté de sa fiancée, était parfaite.

Mercédès était belle comme une de ces Grecques de Chypre ou de Céos●, aux yeux d'ébène et aux lèvres de corail. [...]

Dès que les fiancés et ceux qui les accompagnaient furent en vue de La Réserve, M. Morrel descendit et s'avança à son tour au-devant d'eux, suivi des matelots et des soldats avec lesquels il était resté, et auxquels il avait renouvelé la promesse déjà faite à Dantès qu'il succéderait au capitaine Leclère. En le voyant venir, Edmond quitta le bras de sa fiancée et le passa sous celui de M. Morrel. L'armateur et la jeune fille donnèrent alors l'exemple en montant les premiers l'escalier de bois qui conduisait à la chambre où le dîner était servi, et qui cria pendant cinq minutes sous les pas pesants des convives[2].

– Mon père, dit Mercédès en s'arrêtant au milieu de la table, vous à ma droite, je vous prie ; quant à ma gauche, j'y mettrai celui qui m'a servi de frère, ajouta-t-elle avec une douceur qui

1. **Rehaussaient** : augmentaient.
2. **Convives** : invités.

● **Chypre est une île de la Méditerranée, au sud de la Turquie ; Céos est une île grecque de la mer Égée.**

pénétra au plus profond du cœur de Fernand comme un coup de poignard. Ses lèvres blêmirent[1], et sous la teinte bistrée[2] de son mâle visage on put voir encore une fois le sang se retirer peu à peu pour affluer au cœur.

Pendant ce temps Dantès avait exécuté la même manœuvre ; à sa droite il avait mis M. Morrel, à sa gauche Danglars ; puis de la main il avait fait signe à chacun de se placer à sa fantaisie.

Déjà couraient autour de la table les saucissons d'Arles à la chair brune et au fumet[3] accentué, les langoustes à la cuirasse éblouissante, les prayres à la coquille rosée, les oursins, qui semblent des châtaignes entourées de leur enveloppe piquante, les clovisses[4], qui ont la prétention de remplacer avec supériorité, pour les gourmets du Midi, les huîtres du Nord ; enfin tous ces hors-d'œuvre délicats que la vague roule sur sa rive sablonneuse, et que les pêcheurs reconnaissants désignent sous le nom générique de fruits de mer.

– Un beau silence ! dit le vieillard en savourant un verre de vin jaune comme la topaze[5], que le père Pamphile en personne venait d'apporter devant Mercédès. Dirait-on qu'il y a ici trente personnes qui ne demandent qu'à rire.

– Eh ! un mari n'est pas toujours gai, dit Caderousse.

– Le fait est, dit Dantès, que je suis trop heureux en ce moment pour être gai. Si c'est comme cela que vous l'entendez, voisin, vous avez raison ! La joie fait quelquefois un effet étrange, elle oppresse comme la douleur.

1. **Blêmirent** : pâlirent.
2. **Bistrée** : hâlée.
3. **Fumet** : parfum.
4. **Prayres** (ou praires), **clovisses** (ou palourdes) : coquillages comestibles.
5. **Topaze** : pierre semi-précieuse d'un jaune doré.

Danglars observa Fernand, dont la nature impressionnable absorbait et renvoyait chaque émotion.

– Allons donc, dit-il, est-ce que vous craindriez quelque chose ? il me semble au contraire que tout va selon vos désirs !

– Et c'est justement cela qui m'épouvante, dit Dantès, il me semble que l'homme n'est pas fait pour être si facilement heureux ! Le bonheur est comme ces palais des îles enchantées dont les dragons gardent les portes. Il faut combattre pour le conquérir, et moi, en vérité, je ne sais en quoi j'ai mérité le bonheur d'être le mari de Mercédès.

– Le mari, le mari, dit Caderousse en riant, pas encore, mon capitaine ; essaye un peu de faire le mari, et tu verras comme tu seras reçu !

Mercédès rougit.

Fernand se tourmentait sur sa chaise, tressaillait au moindre bruit, et de temps en temps essuyait de larges plaques de sueur qui perlaient sur son front comme les premières gouttes d'une pluie d'orage.

– Ma foi, dit Dantès, voisin Caderousse, ce n'est point la peine de me démentir[1] pour si peu. Mercédès n'est point encore ma femme, c'est vrai… (Il tira sa montre.) Mais, dans une heure et demie elle le sera !

Chacun poussa un cri de surprise, à l'exception du père Dantès dont le large rire montra les dents encore belles. Mercédès sourit et ne rougit plus. Fernand saisit convulsivement[2] le manche de son couteau.

– Dans une heure ! dit Danglars pâlissant lui-même ; et comment cela ?

1. **Démentir** : contredire.
2. **Convulsivement** : très nerveusement.

– Oui, mes amis, répondit Dantès, grâce au crédit[1] de M. Morrel, l'homme après mon père auquel je dois le plus au monde, toutes les difficultés sont aplanies. Nous avons acheté les bans[2], et à deux heures et demie le maire de Marseille nous attend à l'hôtel de ville. Or, comme une heure et un quart viennent de sonner, je ne crois pas me tromper de beaucoup en disant que dans une heure trente minutes Mercédès s'appellera madame Dantès.

Fernand ferma les yeux : un nuage de feu brûla ses paupières ; il s'appuya à la table pour ne pas défaillir[3], et, malgré tous ses efforts, ne put retenir un gémissement sourd qui se perdit dans le bruit des rires et des félicitations de l'assemblée.

[...]

La pâleur de Fernand était presque passée sur les joues de Danglars ; quant à Fernand lui-même, il ne vivait plus et semblait un damné dans le lac de feu[4]. Un des premiers, il s'était levé et se promenait de long en large dans la salle, essayant d'isoler son oreille du bruit des chansons et du choc des verres.

Caderousse s'approcha de lui au moment où Danglars, qu'il semblait fuir, venait de le rejoindre dans un angle de la salle.

– En vérité, dit Caderousse, à qui les bonnes façons de Dantès et surtout le bon vin du père Pamphile avaient enlevé tous les restes de la haine dont le bonheur inattendu de Dantès avait jeté les germes dans son âme, en vérité, Dantès est un gentil garçon ; et quand je le vois assis près de sa fiancée, je me dis que c'eût été dommage de lui faire la mauvaise plaisanterie que vous complotiez hier.

– Aussi, dit Danglars, tu as vu que la chose n'a pas eu de suite ; ce pauvre M. Fernand était si bouleversé qu'il m'avait fait de la peine

1. **Crédit** : influence.
2. **Bans** : annonce officielle d'un mariage à venir.
3. **Défaillir** : s'évanouir.
4. **Le lac de feu** : il s'agit du feu de l'enfer.

d'abord ; mais du moment qu'il en a pris son parti, au point de s'être fait le premier garçon de noces de son rival, il n'y a plus rien à dire.

Caderousse regarda Fernand, il était livide[1].

– Le sacrifice est d'autant plus grand, continua Danglars, qu'en vérité la fille est belle. Peste ! l'heureux coquin que mon futur capitaine ; je voudrais m'appeler Dantès douze heures seulement.

– Partons-nous ? demanda la douce voix de Mercédès ; voici deux heures qui sonnent, et l'on nous attend à deux heures un quart.

– Oui, oui, partons ! dit Dantès en se levant vivement.

– Partons ! répétèrent en chœur tous les convives.

Au même instant, Danglars, qui ne perdait pas de vue Fernand assis sur le rebord de la fenêtre, le vit ouvrir des yeux hagards[2], se lever comme par un mouvement convulsif, et retomber assis sur l'appui de cette croisée[3] ; presque au même instant un bruit sourd retentit dans l'escalier ; le retentissement d'un pas pesant, une rumeur confuse de voix mêlées à un cliquetis d'armes couvrirent les exclamations des convives, si bruyantes qu'elles fussent, et attirèrent l'attention générale, qui se manifesta à l'instant même par un silence inquiet.

Le bruit s'approcha : trois coups retentirent dans le panneau de la porte ; chacun regarda son voisin d'un air étonné.

– Au nom de la loi ! cria une voix vibrante, à laquelle aucune voix ne répondit.

Aussitôt la porte s'ouvrit, et un commissaire, ceint[4] de son écharpe, entra dans la salle, suivi de quatre soldats armés, conduits par un caporal.

1. **Livide** : très pâle.
2. **Hagards** : effarés, bouleversés.
3. **Croisée** : fenêtre.
4. **Ceint** (participe passé du verbe *ceindre*) : portant autour de son corps.

L'inquiétude fit place à la terreur.

– Qu'y a-t-il ? demanda l'armateur en s'avançant au-devant du commissaire, qu'il connaissait ; bien certainement, Monsieur, il y a méprise[1].

– S'il y a méprise, monsieur Morrel, répondit le commissaire, croyez que la méprise sera promptement[2] réparée ; en attendant, je suis porteur d'un mandat d'arrêt ; et quoique ce soit avec regret que je remplisse ma mission, il ne faut pas moins que je la remplisse : lequel de vous, Messieurs, est Edmond Dantès ?

Tous les regards se tournèrent vers le jeune homme, qui, fort ému mais conservant sa dignité, fit un pas en avant et dit :

– C'est moi, Monsieur, que me voulez-vous ?

– Edmond Dantès, reprit le commissaire, au nom de la loi, je vous arrête !

– Vous m'arrêtez ! dit Edmond avec une légère pâleur, mais pourquoi m'arrêtez-vous ?

– Je l'ignore, Monsieur, mais votre premier interrogatoire vous l'apprendra.

M. Morrel comprit qu'il n'y avait rien à faire contre l'inflexibilité[3] de la situation : un commissaire ceint de son écharpe n'est plus un homme, c'est la statue de la loi, froide, sourde, muette.

Le vieillard, au contraire, se précipita vers l'officier : il y a des choses que le cœur d'un père ou d'une mère ne comprendront jamais.

Il pria et supplia : larmes et prières ne pouvaient rien ; cependant son désespoir était si grand, que le commissaire en fut touché.

1. **Méprise** : erreur.
2. **Promptement** : rapidement.
3. **Inflexibilité** : rigueur contre laquelle on ne peut rien.

Edmond Dantès est arrêté lors de ses fiançailles avec Mercédès.
Illustration du XIXe siècle.

– Monsieur, dit-il, tranquillisez-vous ; peut-être votre fils a-t-il négligé quelque formalité de douane ou de santé, et, selon toute probabilité, lorsqu'on aura reçu de lui les renseignements qu'on désire en tirer, il sera remis en liberté.

– Ah çà ! qu'est-ce que cela signifie ? demanda en fronçant le sourcil Caderousse à Danglars, qui jouait la surprise.

– Le sais-je, moi ? dit Danglars ; je suis comme toi : je vois ce qui se passe, je n'y comprends rien, et je reste confondu.

Caderousse chercha des yeux Fernand : il avait disparu.

Toute la scène de la veille se représenta alors à son esprit avec une effrayante lucidité[1].

On eût dit que la catastrophe venait de tirer le voile que l'ivresse de la veille avait jeté entre lui et sa mémoire.

– Oh, oh ! dit-il d'une voix rauque[2], serait-ce la suite de la plaisanterie dont vous parliez hier, Danglars ? En ce cas, malheur à celui qui l'aurait faite, car elle est bien triste.

– Pas du tout ! s'écria Danglars, tu sais bien au contraire que j'ai déchiré le papier.

– Tu ne l'as pas déchiré, dit Caderousse ; tu l'as jeté dans un coin, voilà tout.

– Tais-toi, tu n'as rien vu, tu étais ivre.

– Où est Fernand ? demanda Caderousse.

– Le sais-je, moi ? répondit Danglars, à ses affaires probablement : mais, au lieu de nous occuper de cela, allons donc porter du secours à ces pauvres affligés[3].

En effet, pendant cette conversation, Dantès avait, en souriant, serré la main à tous ses amis, et s'était constitué prisonnier en disant : Soyez tranquilles, l'erreur va s'expliquer, et probablement que je n'irai même pas jusqu'à la prison.

– Oh ! bien certainement, j'en répondrais, dit Danglars qui, en ce moment, s'approchait, comme nous l'avons dit, du groupe principal.

1. **Lucidité** : clarté.
2. **Rauque** : rude, comme enrouée.
3. **Affligés** : malheureux.

Dantès descendit l'escalier, précédé du commissaire de police et entouré par les soldats. Une voiture, dont la portière était tout ouverte attendait à la porte, il y monta ; deux soldats et le commissaire montèrent après lui ; la portière se referma, et la voiture reprit le chemin de Marseille.

– Adieu, Dantès ! adieu, Edmond ! s'écria Mercédès en s'élançant sur la balustrade.

Le prisonnier entendit ce dernier cri, sorti comme un sanglot du cœur déchiré de sa fiancée ; il passa la tête par la portière, cria : Au revoir, Mercédès ! et disparut à l'un des angles du fort Saint-Nicolas.

– Attendez-moi ici, dit l'armateur, je prends la première voiture que je rencontre, je cours à Marseille, et je vous rapporte des nouvelles.

– Allez ! crièrent toutes les voix, allez ! et revenez bien vite !

Il y eut après ce double départ un moment de stupeur[1] terrible parmi tous ceux qui étaient restés.

Le vieillard et Mercédès restèrent quelque temps isolés, chacun dans sa propre douleur ; mais enfin leurs yeux se rencontrèrent : ils se reconnurent comme deux victimes frappées du même coup, et se jetèrent dans les bras l'un de l'autre.

[...]

Extraits du chapitre V, « Le repas des fiançailles »

À son retour, Morrel annonce que Dantès est accusé de bonapartisme. Il tente de convaincre le substitut du procureur du roi, M. de Villefort, de l'innocence de Dantès.

1. **Stupeur** : étonnement profond.

6. L'interrogatoire du procureur

[...]

L'antichambre[1] était pleine de gendarmes et d'agents de police ; au milieu d'eux, gardé à vue, enveloppé de regards flamboyants de haine, se tenait debout, calme et immobile, le prisonnier.

Villefort traversa l'antichambre, jeta un regard oblique sur Dantès, et, après avoir pris une liasse[2] que lui remit un agent, disparut en disant :

– Qu'on amène le prisonnier.

Si rapide qu'eût été ce regard, il avait suffit à Villefort pour se faire une idée de l'homme qu'il allait avoir à interroger : il avait reconnu l'intelligence dans ce front large et ouvert, le courage dans cet œil fixe et ce sourcil froncé, et la franchise dans ces lèvres épaisses et à demi ouvertes, qui laissaient voir une double rangée de dents blanches comme l'ivoire.

[...]

– Qui êtes-vous et comment vous nommez-vous, demanda Villefort en feuilletant ces notes que l'agent lui avait remises en entrant, et qui depuis une heure étaient déjà devenues volumineuses, tant la corruption des espionnages s'attache vite à ce corps malheureux qu'on nomme les prévenus[3].

– Je m'appelle Edmond Dantès, Monsieur, répondit le jeune homme d'une voix calme et sonore ; je suis second à bord du navire le *Pharaon*, qui appartient à MM. Morrel et fils.

1. **Antichambre** : pièce où l'on fait attendre les visiteurs.
2. **Liasse** : pile de documents.
3. **Prévenus** : personnes arrêtées.

– Votre âge ? continua Villefort.

– Dix-neuf ans, répondit Dantès.

– Que faisiez-vous au moment où vous avez été arrêté ?

– J'assistais au repas de mes propres fiançailles, Monsieur, dit Dantès d'une voix légèrement émue, tant le contraste était douloureux de ces moments de joie avec la lugubre[1] cérémonie qui s'accomplissait, tant le visage sombre de M. de Villefort faisait briller de toute sa lumière la rayonnante figure de Mercédès.

– Vous assistiez au repas de vos fiançailles ? dit le substitut en tressaillant[2] malgré lui.

– Oui, Monsieur, je suis sur le point d'épouser une femme que j'aime depuis trois ans.

[...]

– Monsieur, dit Villefort, vous connaissez-vous quelques ennemis ?

– Des ennemis à moi, dit Dantès : j'ai le bonheur d'être trop peu de chose pour que ma position m'en ait fait. Quant à mon caractère, un peu vif peut-être, j'ai toujours essayé de l'adoucir envers mes subordonnés. J'ai dix ou douze matelots sous mes ordres : qu'on les interroge, Monsieur, et ils vous diront qu'ils m'aiment et me respectent, non pas comme un père, je suis trop jeune pour cela, mais comme un frère aîné.

– Mais, à défaut d'ennemis, peut-être avez-vous des jaloux : vous allez être nommé capitaine à dix-neuf ans, ce qui est un poste élevé dans votre état[3] ; vous allez épouser une jolie femme qui vous aime, ce qui est un bonheur rare dans tous les états de la terre ; ces deux préférences du destin ont pu vous faire des envieux.

1. **Lugubre** : sombre, inquiétante.
2. **Tressaillant** : sursautant.
3. **État** : situation.

Edmond Dantès est interrogé par le substitut du procureur, Gérard de Villefort. Illustration du XIXe siècle.

– Oui, vous avez raison. Vous devez mieux connaître les hommes que moi, et c'est possible ; mais si ces envieux devaient être parmi mes amis, je vous avoue que j'aime mieux ne pas les connaître pour ne point être forcé de les haïr.

– Vous avez tort, Monsieur. Il faut toujours autant que possible voir clair autour de soi ; et, en vérité, vous me paraissez un si digne jeune homme, que je vais m'écarter pour vous des règles ordinaires de la justice et vous aider à faire jaillir la lumière en vous communiquant la dénonciation qui vous amène devant moi : voici le papier accusateur ; reconnaissez-vous l'écriture ?

Et Villefort tira la lettre de sa poche et la présenta à Dantès. Dantès regarda et lut. Un nuage passa sur son front, et il dit :

– Non, Monsieur, je ne connais pas cette écriture ; elle est déguisée, et cependant elle est d'une forme assez franche. En tout cas, c'est une main habile qui l'a tracée. Je suis bien heureux, ajouta-t-il en regardant avec reconnaissance Villefort, d'avoir affaire à un homme tel que vous, car en effet mon envieux est un véritable ennemi.

Et à l'éclair qui passa dans les yeux du jeune homme en prononçant ces paroles, Villefort put distinguer tout ce qu'il y avait de violente énergie cachée sous cette première douceur.

– Et maintenant, voyons, dit le substitut, répondez-moi franchement, Monsieur, non pas comme un prévenu à son juge, mais comme un homme dans une fausse position répond à un autre homme qui s'intéresse à lui : qu'y a-t-il de vrai dans cette accusation anonyme ?

Et Villefort jeta avec dégoût sur le bureau la lettre que Dantès venait de lui rendre.

– Tout et rien, Monsieur, et voici la vérité pure, sur mon honneur de marin, sur mon amour pour Mercédès, sur la vie de mon père.

Dantès raconte ce qui s'est passé lors de son retour (chapitre 1).

– Oui, oui, murmura Villefort, tout cela me paraît être la vérité, et, si vous êtes coupable, c'est d'imprudence ; encore cette imprudence était-elle légitimée[1] par les ordres de votre capitaine. Rendez-nous cette lettre qu'on vous a remise à l'île d'Elbe, donnez-moi votre parole de vous représenter à la première réquisition[2], et allez rejoindre vos amis.

– Ainsi je suis libre, Monsieur ! s'écria Dantès au comble de la joie.

– Oui, seulement donnez-moi cette lettre.

– Elle doit être devant vous, Monsieur ; car on me l'a prise avec mes autres papiers, et j'en reconnais quelques-uns dans cette liasse.

– Attendez, dit le substitut à Dantès, qui prenait ses gants et son chapeau, attendez ; à qui est-elle adressée ?

– *À Monsieur Noirtier, rue Coq-Héron, à Paris.*

La foudre tombée sur Villefort ne l'eût point frappé d'un coup plus rapide et plus imprévu ; il retomba sur son fauteuil, d'où il s'était levé à demi pour atteindre la liasse de papiers saisis sur Dantès, et, la feuilletant précipitamment, il en tira la lettre fatale, sur laquelle il jeta un regard empreint d'une indicible[3] terreur.

[...]

– Oh ! s'il sait ce que contient cette lettre, murmura-t-il, et qu'il apprenne jamais que Noirtier est le père de Villefort, je suis perdu, perdu à jamais !

Et de temps en temps il regardait Edmond, comme si son regard eût pu briser cette barrière invisible qui enferme dans le cœur les secrets que garde la bouche.

1. **Légitimée** : justifiée.
2. **Réquisition** : convocation officielle.
3. **Indicible** : inexprimable.

– Oh ! n'en doutons plus ! s'écria-t-il tout à coup.

– Mais, au nom du ciel, Monsieur ! s'écria le malheureux jeune homme, si vous doutez de moi, si vous me soupçonnez, interrogez-moi, et je suis prêt à vous répondre.

Villefort fit sur lui-même un effort violent, et d'un ton qu'il voulait rendre assuré :

– Monsieur, dit-il, les charges les plus graves résultent pour vous de votre interrogatoire, je ne suis donc pas le maître, comme je l'avais espéré d'abord, de vous rendre à l'instant même la liberté ; je dois, avant de prendre une pareille mesure, consulter le juge d'instruction. En attendant, vous avez vu de quelle façon j'en ai agi envers vous.

– Oh ! oui, Monsieur, s'écria Dantès, et je vous remercie, car vous avez été pour moi bien plutôt un ami qu'un juge.

– Eh bien ! Monsieur, je vais vous retenir quelque temps encore prisonnier, le moins longtemps que je pourrai ; la principale charge qui existe contre vous, est cette lettre, et vous voyez...

Villefort s'approcha de la cheminée, la jeta dans le feu, et demeura jusqu'à ce qu'elle fût réduite en cendres.

– Et vous voyez, continua-t-il, je l'anéantis.

– Oh ! s'écria Dantès, Monsieur, vous êtes plus que la justice, vous êtes la bonté !

– Mais, écoutez-moi, poursuivit Villefort, après un pareil acte, vous comprenez que vous pouvez avoir confiance en moi, n'est-ce pas ?

– Ô Monsieur ! ordonnez et je suivrai vos ordres.

– Non, dit Villefort en s'approchant du jeune homme, non, ce ne sont pas des ordres que je veux vous donner ; vous le comprenez, ce sont des conseils.

– Dites, et je m'y conformerai comme à des ordres.

– Je vais vous garder jusqu'au soir ici, au palais de justice ; peut-être qu'un autre que moi viendra vous interroger : dites tout ce que vous m'avez dit, mais pas un mot de cette lettre.

– Je vous le promets, Monsieur.

C'était Villefort qui semblait supplier, c'était le prévenu qui rassurait le juge.

– Vous comprenez, dit-il en jetant un regard sur les cendres, qui conservaient encore la forme du papier, et qui voltigeaient au-dessus des flammes : maintenant, cette lettre est anéantie, vous et moi savons seuls qu'elle a existé ; on ne vous la représentera point : niez-la donc si l'on vous en parle, niez-la hardiment et vous êtes sauvé.

– Je nierai, Monsieur, soyez tranquille, dit Dantès.

– Bien, bien ! dit Villefort en portant la main au cordon d'une sonnette ; puis s'arrêtant au moment de sonner :

– C'était la seule lettre que vous eussiez ? dit-il.

– La seule.

– Faites-en serment.

Dantès étendit la main.

– Je le jure, dit-il.

Villefort sonna.

Le commissaire de police entra.

Villefort s'approcha de l'officier public et lui dit quelques mots à l'oreille ; le commissaire répondit par un simple signe de tête.

– Suivez Monsieur, dit Villefort à Dantès.

[...]

Extraits du chapitre VII, « L'interrogatoire »

7. La prison du château d'If

[...]. On marcha vers un canot qu'un marinier de la douane maintenait près du quai par une chaîne. Les soldats regardèrent passer Dantès d'un air de curiosité hébétée[1]. En un instant il fut installé à la poupe[2] du bateau, toujours entre ces quatre gendarmes, tandis que l'exempt[3] se tenait à la proue[4]. Une violente secousse éloigna le bateau du bord, quatre rameurs nagèrent vigoureusement vers le Pilon[5]. À un cri poussé de la barque, la chaîne qui ferme le port s'abaissa, et Dantès se trouva dans ce qu'on appelle le Frioul, c'est-à-dire hors du port.

Le premier mouvement du prisonnier, en se trouvant en plein air, avait été un mouvement de joie. L'air, c'est presque la liberté. Il respira donc à pleine poitrine cette brise vivace qui apporte sur ses ailes toutes ces senteurs inconnues de la nuit et de la mer. Bientôt, cependant, il poussa un soupir ; il passait devant cette Réserve où il avait été si heureux le matin même pendant l'heure qui avait précédé son arrestation, et, à travers l'ouverture ardente de deux fenêtres, le bruit joyeux d'un bal arrivait jusqu'à lui.

Dantès joignit ses mains, leva les yeux au ciel et pria.

La barque continuait son chemin ; elle avait dépassé la Tête de Mort[6], elle était en face de l'anse du Pharo ●, elle allait doubler la batterie, c'était une manœuvre incompréhensible pour Dantès.

1. **Hébétée** : stupéfaite.
2. **Poupe** : arrière d'un navire.
3. **Exempt** : officier de police.
4. **Proue** : avant d'un navire.
5. **Pilon** : rocher en forme de dent qui culmine très haut sur le massif de l'Étoile, à Marseille.
6. **Tête de Mort** : nom d'un sommet rocheux surplombant la mer.

● **L'anse du Pharo est une baie de Marseille. Elle tire son nom du petit phare qui s'y trouvait autrefois.**

– Mais où donc me menez-vous ? demanda-t-il à l'un des gendarmes.

[...]

– Vous êtes Marseillais et marin, dit-il, et vous me demandez où nous allons ?

– Oui, car, sur mon honneur, je l'ignore.

– Ne vous en doutez-vous pas ?

– Aucunement.

– Ce n'est pas possible.

– Je vous le jure sur ce que j'ai de plus sacré au monde. Répondez-moi donc, de grâce !

– Mais la consigne ?

– La consigne ne vous défend pas de m'apprendre ce que je saurai dans dix minutes, dans une demi-heure, dans une heure peut-être. Seulement vous m'épargnez d'ici là des siècles d'incertitude. Je vous le demande comme si vous étiez mon ami, regardez : je ne veux ni me révolter ni fuir ; d'ailleurs je ne le puis : où allons-nous ?

– À moins que vous n'ayez un bandeau sur les yeux ou que vous ne soyez jamais sorti du port de Marseille, vous devez cependant deviner où vous allez ?

– Non.

– Regardez autour de vous, alors.

Dantès se leva, jeta naturellement les yeux sur le point où paraissait se diriger le bateau, et à cent toises[1] devant lui il vit s'élever la roche noire et ardue sur laquelle monte comme une superfétation[2] du silex le sombre château d'If.

1. **Toises** : ancienne mesure de longueur (une toise = 1,949 m).
2. **Superfétation** : au figuré, désigne une chose qui s'ajoute inutilement à une autre.

Cette forme étrange, cette prison autour de laquelle règne une si profonde terreur, cette forteresse qui fait vivre depuis trois cents ans Marseille de ses lugubres traditions, apparaissant ainsi tout à coup à Dantès qui ne songeait point à elle, lui fit l'effet que fait au condamné à mort l'aspect de l'échafaud[1].

– Ah ! mon Dieu ! s'écria-t-il, le château d'If ! Et qu'allons-nous faire là ?

Le gendarme sourit.

– Mais on ne me mène pas là pour être emprisonné ? continua Dantès. Le château d'If est une prison d'État, destinée seulement aux grands coupables politiques. Je n'ai commis aucun crime. Est-ce qu'il y a des juges d'instruction, des magistrats quelconques au château d'If ?

– Il n'y a, je suppose, dit le gendarme, qu'un gouverneur, des geôliers[2], une garnison et de bons murs. Allons, allons, l'ami, ne faites pas tant l'étonné ; car, en vérité, vous me feriez croire que vous reconnaissez ma complaisance en vous moquant de moi.

Dantès serra la main du gendarme à la lui briser.

– Vous prétendez donc, dit-il, que l'on me conduit au château d'If pour m'y emprisonner ?

– C'est probable, dit le gendarme ; mais en tout cas, camarade, il est inutile de me serrer si fort.

– Sans autre information, sans autre formalité ? demanda le jeune homme.

– Les formalités sont remplies, l'information est faite.

– Ainsi, malgré la promesse de M. de Villefort ?...

1. **Échafaud** : estrade où l'on exécutait publiquement les condamnés à la décapitation.
2. **Geôliers** : gardiens.

– Je ne sais si M. de Villefort vous a fait une promesse, dit le gendarme, mais ce que je sais, c'est que nous allons au château d'If. Eh bien ! que faites-vous donc ? Holà ! camarades, à moi !

Par un mouvement prompt[1] comme l'éclair, qui cependant avait été prévu par l'œil exercé du gendarme, Dantès avait voulu s'élancer à la mer ; mais quatre poignets vigoureux le retinrent au moment où ses pieds quittaient le plancher du bateau.

[...]

Il retomba donc sur le plancher de la barque en poussant un hurlement de rage et en se rongeant les mains avec fureur.

Presque au même instant un choc violent ébranla le canot. Un des bateliers sauta sur le roc que la proue de la petite barque venait de toucher, une corde grinça en se déroulant autour d'une poulie, et Dantès comprit qu'on était arrivé et qu'on amarrait l'esquif[2].

En effet, ses gardiens, qui le tenaient à la fois par le bras et par le collet de son habit, le forcèrent de se relever, le contraignirent à descendre à terre, et le traînèrent vers les degrés[3] qui montent à la porte de la citadelle, tandis que l'exempt, armé d'un mousqueton à baïonnette[4], le suivait par derrière.

Dantès, au reste, ne fit point une résistance inutile ; sa lenteur venait plutôt d'inertie[5] que d'opposition ; il était étourdi et chancelant comme un homme ivre. Il vit de nouveau des soldats qui s'échelonnaient sur le talus rapide, il sentit des escaliers qui le forçaient de lever les pieds, il s'aperçut qu'il passait sous

1. **Prompt** : rapide.
2. **Esquif** : petite embarcation.
3. **Degrés** : marches.
4. **Mousqueton à baïonnette** : petit fusil au bout duquel est adaptée une lame effilée, la baïonnette.
5. **Inertie** : inaction.

une porte et que cette porte se refermait derrière lui, mais tout cela machinalement, comme à travers un brouillard, sans rien distinguer de positif. Il ne voyait même plus la mer, cette immense douleur des prisonniers, qui regardent l'espace avec le sentiment terrible qu'ils sont impuissants à le franchir.

Il y eut une halte d'un moment pendant laquelle il essaya de recueillir[1] ses esprits. Il regarda autour de lui : il était dans une cour carrée, formée par quatre hautes murailles ; on entendait le pas lent et régulier des sentinelles ; et chaque fois qu'elles passaient devant deux ou trois reflets que projetait sur les murailles la lueur de deux ou trois lumières qui brillaient dans l'intérieur du château, on voyait scintiller le canon de leurs fusils.

On attendit là dix minutes à peu près ; certains que Dantès ne pouvait plus fuir, les gendarmes l'avaient lâché. On semblait attendre des ordres ; ces ordres arrivèrent.

– Où est le prisonnier ? demanda une voix.

– Le voici, répondirent les gendarmes.

– Qu'il me suive, je vais le conduire à son logement.

– Allez, dirent les gendarmes en poussant Dantès.

Le prisonnier suivit son conducteur, qui le conduisit effectivement dans une salle presque souterraine, dont les murailles nues et suantes semblaient imprégnées d'une vapeur de larmes. Une espèce de lampion posé sur un escabeau, et dont la mèche nageait dans une graisse fétide[2], illuminait les parois lustrées[3] de cet affreux séjour, et montrait à Dantès son conducteur, espèce de geôlier subalterne[4], mal vêtu et de basse mine.

1. **Recueillir ses esprits** : rassembler ses esprits.
2. **Fétide** : qui sent mauvais.
3. **Lustrées** : brillantes.
4. **Geôlier subalterne** (péjoratif) : gardien de second ordre.

– Voici votre chambre pour cette nuit, dit-il ; il est tard, et M. le gouverneur est couché. Demain, quand il se réveillera et qu'il aura pris connaissance des ordres qui vous concernent, peut-être vous changera-t-il de domicile ; en attendant, voici du pain, il y a de l'eau dans cette cruche, de la paille là-bas dans un coin : c'est tout ce qu'un prisonnier peut désirer. Bonsoir. [...]

Extraits du chapitre VIII, « Le château d'If »

Malgré les efforts déployés par Morrel et le retour momentané de Napoléon (les Cent-Jours), Dantès reste prisonnier à cause des manœuvres de M. de Villefort. Au bout de six ans d'incarcération, il décide de se laisser mourir de faim. Mais l'espoir renaît quand il entend son voisin de cellule creuser la roche. Il décide lui aussi de creuser la muraille avec le manche de fer de sa casserole.

8. Le compagnon de la cellule voisine

[...]

Toute la journée il travailla sans relâche ; le soir il avait, grâce à son nouvel instrument, tiré de la muraille plus de dix poignées de débris de moellons, de plâtre et de ciment.

Lorsque l'heure de la visite arriva, il redressa de son mieux le manche tordu de sa casserole et remit le récipient à sa place accoutumée. Le porte-clefs[1] y versa la ration ordinaire de soupe et de viande, ou plutôt de soupe et de poisson, car ce jour-là était un jour maigre[2], et trois fois par semaine on faisait faire maigre aux prisonniers. C'eût été encore un moyen de calculer le temps, si depuis longtemps Dantès n'avait pas abandonné ce calcul.

Puis, la soupe versée, le porte-clefs se retira.

Cette fois Dantès voulut s'assurer si son voisin avait bien réellement cessé de travailler.

Il écouta.

Tout était silencieux comme pendant ces trois jours où les travaux avaient été interrompus.

Dantès soupira ; il était évident que son voisin se défiait[3] de lui.

Cependant il ne se découragea point et continua de travailler toute la nuit ; mais après deux ou trois heures de labeur[4], il rencontra un obstacle.

Le fer ne mordait plus et glissait sur une surface plane.

1. **Porte-clefs** : gardien chargé des clefs des cellules.
2. **Jour maigre** : jour où les catholiques ne doivent consommer ni viande ni aliments gras.
3. **Se défiait** : se méfiait.
4. **Labeur** : travail.

Dantès toucha l'obstacle avec ses mains et reconnut qu'il avait atteint une poutre.

Cette poutre traversait ou plutôt barrait entièrement le trou qu'avait commencé Dantès.

Maintenant il fallait creuser dessus ou dessous.

Le malheureux jeune homme n'avait point songé à cet obstacle.

– Oh ! mon Dieu, mon Dieu ! s'écria-t-il, je vous avais cependant tant prié, que j'espérais que vous m'aviez entendu. Mon Dieu ! après m'avoir ôté la liberté de la vie, mon Dieu ! après m'avoir ôté le calme de la mort, mon Dieu ! qui m'avez rappelé à l'existence, mon Dieu ! ayez pitié de moi, ne me laissez pas mourir dans le désespoir !

– Qui parle de Dieu et de désespoir en même temps, articula une voix qui semblait venir de dessous terre et qui, assourdie par l'opacité[1], parvenait au jeune homme avec un accent sépulcral[2].

Edmond sentit se dresser ses cheveux sur sa tête, et il recula sur ses genoux.

– Ah ! murmura-t-il, j'entends parler un homme.

Il y avait quatre ou cinq ans qu'Edmond n'avait entendu parler que son geôlier, et pour le prisonnier le geôlier n'est pas un homme : c'est une porte vivante ajoutée à sa porte de chêne ; c'est un barreau de chair ajouté à ses barreaux de fer.

– Au nom du ciel ! s'écria Dantès, vous qui avez parlé, parlez encore, quoique votre voix m'ait épouvanté ; qui êtes-vous ?

– Qui êtes-vous vous-même ? demanda la voix.

– Un malheureux prisonnier, reprit Dantès qui ne faisait, lui, aucune difficulté de répondre.

1. **Assourdie par l'opacité** : amortie, étouffée par l'épaisseur de la poutre.
2. **Sépulcral** : qui évoque le tombeau, la mort.

– De quel pays ?

– Français.

– Votre nom ?

– Edmond Dantès.

– Votre profession ?

– Marin.

– Depuis combien de temps êtes-vous ici ?

– Depuis le 28 février 1815.

– Votre crime ?

– Je suis innocent.

– Mais de quoi vous accuse-t-on ?

– D'avoir conspiré pour le retour de l'empereur.

– Comment ! pour le retour de l'empereur ! l'empereur n'est donc plus sur le trône ?

– Il a abdiqué à Fontainebleau en 1814 et a été relégué à l'île d'Elbe. Mais vous-même depuis quel temps êtes-vous donc ici, que vous ignoriez tout cela ?

– Depuis 1811.

Dantès frissonna ; cet homme avait quatre ans de prison de plus que lui.

[...]

– Qui êtes-vous au moins... dites moi qui vous êtes ?

– Je suis... je suis... le n° 27.

– Vous défiez-vous donc de moi ? demanda Dantès.

Edmond crut entendre comme un rire amer[1] percer la voûte et monter jusqu'à lui.

– Oh ! je suis bon chrétien, s'écria-t-il, devinant instinctivement que cet homme songeait à l'abandonner ; je vous jure sur le Christ

1. **Amer** : plein de tristesse et de déception.

que je me ferai tuer plutôt que de laisser entrevoir à vos bourreaux et aux miens l'ombre de la vérité ; mais, au nom du ciel, ne me privez pas de votre présence, ne me privez pas de votre voix, ou, je vous le jure, car je suis au bout de ma force, je me brise la tête contre la muraille, et vous aurez ma mort à vous reprocher.

– Quel âge avez-vous ? votre voix semble être celle d'un jeune homme.

– Je ne sais pas mon âge, car je n'ai pas mesuré le temps depuis que je suis ici. Ce que je sais, c'est que j'allais avoir dix-neuf ans lorsque j'ai été arrêté le 18 février 1815.

– Pas tout à fait vingt-six ans, murmura la voix. Allons, à cet âge on n'est pas encore un traître.

– Oh ! non ! non ! je vous le jure, répéta Dantès. Je vous l'ai déjà dit et je vous le redis, je me ferai couper en morceaux plutôt que de vous trahir.

– Vous avez bien fait de me parler, vous avez bien fait de me prier ; car j'allais former un autre plan et m'éloigner de vous. Mais votre âge me rassure, je vous rejoindrai, attendez-moi.

– Quand cela ?

– Il faut que je calcule nos chances ; laissez-moi vous donner le signal.

– Mais vous ne m'abandonnerez pas, vous ne me laisserez pas seul, vous viendrez à moi, ou vous me permettrez d'aller à vous ? Nous fuirons ensemble, et, si nous ne pouvons fuir, nous parlerons, vous des gens que vous aimez, moi des gens que j'aime. Vous devez aimer quelqu'un ?

– Je suis seul au monde.

– Alors vous m'aimerez, moi : si vous êtes jeune, je serai votre camarade ; si vous êtes vieux, je serai votre fils. J'ai un père qui doit avoir soixante-dix ans, s'il vit encore ; je n'aimais que lui et une jeune fille qu'on appelait Mercédès. Mon père ne m'a pas oublié, j'en suis sûr ; mais elle, Dieu sait si elle pense encore à moi. Je vous aimerai comme j'aimais mon père.

– C'est bien, dit le prisonnier, à demain.

[...]

La nuit arrivée, Dantès crut que son voisin profiterait du silence et de l'obscurité pour renouer la conversation avec lui, mais il se trompait ; la nuit s'écoula sans qu'aucun bruit répondît à sa fiévreuse[1] attente. Mais le lendemain, après la visite du matin et comme il venait d'écarter son lit de la muraille, il entendit frapper trois coups à intervalles égaux ; il se précipita à genoux.

– Est-ce vous ? dit-il ; me voilà !

– Votre geôlier est-il parti ? demanda la voix.

– Oui, répondit Dantès, il ne reviendra que ce soir ; nous avons douze heures de liberté.

– Je puis donc agir ? dit la voix.

– Oh ! oui, oui, sans retard, à l'instant même, je vous en supplie !

Aussitôt la portion de terre sur laquelle Dantès, à moitié perdu dans l'ouverture, appuyait ses deux mains, sembla céder sous lui ; il se rejeta en arrière, tandis qu'une masse de terre et de pierres détachées se précipitait dans un trou qui venait de s'ouvrir au-dessous de l'ouverture que lui-même avait faite ; alors, au fond de ce trou sombre et dont il ne pouvait mesurer la profondeur, il vit paraître une tête, des épaules et enfin un homme tout entier qui sortit avec assez d'agilité de l'excavation[2] pratiquée.

Extraits du chapitre XV, « Le numéro 34 et le numéro 27 »

1. **Fiévreuse** : impatiente.
2. **Excavation** : trou, ouverture.

9. L'abbé Faria

Dantès prit dans ses bras ce nouvel ami, si longtemps et si impatiemment attendu, et l'attira vers sa fenêtre, afin que le peu de jour qui pénétrait dans le cachot l'éclairât tout entier.

C'était un personnage de petite taille, aux cheveux blanchis par la peine plutôt que par l'âge, à l'œil pénétrant caché sous d'épais sourcils qui grisonnaient, à la barbe encore noire et descendant jusque sur sa poitrine : la maigreur de son visage creusé par des rides profondes, la ligne hardie de ses traits[1] caractéristiques, révélaient un homme plus habitué à exercer ses facultés[2] morales que ses forces physiques. Le front du nouveau venu était couvert de sueur.

Quant à son vêtement, il était impossible d'en distinguer la forme primitive[3], car il tombait en lambeaux[4].

Il paraissait avoir soixante-cinq ans au moins, quoiqu'une certaine vigueur dans les mouvements annonçât qu'il avait moins d'années peut-être que n'en accusait une longue captivité.

[...]

– Je suis l'abbé Faria, dit-il, prisonnier depuis 1811, comme vous le savez, au château d'If ; mais j'étais depuis trois ans renfermé dans la forteresse de Fenestrelle[5]. En 1811, on m'a transféré du Piémont[6] en France. [...]

1. **Ligne hardie de ses traits** : les traits de son visage reflètent sa force morale et sa fermeté.
2. **Facultés** : capacités.
3. **Distinguer la forme primitive** : connaître la forme initiale.
4. **Tombait en lambeaux** : était déchiré et usé.
5. **Fenestrelle** : ville italienne proche de Turin (Piémont).
6. **Piémont** : région du nord-ouest de l'Italie.

– N'êtes-vous pas, dit Dantès, commençant à partager l'opinion de son geôlier, qui était l'opinion générale au château d'If, le prêtre que l'on croit... malade ?

– Que l'on croit fou, vous voulez dire, n'est-ce pas ?

– Je n'osais, dit Dantès en souriant.

– Oui, oui, continua Faria avec un rire amer ; oui, c'est moi qui passe pour fou ; c'est moi qui divertis depuis si longtemps les hôtes de cette prison, et qui réjouirais les petits enfants, s'il y avait des enfants dans le séjour de la douleur sans espoir.

Dantès demeura un instant immobile et muet.

– Ainsi, vous renoncez à fuir ? lui dit-il.

– Je vois la fuite impossible ; c'est se révolter contre Dieu que de tenter ce que Dieu ne veut pas qui s'accomplisse.

– Pourquoi vous décourager ? ce serait trop demander aussi à la Providence[1] que de vouloir réussir du premier coup. Ne pouvez-vous pas recommencer dans un autre sens ce que vous avez fait dans celui-ci ?

– Mais savez-vous ce que j'ai fait pour parler ainsi de recommencer ? Savez-vous qu'il m'a fallu quatre ans pour faire les outils que je possède ? savez-vous que depuis deux ans je gratte et creuse une terre dure comme le granit ? [...] Mais, vous-même, dit Faria, pourquoi n'avez-vous pas un soir assommé votre geôlier avec le pied de votre table, revêtu ses habits et essayé de fuir ?

– C'est que l'idée ne m'en est pas venue, dit Dantès.

– C'est que vous avez une telle horreur instinctive pour un pareil crime, une telle horreur que vous n'y avez pas même songé, reprit le vieillard ; car dans les choses simples et permises nos appétits naturels nous avertissent que nous ne dévions pas

1. **Providence** : action de Dieu qui conduit les hommes vers leur destin.

de la ligne de notre droit. Le tigre, qui verse le sang par nature, dont c'est l'état, la destination, n'a besoin que d'une chose, c'est que son odorat l'avertisse qu'il a une proie à sa portée. Aussitôt il bondit vers cette proie, tombe dessus et la déchire. C'est son instinct, et il y obéit. Mais l'homme, au contraire, répugne au sang ; ce ne sont point les lois sociales qui répugnent au meurtre, ce sont les lois naturelles.

Dantès resta confondu : c'était en effet l'explication de ce qui s'était passé à son insu[1] dans son esprit ou plutôt dans son âme, car il y a des pensées qui viennent de la tête, et d'autres qui viennent du cœur.

– Et puis ! continua Faria, depuis tantôt[2] douze ans que je suis en prison, j'ai repassé dans mon esprit toutes les évasions célèbres. Je n'ai vu réussir que rarement les évasions. Les évasions heureuses, les évasions couronnées d'un plein succès, sont les évasions méditées avec soin et lentement préparées : c'est ainsi que le duc de Beaufort s'est échappé du château de Vincennes ; l'abbé Dubuquoi du For-l'Évêque, et Latude de la Bastille●. Il y a encore celles que le hasard peut offrir : celles-là sont les meilleures ; attendons une occasion, croyez-moi, et si cette occasion se présente, profitons-en.

– Vous avez pu attendre, vous, dit Dantès en soupirant ; ce long travail vous faisait une occupation de tous les instants, et quand

1. **À son insu** : sans s'en rendre compte.
2. **Tantôt** : bientôt.

● **Ces trois personnages sont restés célèbres pour leur évasion. Ainsi, au XVIIe siècle, le duc de Beaufort, opposé aux puissants Richelieu et Mazarin, s'évade du château de Vincennes où il était emprisonné. Dumas raconte son évasion dans son roman *Vingt Ans après* (1845).**

vous n'aviez pas votre travail pour vous distraire, vous aviez vos espérances pour vous consoler.

– Puis, dit l'abbé, je ne m'occupais point qu'à cela.

– Que faisiez-vous donc ?

– J'écrivais ou j'étudiais.

– On vous donne donc du papier, des plumes, de l'encre ?

– Non, dit l'abbé, mais je m'en fais.

– Vous vous faites du papier, des plumes et de l'encre ? s'écria Dantès.

– Oui.

Dantès regarda cet homme avec admiration ; seulement il avait encore peine à croire ce qu'il disait. Faria s'aperçut de ce léger doute.

– Quand vous viendrez chez moi, lui dit-il, je vous montrerai un ouvrage entier, résultat des pensées, des recherches et des réflexions de toute ma vie, que j'avais médité à l'ombre du Colisée à Rome, au pied de la colonne Saint-Marc à Venise, sur les bords de l'Arno à Florence●, et que je ne me doutais guère qu'un jour mes geôliers me laisseraient le loisir d'exécuter entre les quatre murs du château d'If. [...]

Extraits du chapitre XVI, « Un savant italien »

● **Dumas cite trois villes (Rome, Venise, Florence) qui symbolisent la culture et l'art italiens, et trois lieux (le Colisée, la colonne Saint-Marc, les bords de l'Arno) qui reflètent leur richesse historique.**

10. De la révélation à la transformation

Grâce à l'excavation, Dantès pénètre chez l'abbé Faria et découvre avec admiration tout ce qu'il a fabriqué durant sa captivité : papier, canif, échelle. Edmond finit par se confier à lui.

[...]

Dantès alors raconta ce qu'il appelait son histoire, et qui se bornait à un voyage dans l'Inde et à deux ou trois voyages dans le Levant[1] ; enfin il en arriva à sa dernière traversée, à la mort du capitaine Leclère, au paquet remis par lui pour le grand maréchal, à l'entrevue du grand maréchal, à la lettre remise par lui et adressée à un monsieur Noirtier ; enfin à son arrivée à Marseille, à son entrevue avec son père, à ses amours avec Mercédès, au repas de ses fiançailles, à son arrestation, à son interrogatoire, à sa prison provisoire au palais de justice, enfin à sa prison définitive au château d'If. Arrivé là, Dantès ne savait plus rien, pas même le temps qu'il y était resté prisonnier.

Le récit achevé, l'abbé réfléchit profondément.

[...]

– Quelqu'un avait-il intérêt à ce que vous ne devinssiez pas capitaine du *Pharaon* ? Quelqu'un avait-il intérêt à ce que vous n'épousassiez[2] pas Mercédès ? Répondez d'abord à la première question, l'ordre est la clef de tous les problèmes. Quelqu'un avait-il intérêt à ce que vous ne devinssiez pas capitaine du *Pharaon* ?

1. **Levant** : Orient.
2. **Devinssiez, épousassiez** : imparfait du subjonctif des verbes *devenir* et *épouser*.

– Non ; j'étais fort aimé à bord. Si les matelots avaient pu élire un chef, je suis sûr qu'ils m'eussent élu. Un seul homme avait quelque motif de m'en vouloir ; j'avais eu quelque temps auparavant une querelle avec lui, et je lui avais proposé un duel qu'il avait refusé.

– Allons donc ! Cet homme, comment se nommait-il ?

– Danglars.

– Qu'était-il à bord ?

– Agent comptable.

– Si vous fussiez devenu capitaine, l'eussiez[1]-vous conservé dans son poste ?

– Non, si la chose eût dépendu de moi, car j'avais cru remarquer quelques infidélités[2] dans ses comptes.

– Bien. Maintenant quelqu'un a-t-il assisté à votre dernier entretien avec le capitaine Leclère ?

– Non, nous étions seuls.

– Quelqu'un a-t-il pu entendre votre conversation ?

– Oui, car la porte était ouverte ; et même... attendez... oui, oui, Danglars est passé juste au moment où le capitaine Leclère me remettait le paquet destiné au grand maréchal.

– Bon, fit l'abbé, nous sommes sur la voie. Avez-vous amené quelqu'un avec vous à terre quand vous avez relâché à l'île d'Elbe ?

– Personne.

– On vous a remis une lettre ?

– Oui, le grand maréchal.

1. **Fussiez, eussiez** : imparfait du subjonctif des verbes *être* et *avoir*.
2. **Infidélités** : le mot signifie ici que les comptes sont faux et que de l'argent a été détourné.

– Cette lettre, qu'en avez-vous fait ?

– Je l'ai mise dans mon portefeuille.

– Vous aviez donc votre portefeuille sur vous ? Comment un portefeuille devant contenir une lettre officielle pouvait-il tenir dans la poche d'un marin ?

– Vous avez raison, mon portefeuille était à bord.

– Ce n'est donc qu'à bord que vous avez enfermé la lettre dans le portefeuille ?

– Oui.

– De Porto-Ferrajo à bord qu'avez-vous fait de cette lettre ?

– Je l'ai tenue à la main.

– Quand vous êtes remonté sur le *Pharaon*, chacun a donc pu voir que vous teniez une lettre ?

– Oui.

– Danglars comme les autres ?

– Danglars comme les autres.

– Maintenant, écoutez bien ; réunissez tous vos souvenirs : vous rappelez-vous dans quels termes était rédigée la dénonciation ?

– Oh ! oui ; je l'ai relue trois fois, et chaque parole en est restée dans ma mémoire.

– Répétez-la-moi.

Dantès se recueillit un instant.

– La voici, dit-il, textuellement :

« M. le procureur du roi est prévenu par un ami du trône et de la religion que le nommé Edmond Dantès, second du navire le *Pharaon*, arrivé ce matin de Smyrne, après avoir touché à Naples et à Porto-Ferrajo, a été chargé par Murat d'un paquet pour l'usurpateur, et par l'usurpateur d'une lettre pour le comité bonapartiste de Paris.

« On aura la preuve de son crime en l'arrêtant, car on trouvera cette lettre sur lui, ou chez son père, ou dans sa cabine à bord du *Pharaon.* »

L'abbé haussa les épaules.

– C'est clair comme le jour, dit-il, il faut que vous ayez eu le cœur bien naïf et bien bon pour n'avoir pas deviné la chose tout d'abord.

– Vous croyez ? s'écria Dantès. Ah ! ce serait bien infâme[1] !

– Quelle était l'écriture ordinaire de Danglars ?

– Une belle cursive[2].

– Quelle était l'écriture de la lettre anonyme ?

– Une écriture renversée.

L'abbé sourit.

– Contrefaite[3], n'est-ce pas ?

– Bien hardie pour être contrefaite.

– Attendez, dit-il.

Il prit sa plume, ou plutôt ce qu'il appelait ainsi, la trempa dans l'encre et écrivit de la main gauche, sur un linge préparé à cet effet, les deux ou trois premières lignes de la dénonciation.

Dantès recula et regarda presque avec terreur l'abbé.

– Oh ! c'est étonnant, s'écria-t-il, comme cette écriture ressemblait à celle-ci.

– C'est que la dénonciation avait été écrite de la main gauche. J'ai observé une chose, continua l'abbé.

– Laquelle ?

1. **Infâme** : abominable, honteux.
2. **Cursive** (ici, n. f.) : écriture au tracé rapide et libre.
3. **Contrefaite** : déformée dans l'intention de tromper.

– C'est que toutes les écritures tracées de la main droite sont variées, c'est que toutes les écritures tracées de la main gauche se ressemblent.

– Vous avez donc tout vu, tout observé ?

– Continuons.

– Oh ! oui, oui.

– Passons à la seconde question.

– J'écoute.

– Quelqu'un avait-il intérêt à ce que vous n'épousassiez pas Mercédès ?

– Oui ! un jeune homme qui l'aimait.

– Son nom ?

– Fernand.

– C'est un nom espagnol ?

– Il était Catalan.

– Croyez-vous que celui-ci était capable d'écrire la lettre ?

– Non ! celui-ci m'eût donné un coup de couteau, voilà tout.

– Oui, c'est dans la nature espagnole : un assassinat, oui, une lâcheté, non.

– D'ailleurs, continua Dantès, il ignorait tous les détails consignés dans la dénonciation.

– Vous ne les aviez donnés à personne ?

– À personne.

– Pas même à votre maîtresse ?

– Pas même à ma fiancée.

– C'est Danglars.

– Oh ! maintenant j'en suis sûr.

– Attendez... Danglars connaissait-il Fernand ?

– Non... si... Je me rappelle...

– Quoi ?

– La surveille[1] de mon mariage je les ai vus attablés ensemble sous la tonnelle du père Pamphile. Danglars était amical et railleur[2], Fernand était pâle et troublé.

– Ils étaient seuls ?

– Non, ils avaient avec eux un troisième compagnon, bien connu de moi, qui sans doute leur avait fait faire connaissance, un tailleur nommé Caderousse ; mais celui-ci était déjà ivre ; attendez... attendez... Comment ne me suis-je pas rappelé cela ? Près de la table où ils buvaient étaient un encrier, du papier, des plumes. (Dantès porta la main à son front.) Oh ! les infâmes ! les infâmes !

– Voulez-vous encore savoir autre chose ? dit l'abbé en riant.

– Oui, oui, puisque vous approfondissez tout, puisque vous voyez clair en toutes choses. Je veux savoir pourquoi je n'ai été interrogé qu'une fois, pourquoi on ne m'a pas donné des juges, et comment je suis condamné sans arrêt[3].

– Oh ! ceci, dit l'abbé, c'est un peu plus grave ; la justice a des allures sombres et mystérieuses qu'il est difficile de pénétrer[4]. Ce que nous avons fait jusqu'ici pour vos deux amis était un jeu d'enfant : il va falloir, sur ce sujet, me donner les indications les plus précises.

– Voyons, interrogez-moi, car en vérité vous voyez plus clair dans ma vie que moi-même.

– Qui vous a interrogé ? est-ce le procureur du roi, le substitut[5], le juge d'instruction ?

– C'était le substitut.

1. **Surveille** : avant-veille, c'est-à-dire deux jours avant le mariage.
2. **Railleur** : moqueur.
3. **Arrêt** : jugement.
4. **Pénétrer** : comprendre.
5. **Substitut** : assistant du procureur.

– Jeune, ou vieux ?

– Jeune : vingt-sept ou vingt-huit ans.

– Bien ! pas corrompu[1] encore, mais ambitieux déjà, dit l'abbé. Quelles furent ses manières avec vous ?

– Douces plutôt que sévères.

– Lui avez-vous tout raconté ?

– Tout.

– Et ses manières ont-elles changé dans le courant de l'interrogatoire ?

– Un instant elles ont été altérées[2], lorsqu'il eut lu la lettre qui me compromettait ; il parut comme accablé[3] de mon malheur.

– De votre malheur ?

– Oui.

– Et vous êtes bien sûr que c'était votre malheur qu'il plaignait ?

– Il m'a donné une grande preuve de sa sympathie du moins.

– Laquelle ?

– Il a brûlé la seule pièce qui pouvait me compromettre.

– Laquelle ? la dénonciation ?

– Non, la lettre.

– Vous en êtes sûr ?

– Cela s'est passé devant moi.

– C'est autre chose ; cet homme pourrait être un plus profond scélérat[4] que vous ne croyez.

– Vous me faites frissonner, sur mon honneur ! dit Dantès, le monde est-il donc peuplé de tigres et de crocodiles ?

– Oui ; seulement, les tigres et les crocodiles à deux pieds sont plus dangereux que les autres.

1. **Corrompu** : qui s'est laissé acheter.
2. **Altérées** : modifiées.
3. **Accablé** : très abattu.
4. **Scélérat** : criminel.

– Continuons, continuons.

– Volontiers ; il a brûlé la lettre, dites-vous ?

– Oui, en me disant : Vous voyez, il n'existe que cette preuve-là contre vous, et je l'anéantis.

– Cette conduite est trop sublime[1] pour être naturelle.

– Vous croyez ?

– J'en suis sûr. À qui cette lettre était-elle adressée ?

– À M. Noirtier, rue Coq-Héron, n° 13, à Paris.

– Pouvez-vous présumer[2] que votre substitut ait quelque intérêt à ce que cette lettre disparût ?

– Peut-être ; car il m'a fait promettre deux ou trois fois, dans mon intérêt, disait-il, de ne parler à personne de cette lettre, et il m'a fait jurer de ne pas prononcer le nom qui était inscrit sur l'adresse.

– Noirtier ? répéta l'abbé... Noirtier ? j'ai connu un Noirtier à la cour de l'ancienne reine d'Étrurie, un Noirtier qui avait été girondin dans la révolution. Comment s'appelait votre substitut, à vous ?

– De Villefort.

L'abbé éclata de rire.

Dantès le regarda avec stupéfaction.

– Qu'avez-vous ? dit-il.

– Voyez-vous ce rayon du jour ? demanda l'abbé.

– Oui.

1. **Sublime** : d'une grande noblesse.
2. **Présumer** : supposer.

Les girondins, groupe politique dont plusieurs chefs étaient députés de la *Gironde* (d'où leur nom), jouèrent un rôle important pendant la Révolution française entre 1791 et 1793, date de leur chute. La Gironde prit ensuite parti pour Napoléon Bonaparte.

– Eh bien ! tout est plus clair pour moi maintenant que ce rayon transparent et lumineux. Pauvre enfant, pauvre jeune homme ! Et ce magistrat a été bon pour vous ?

– Oui.

– Ce digne substitut a brûlé, anéanti la lettre ?

– Oui.

– Cet honnête pourvoyeur[1] du bourreau vous a fait jurer de ne jamais prononcer le nom de Noirtier ?

– Oui.

– Ce Noirtier, pauvre aveugle que vous êtes, savez-vous ce que c'était que ce Noirtier ?

Ce Noirtier, c'était son père !

La foudre, tombée aux pieds de Dantès et lui creusant un abîme[2] au fond duquel s'ouvrait l'enfer, lui eût produit un effet moins prompt, moins électrique, moins écrasant, que ces paroles inattendues ; il se leva, saisissant sa tête à deux mains comme pour l'empêcher d'éclater.

– Son père ! son père ! s'écria-t-il.

– Oui, son père, qui s'appelle Noirtier de Villefort, reprit l'abbé.

Alors une lumière fulgurante traversa le cerveau du prisonnier, tout ce qui lui était demeuré obscur fut à l'instant même éclairé d'un jour éclatant. Ces tergiversations[3] de Villefort pendant l'interrogatoire, cette lettre détruite, ce serment exigé, cette voix presque suppliante du magistrat qui, au lieu de menacer, semblait implorer[4], tout lui revint à la mémoire ; il jeta un cri,

1. **Pourvoyeur** : fournisseur.
2. **Abîme** (n. m.) : gouffre.
3. **Tergiversations** : fait de *tergiverser*, c'est-à-dire de faire traîner les choses en longueur pour éviter de prendre une décision.
4. **Implorer** : supplier.

chancela un instant comme un homme ivre ; puis, s'élançant par l'ouverture qui conduisait de la cellule de l'abbé à la sienne :

– Oh ! dit-il, il faut que je sois seul pour penser à tout cela.

Et, en arrivant dans son cachot, il tomba sur son lit, où le porte-clefs le retrouva le soir, assis, les yeux fixes, les traits contractés, mais immobile et muet comme une statue.

Pendant ces heures de méditation qui s'étaient écoulées comme des secondes, il avait pris une terrible résolution et fait un formidable serment !

Une voix tira Dantès de cette rêverie, c'était celle de l'abbé Faria, qui, ayant reçu à son tour la visite de son geôlier, venait inviter Dantès à souper avec lui. Sa qualité de fou reconnu, et surtout de fou divertissant, donnait au vieux prisonnier quelques privilèges, comme celui d'avoir du pain un peu plus blanc et un petit flacon de vin le dimanche. Or, on était justement arrivé au dimanche, et l'abbé venait inviter son jeune compagnon à partager son pain et son vin.

Dantès le suivit : toutes les lignes de son visage s'étaient remises et avaient repris leur place accoutumée ; mais avec une raideur et une fermeté, si l'on peut le dire, qui accusaient[1] une résolution prise. L'abbé le regarda fixement.

– Je suis fâché de vous avoir aidé dans vos recherches et de vous avoir dit ce que je vous ai dit, fit-il.

– Pourquoi cela ? demanda Dantès.

– Parce que je vous ai infiltré dans le cœur un sentiment qui n'y était point : la vengeance.

Dantès sourit.

– Parlons d'autre chose, dit-il.

– [...]

1. **Accusaient** : révélaient.

Les révélations de l'abbé Faria font comprendre à Dantès l'importance du savoir. Généreusement, l'abbé accepte de lui enseigner tout ce qu'il sait.

En effet, dès le soir les deux prisonniers arrêtèrent un plan d'éducation qui commença de s'exécuter le lendemain. Dantès avait une mémoire prodigieuse[1], une facilité de conception extrême : la disposition mathématique de son esprit le rendait apte à[2] tout comprendre par le calcul, tandis que la poésie du marin corrigeait tout ce que pouvait avoir de trop matériel la démonstration réduite à la sécheresse des chiffres ou à la rectitude[3] des lignes ; il savait déjà d'ailleurs l'italien et un peu de romaïque[4] qu'il avait appris dans ses voyages d'Orient. Avec ces deux langues il comprit bientôt le mécanisme de toutes les autres, et, au bout de six mois, il commençait à parler l'espagnol, l'anglais et l'allemand.

Comme il l'avait dit à l'abbé Faria, soit que la distraction que lui donnait l'étude lui tînt lieu[5] de liberté, soit qu'il fût, comme nous l'avons vu déjà, rigide[6] observateur de sa parole, il ne parlait plus de fuir, et les journées s'écoulaient pour lui rapides et instructives. Au bout d'un an c'était un autre homme.

[...]

Extraits du chapitre XVII, « La chambre de l'abbé »

1. **Prodigieuse** : extraordinaire.
2. **Apte à** : capable de.
3. **Rectitude** : caractère de ce qui est droit.
4. **Romaïque** : grec moderne.
5. **Tînt lieu** : servît.
6. **Rigide** : strict.

11. Le trésor de l'abbé Faria

Les deux prisonniers préparent leur évasion mais l'abbé a une attaque cérébrale. Il révèle alors à Dantès son plus grand secret : il est l'héritier du trésor des Spada, une noble et riche famille romaine.

[...]

En 1807, un mois avant mon arrestation et quinze jours après la mort du comte de Spada, le 25 du mois de décembre, vous allez comprendre tout à l'heure comment la date de ce jour mémorable est restée dans mon souvenir, je relisais pour la millième fois ces papiers, que je coordonnais ; car, le palais appartenant désormais à un étranger, j'allais quitter Rome pour aller m'établir à Florence, en emportant une douzaine de mille livres que je possédais, ma bibliothèque et mon fameux bréviaire[1], lorsque, fatigué de cette étude assidue, mal disposé par un dîner assez lourd que j'avais fait, je laissai tomber ma tête sur mes deux mains et m'endormis : il était trois heures de l'après-midi.

Je me réveillai comme la pendule sonnait six heures.

Je levai la tête, j'étais dans l'obscurité la plus profonde. Je sonnai pour qu'on m'apportât de la lumière, personne ne vint ; je résolus alors de me servir moi-même. C'était d'ailleurs une habitude de philosophe qu'il allait me falloir prendre. Je pris d'une main une bougie toute préparée, et de l'autre je cherchai, à défaut des allumettes absentes de leur boîte, un papier que je comptais allumer à un dernier reste de flamme dansant au-dessus du

1. **Bréviaire** : livre de prières.

foyer ; mais, craignant dans l'obscurité de prendre un papier précieux à la place d'un papier inutile, j'hésitais, lorsque je me rappelai avoir vu, dans le fameux bréviaire qui était posé sur la table à côté de moi, un vieux papier tout jaune par le haut qui avait l'air de servir de signet[1] et qui avait traversé les siècles, maintenu à sa place par la vénération[2] des héritiers. Je cherchai, en tâtonnant, cette feuille inutile, je la trouvai, je la tordis, et, la présentant à la flamme mourante, je l'allumai.

Mais, sous mes doigts, comme par magie, à mesure que le feu montait, je vis des caractères jaunâtres sortir du papier blanc et apparaître sur la feuille ; alors la terreur me prit : je serrai dans mes mains le papier, j'étouffai le feu, j'allumai directement la bougie au foyer[3], je rouvris avec une indicible[4] émotion la lettre froissée, et je reconnus qu'une encre mystérieuse et sympathique avait tracé ces lettres apparentes seulement au contact de la vive chaleur. Un peu plus du tiers du papier avait été consumé par la flamme : c'est ce papier que vous avez lu ce matin ; relisez-le, Dantès ; puis, quand vous l'aurez relu, je vous compléterai, moi, les phrases interrompues et le sens incomplet.

[...]

Dantès obéit ; les deux fragments rapprochés donnaient l'ensemble suivant :

1. **Signet** : marque-page.
2. **Vénération** : profond respect.
3. **Foyer** : feu.
4. **Indicible** : inexprimable.

L'encre sympathique est un liquide incolore utilisé pour écrire un texte devant rester secret, lequel n'apparaît que sous l'action de la chaleur ou d'un réactif.

Les deux fragments proviennent, l'un du manuscrit jauni et brûlé, l'autre des recherches de l'abbé Faria.

« Cejourd'hui[1] 25 avril 1498, ay... ant été invité à dîner par Sa Sainteté Alexandre VI, et craignant que, non... content[2] de m'avoir fait payer le chapeau[3], il ne veuille hériter de moi et ne me ré... serve le sort des cardinaux Caprara et Bentivoglio, morts empoisonnés, ... je déclare à mon neveu Guido Spada, mon légataire universel[4], que j'ai en... foui dans un endroit qu'il connaît pour l'avoir visité avec moi, c'est-à-dire dans... les grottes de la petite île de Monte-Cristo, tout ce que je pos... édais de lingots, d'or monnayé, pierreries, diamants, bijoux ; que seul... je connais l'existence de ce trésor, qui peut monter à peu près à deux mil... lions d'écus romains, et qu'il trouvera ayant levé la vingtième roch... e à partir de la petite crique de l'est en droite ligne. Deux ouvertu... res ont été pratiquées dans ces grottes ; le trésor est dans l'angle le plus é... loigné de la deuxième, lequel trésor je lui lègue et cède en tou... te propriété, comme à mon seul héritier.

25 avril 1498.

CÉS...AR † SPADA. »

– Eh bien ! comprenez-vous enfin ? dit Faria.

– C'était la déclaration du cardinal Spada et le testament que l'on cherchait depuis si longtemps ? dit Edmond encore incrédule[5].

– Oui, mille fois oui.

– Qui l'a reconstruite ainsi ?

1. **Cejourd'hui** : aujourd'hui.
2. **Non content de** : ne se contentant pas de.
3. **M'avoir fait payer le chapeau** (ou porter le chapeau) : m'avoir rendu responsable.
4. **Légataire universel** : héritier de tous les biens.
5. **Incrédule** : ne pouvant y croire.

– Moi, qui, à l'aide du fragment restant, ai deviné le reste en mesurant la longueur des lignes par celle du papier et en pénétrant dans le sens caché au moyen du sens visible, comme on se guide dans un souterrain par un reste de lumière qui vient d'en haut. [...] Maintenant, continua Faria en regardant Dantès avec une expression presque paternelle, maintenant, mon ami, vous en savez autant que moi : si nous nous sauvons jamais ensemble, la moitié de mon trésor est à vous ; si je meurs ici et que vous vous sauviez seul, il vous appartient en totalité.

– Mais, demanda Dantès hésitant, ce trésor n'a-t-il pas dans ce monde quelque plus légitime possesseur que nous ?

– Non, non, rassurez-vous, la famille est éteinte complètement, le dernier comte Spada, d'ailleurs, m'a fait son héritier ; en me léguant ce bréviaire symbolique il m'a légué ce qu'il contenait ; non, non, tranquillisez-vous : si nous mettons la main sur cette fortune, nous pourrons en jouir sans remords.

– Et vous dites que ce trésor renferme...

– Deux millions d'écus romains, treize millions à peu près de notre monnaie.

– Impossible ! dit Dantès effrayé par l'énormité de la somme.

– Impossible ! et pourquoi ? reprit le vieillard. La famille Spada était une des plus vieilles et des plus puissantes familles du xve siècle. D'ailleurs, dans ces temps où toute spéculation[1] et toute industrie[2] étaient absentes, ces agglomérations[3] d'or et de bijoux ne sont pas rares, il y a encore aujourd'hui des familles romaines

1. **Spéculation** : opération financière consistant à acheter un bien dans l'intention de réaliser un bénéfice en le revendant.
2. **Industrie** : activité économique.
3. **Agglomérations** : amas, tas.

qui meurent de faim près d'un million en diamants et en pierreries transmis par majorat[1], et auquel ils ne peuvent toucher.

Edmond croyait rêver : il flottait entre l'incrédulité[2] et la joie.

– Je n'ai gardé si longtemps le secret avec vous, continua Faria, d'abord que pour vous éprouver[3], et ensuite pour vous surprendre ; si nous nous fussions évadés avant mon accès de catalepsie[4], je vous conduisais à Monte-Cristo ; maintenant, ajouta-t-il avec un soupir, c'est vous qui m'y conduirez. Eh bien ! Dantès, vous ne me remerciez pas ?

– Ce trésor vous appartient, mon ami, dit Dantès, il appartient à vous seul, et je n'y ai aucun droit : je ne suis point votre parent.

– Vous êtes mon fils, Dantès ! s'écria le vieillard, vous êtes l'enfant de ma captivité ; mon état[5] me condamnait au célibat : Dieu vous a envoyé à moi pour consoler à la fois l'homme qui ne pouvait être père et le prisonnier qui ne pouvait être libre.

Et Faria tendit le bras qui lui restait au jeune homme qui se jeta à son cou en pleurant.

Extraits du chapitre XVIII, « Le trésor »

1. **Majorat** : bien attaché à un titre de noblesse et transmis avec le titre à l'héritier.
2. **Incrédulité** : défiance, doute.
3. **Éprouver** : tester.
4. **Catalepsie** : perte complète et momentanée de tout mouvement musculaire, le corps restant figé dans l'attitude qu'il avait au moment de la crise.
5. **État** : profession.

12. L'ÉVASION

L'abbé Faria meurt. Pour s'évader, Dantès prend la place du cadavre du vieillard dans le sac de toile grossière qui lui sert de linceul[1].

Lorsque sept heures du soir s'approchèrent, les angoisses de Dantès commencèrent véritablement. Sa main, appuyée sur son cœur, essayait d'en comprimer les battements, tandis que de l'autre il essuyait la sueur de son front qui ruisselait le long de ses tempes. De temps en temps des frissons lui couraient par tout le corps et lui serraient le cœur comme dans un étau glacé. Alors il croyait qu'il allait mourir. Les heures s'écoulèrent sans amener aucun mouvement dans le château, et Dantès comprit qu'il avait échappé à ce premier danger ; c'était d'un bon augure[2]. Enfin, vers l'heure fixée par le gouverneur, des pas se firent entendre dans l'escalier. Edmond comprit que le moment était venu ; il rappela tout son courage, retenant son haleine ; heureux s'il eût pu retenir en même temps et comme elle les pulsations précipitées de ses artères.

On s'arrêta à la porte, le pas était double. Dantès devina que c'étaient les deux fossoyeurs[3] qui le venaient chercher. Ce soupçon se changea en certitude, quand il entendit le bruit qu'ils faisaient en déposant la civière.

La porte s'ouvrit, une lumière voilée parvint aux yeux de Dantès. Au travers de la toile qui le couvrait, il vit deux ombres

1. **Linceul** : drap dans lequel on ensevelit les morts.
2. **Bon augure** : bon signe.
3. **Fossoyeurs** : personnes qui creusent les *fosses* où l'on enterre les morts.

s'approcher de son lit. Une troisième restait à la porte, tenant un falot[1] à la main. Chacun des deux hommes, qui s'étaient approchés du lit, saisit le sac par une de ses extrémités.

– C'est qu'il est encore lourd, pour un vieillard si maigre ! dit l'un d'eux en le soulevant par la tête.

– On dit que chaque année ajoute une demi-livre[2] au poids des os, dit l'autre en le prenant par les pieds.

– As-tu fait ton nœud ? demanda le premier.

– Je serais bien bête de nous charger d'un poids inutile, dit le second, je le ferai là-bas.

– Tu as raison ; partons alors.

« Pourquoi ce nœud ? » se demanda Dantès.

On transporta le prétendu mort du lit sur la civière. Edmond se raidissait pour mieux jouer son rôle de trépassé[3]. On le posa sur la civière ; et le cortège, éclairé par l'homme au falot, qui marchait devant, monta l'escalier.

Tout à coup, l'air frais et âpre de la nuit l'inonda. Dantès reconnut le mistral[4]. Ce fut une sensation subite, pleine à la fois de délices et d'angoisses.

[...] On fit cinquante pas à peu près, puis on s'arrêta pour ouvrir une porte, puis on se remit en route. Le bruit des flots se brisant contre les rochers sur lesquels est bâti le château, arrivait plus distinctement à l'oreille de Dantès à mesure que l'on avança.

– Mauvais temps ! dit un des porteurs, il ne fera pas bon d'être en mer cette nuit.

1. **Falot** : lanterne.
2. **Demi-livre** : 250 g (1 livre = 500 g).
3. **Trépassé** : mort.
4. **Mistral** : vent violent, froid et sec, qui souffle sur la région méditerranéenne.

– Oui, l'abbé court grand risque d'être mouillé, dit l'autre, et ils éclatèrent de rire.

Dantès ne comprit pas très bien la plaisanterie, mais ses cheveux ne s'en dressèrent pas moins sur sa tête.

– Bon, nous voilà arrivés ! reprit le premier.

– Plus loin, plus loin, dit l'autre, tu sais bien que le dernier est resté en route, brisé sur les rochers, et que le gouverneur nous a dit le lendemain que nous étions des fainéants.

On fit encore quatre ou cinq pas en montant toujours, puis Dantès sentit qu'on le prenait par la tête et par les pieds et qu'on le balançait.

– Une, dirent les fossoyeurs.

– Deux.

– Trois !

En même temps Dantès se sentit lancé en effet dans un vide énorme, traversant les airs comme un oiseau blessé, tombant, tombant toujours avec une épouvante qui lui glaçait le cœur. Quoique tiré en bas par quelque chose de pesant qui précipitait son vol rapide, il lui sembla que cette chute durait un siècle. Enfin, avec un bruit épouvantable, il entra comme une flèche dans une eau glacée qui lui fit pousser un cri, étouffé à l'instant même par l'immersion.

Dantès avait été lancé dans la mer, au fond de laquelle l'entraînait un boulet de trente-six[1] attaché à ses pieds.

La mer est le cimetière du château d'If.

Extraits du chapitre XX, « Le cimetière du château d'If »

1. **Trente-six** : trente-six livres, soit environ dix-huit kilos.

13. L'île de Tiboulen

Dantès étourdi, presque suffoqué, eut cependant la présence d'esprit de retenir son haleine, et, comme sa main droite, ainsi que nous l'avons dit, préparé qu'il était à toutes les chances, tenait son couteau tout ouvert, il éventra rapidement le sac, sortit le bras, puis la tête ; mais alors, malgré ses mouvements pour soulever le boulet, il continua de se sentir entraîné ; alors il se cambra, cherchant la corde qui liait ses jambes, et, par un effort suprême, il la trancha précisément au moment où il suffoquait ; alors, donnant un vigoureux coup de pied, il remonta libre à la surface de la mer, tandis que le boulet entraînait dans ses profondeurs inconnues le tissu grossier qui avait failli devenir son linceul.

Dantès ne prit que le temps de respirer, et replongea une seconde fois ; car la première précaution qu'il devait prendre était d'éviter les regards.

Lorsqu'il reparut pour la seconde fois, il était déjà à cinquante pas au moins du lieu de sa chute ; il vit au-dessus de sa tête un ciel noir et tempétueux, à la surface duquel le vent balayait quelques nuages rapides, découvrant parfois un petit coin d'azur rehaussé d'une étoile ; devant lui s'étendait la plaine sombre et mugissante, dont les vagues commençaient à bouillonner comme à l'approche d'une tempête, tandis que derrière lui, plus noir que la mer, plus noir que le ciel, montait, comme un fantôme menaçant, le géant de granit●, dont la pointe sombre semblait

● **La métaphore du « géant de granit » désigne le château d'If.**

Edmond Dantès survit à la noyade.
Le Comte de Monte-Cristo,
version télévisée de Josée Dayan, 1998,
avec Gérard Depardieu
dans le rôle-titre.

un bras étendu pour ressaisir sa proie ; sur la roche la plus haute était un falot[1] éclairant deux ombres.

Il lui sembla que ces deux ombres se penchaient sur la mer avec inquiétude ; en effet, ces étranges fossoyeurs devaient avoir entendu le cri qu'il avait jeté en traversant l'espace.

[...]

Il nageait cependant, et déjà le château terrible s'était un peu fondu dans la vapeur nocturne : il ne le distinguait pas, mais il le sentait toujours.

Une heure s'écoula, pendant laquelle Dantès, exalté par le sentiment de la liberté qui avait envahi toute sa personne, continua de fendre les flots dans la direction qu'il s'était faite.

– Voyons, se disait-il, voilà bientôt une heure que je nage, mais comme le vent m'est contraire j'ai dû perdre un quart de ma rapidité ; cependant, à moins que je ne me sois trompé de ligne, je ne dois pas être loin de Tiboulen[2] maintenant... Mais, si je m'étais trompé !

1. **Falot** : lanterne.
2. **Tiboulen** : île inhabitée au sud de Marseille.

Un frisson passa par tout le corps du nageur ; il essaya de faire un instant la planche pour se reposer ; mais la mer devenait de plus en plus forte, et il comprit bientôt que ce moyen de soulagement, sur lequel il avait compté, était impossible.

– Eh bien ! dit-il, soit, j'irai jusqu'au bout, jusqu'à ce que mes bras se lassent, jusqu'à ce que les crampes envahissent mon corps, et alors je coulerai à fond !

Et il se mit à nager avec la force et l'impulsion du désespoir.

Tout à coup il lui sembla que le ciel, déjà si obscur, s'assombrissait encore, qu'un nuage épais, lourd, compact s'abaissait vers lui ; en même temps, il sentit une violente douleur au genou : l'imagination, avec son incalculable vitesse, lui dit alors que c'était le choc d'une balle, et qu'il allait immédiatement entendre l'explosion du coup de fusil ; mais l'explosion ne retentit pas. Dantès allongea la main et sentit une résistance, il retira son autre jambe à lui et toucha la terre ; il vit alors quel était l'objet qu'il avait pris pour un nuage.

À vingt pas de lui s'élevait une masse de rochers bizarres, qu'on prendrait pour un foyer immense pétrifié au moment de sa plus ardente combustion : c'était l'île de Tiboulen.

Dantès se releva, fit quelques pas en avant, et s'étendit en remerciant Dieu sur ces pointes de granit, qui lui semblèrent à cette heure plus douces que ne lui avait jamais paru le lit le plus doux.

Extraits du chapitre XXI, « L'île de Tiboulen »

14. Un nouveau visage

Sauvé par des contrebandiers, Dantès est engagé comme marin sur la Jeune-Amélie. *Lors d'une escale à Livourne (Italie), il se rend chez un barbier.*

Edmond devait tenter là une nouvelle épreuve : c'était de savoir s'il se reconnaîtrait lui-même, depuis quatorze ans qu'il ne s'était vu ; il avait conservé une idée assez précise de ce qu'était le jeune homme, il allait voir ce qu'il était devenu homme. Aux yeux de ses camarades, son vœu était accompli : vingt fois déjà il avait relâché[1] à Livourne, il connaissait un barbier rue Saint-Ferdinand, il entra chez lui pour se faire couper la barbe et les cheveux.

Le barbier regarda avec étonnement cet homme à la longue chevelure et à la barbe épaisse et noire, qui ressemblait à une de ces belles têtes du Titien[2]. Ce n'était point encore la mode à cette époque-là que l'on portât la barbe et les cheveux si développés : aujourd'hui un barbier s'étonnerait seulement qu'un homme doué de si grands avantages physiques consentit volontairement à s'en priver.

Le barbier livournais se mit à la besogne[3] sans observation.

Lorsque l'opération fut terminée, lorsque Edmond sentit son menton entièrement rasé, lorsque ses cheveux furent réduits à la longueur ordinaire, il demanda un miroir et se regarda.

1. **Relâché** : fait escale.
2. **Titien** : célèbre peintre italien du XVIe siècle, auteur de tableaux religieux et mythologiques.
3. **À la besogne** : au travail.

Dantès, méconnaissable après son passage chez le barbier. Interprété par Étienne Mélingue (1818-1875), étoile masculine de la troupe du Théâtre historique de Dumas. Illustration du XIXe siècle.

Il avait alors trente-trois ans, comme nous l'avons dit, et ces quatorze ans de prison avaient pour ainsi dire apporté un grand changement moral dans sa figure.

Dantès était entré au château d'If avec ce visage rond, riant et épanoui du jeune homme heureux, à qui les premiers pas dans la vie ont été faciles, et qui compte sur l'avenir comme sur la déduction naturelle du passé : tout cela était bien changé.

Sa figure ovale s'était allongée, sa bouche rieuse avait pris ces lignes fermes et arrêtées qui indiquent la résolution ; ses sourcils s'étaient arqués sous une ride unique, pensive ; ses yeux s'étaient empreints d'une profonde tristesse, du fond de laquelle jaillissaient de temps en temps les sombres éclairs de la misanthropie[1] et de la haine ; son teint, éloigné si longtemps de la lumière du jour et des rayons du soleil, avait pris cette couleur mate qui fait, quand leur visage est encadré dans des

1. **Misanthropie** : caractère sombre et peu sociable de quelqu'un qui fuit la société.

cheveux noirs, la beauté aristocratique des hommes du Nord ; cette science profonde qu'il avait acquise avait en outre reflété sur tout son visage une auréole[1] d'intelligente sécurité ; en outre, il avait, quoique naturellement d'une taille assez haute, acquis cette vigueur trapue[2] d'un corps toujours concentrant ses forces en lui.

À l'élégance des formes nerveuses et grêles[3] avait succédé la solidité des formes arrondies et musculeuses. Quant à sa voix, les prières, les sanglots et les imprécations[4] l'avaient changée, tantôt en un timbre d'une douceur étrange, tantôt en une accentuation rude et presque rauque[5].

En outre, sans cesse dans un demi-jour et dans l'obscurité, ses yeux avaient acquis cette singulière[6] faculté de distinguer les objets pendant la nuit, comme font ceux de l'hyène et du loup.

Edmond sourit en se voyant : il était impossible que son meilleur ami, si toutefois il lui restait un ami, le reconnût ; il ne se reconnaissait même pas lui-même.

[...]

Extraits du chapitre XXII, « Les contrebandiers »

1. **Auréole** : rayonnement.
2. **Trapue** : dégageant de la force.
3. **Grêles** : maigres.
4. **Imprécations** : malédictions.
5. **Rauque** : rude, comme enrouée.
6. **Singulière** : particulière, étrange.

15. La découverte du trésor

Peu après, Dantès aborde l'île de Monte-Cristo avec les contrebandiers de la Jeune-Amélie. *Parti en excursion sur l'île, il trouve la première grotte signalée par l'abbé Faria.*

[...]

L'île était déserte, et le soleil à son zénith semblait la couvrir de son œil de feu ; au loin, de petites barques de pêcheurs ouvraient leurs ailes sur la mer d'un bleu de saphir[1].

Dantès n'avait encore rien pris : mais c'était bien long de manger dans un pareil moment ; il avala une gorgée de rhum et rentra dans la grotte le cœur raffermi.

La pioche qui lui avait semblé si lourde était redevenue légère ; il la souleva comme il eût fait d'une plume, et se remit vigoureusement à la besogne.

Après quelques coups il s'aperçut que les pierres n'étaient point scellées, mais seulement posées les unes sur les autres et recouvertes de l'enduit dont nous avons parlé ; il introduisit dans une des fissures la pointe de la pioche, pesa sur le manche et vit avec joie la pierre tomber à ses pieds.

Dès lors Dantès n'eut plus qu'à tirer chaque pierre à lui avec la dent de fer de la pioche, et chaque pierre à son tour roula près de la première.

1. **Saphir** : pierre précieuse de couleur bleue.

Dès la première ouverture, Dantès eût pu entrer ; mais en tardant de quelques instants, c'était retarder la certitude en se cramponnant à l'espérance[1].

Enfin, après une nouvelle hésitation d'un instant, Dantès passa de cette première grotte dans la seconde.

Cette seconde grotte était plus basse, plus sombre et d'un aspect plus effrayant que la première ; l'air, qui n'y pénétrait que par l'ouverture pratiquée à l'instant même, avait cette odeur méphitique[2] que Dantès s'était étonné de ne pas trouver dans la première. Dantès donna le temps à l'air extérieur d'aller raviver cette atmosphère morte, et entra.

À gauche de l'ouverture, était un angle profond et sombre.

Mais, nous l'avons dit, pour l'œil de Dantès il n'y avait pas de ténèbres.

Il sonda du regard la seconde grotte : elle était vide comme la première.

Le trésor, s'il existait, était enterré dans cet angle sombre.

L'heure de l'angoisse était arrivée ; deux pieds de terre à fouiller, c'était tout ce qui restait à Dantès entre la suprême joie et le suprême désespoir.

Il s'avança vers l'angle et, comme pris d'une résolution subite, il attaqua le sol hardiment.

Au cinquième ou sixième coup de pioche le fer résonna sur du fer.

1. Dantès retarde son entrée dans la grotte car il craint d'être déçu.
2. **Méphitique** : répugnante.

Jamais tocsin[1] funèbre, jamais glas[2] frémissant ne produisit pareil effet sur celui qui l'entendit. Dantès n'aurait rien rencontré qu'il ne fût certes pas devenu plus pâle.

Il sonda à côté de l'endroit où il avait sondé déjà, et rencontra la même résistance mais non pas le même son.

– C'est un coffre de bois, cerclé de fer, dit-il.

En ce moment une ombre rapide passa interceptant le jour.

Dantès laissa tomber sa pioche, saisit son fusil, repassa par l'ouverture, et s'élança vers le jour.

Une chèvre sauvage avait bondi par-dessus la première entrée de la grotte et broutait à quelques pas de là.

C'était une belle occasion de s'assurer son dîner, mais Dantès eut peur que la détonation du fusil n'attirât quelqu'un.

Il réfléchit un instant, coupa un arbre résineux, alla l'allumer au feu encore fumant où les contrebandiers avaient fait cuire leur déjeuner, et revint avec cette torche.

Il ne voulait perdre aucun détail de ce qu'il allait voir.

Il approcha la torche du trou informe et inachevé, et reconnut qu'il ne s'était pas trompé : ses coups avaient alternativement frappé sur le fer et sur le bois.

Il planta sa torche dans la terre et se remit à l'œuvre.

En un instant un emplacement de trois pieds[3] de long sur deux pieds de large à peu près fut déblayé, et Dantès put reconnaître un coffre de bois de chêne cerclé de fer ciselé. Au milieu du couvercle resplendissaient, sur une plaque d'argent que la terre

1. **Tocsin** : sonnerie de cloche pour donner l'alarme.
2. **Glas** : sonnerie de cloche pour annoncer un décès ou un enterrement.
3. **Pied** : ancienne mesure de longueur valant 30,48 cm.

n'avait pu ternir, les armes de la famille Spada, c'est-à-dire une épée posée en pal[1] sur un écusson ovale, comme sont les écussons italiens, et surmonté d'un chapeau de cardinal.

Dantès les reconnut facilement : l'abbé Faria les lui avait tant de fois dessinées !

Dès lors il n'y avait plus de doute, le trésor était bien là ; on n'eût pas pris tant de précautions pour remettre à cette place un coffre vide.

En un instant tous les alentours du coffre furent déblayés, et Dantès vit tour à tour apparaître la serrure du milieu, placée entre deux cadenas, et les anses[2] des faces latérales ; tout cela était ciselé comme on ciselait à cette époque, où l'art rendait précieux les plus vils[3] métaux.

Dantès prit le coffre par les anses et essaya de le soulever : c'était chose impossible.

Dantès essaya de l'ouvrir : serrure et cadenas étaient fermés ; les fidèles gardiens semblaient ne pas vouloir rendre leur trésor.

Dantès introduisit le côté tranchant de sa pioche entre le coffre et le couvercle, pesa sur le manche de la pioche, et le couvercle, après avoir crié, éclata. Une large ouverture des ais[4] rendit les ferrures[5] inutiles, elles tombèrent à leur tour, serrant encore de leurs ongles tenaces les planches entamées par leur chute, et le coffre fut découvert.

1. **Pal** : pièce d'un blason formée par deux lignes verticales et placée au milieu de l'écu.
2. **Anses** : poignées.
3. **Les plus vils** : les moins nobles.
4. **Ais** : planches de bois.
5. **Ferrures** : décorations en fer.

Une fièvre vertigineuse s'empara de Dantès ; il saisit son fusil, l'arma et le plaça près de lui. D'abord il ferma les yeux, comme font les enfants, pour apercevoir, dans la nuit étincelante de leur imagination, plus d'étoiles qu'ils n'en peuvent compter dans un ciel encore éclairé, puis il les rouvrit et demeura ébloui.

Trois compartiments scindaient le coffre.

Dans le premier brillaient de rutilants écus d'or aux fauves reflets.

Dans le second, des lingots mal polis et rangés en bon ordre, mais qui n'avaient de l'or que le poids et la valeur.

Dans le troisième enfin, à demi plein, Edmond remua à poignée les diamants, les perles, les rubis, qui, cascade étincelante, faisaient, en retombant les uns sur les autres, le bruit de la grêle sur les vitres.

Après avoir touché, palpé, enfoncé ses mains frémissantes dans l'or et les pierreries, Edmond se releva et prit sa course à travers les cavernes avec la tremblante exaltation d'un homme qui touche à la folie. Il sauta sur un rocher d'où il pouvait découvrir la mer, et n'aperçut rien ; il était seul, bien seul, avec ces richesses incalculables, inouïes, fabuleuses, qui lui appartenaient : seulement rêvait-il ou était-il éveillé ? faisait-il un songe fugitif ou étreignait-il corps à corps une réalité ?

Il avait besoin de revoir son or, et cependant il sentait qu'il n'aurait pas la force en ce moment d'en soutenir la vue. Un instant il appuya ses deux mains sur le haut de sa tête, comme pour empêcher sa raison de s'enfuir ; puis il s'élança tout au travers de l'île, sans suivre, non pas de chemin, il n'y en a pas dans l'île de Monte-Cristo, mais de ligne arrêtée, faisant fuir les chèvres sauvages et effrayant les oiseaux de mer par ses cris et ses gesticulations. Puis, par un détour, il revint, doutant encore, se précipitant de la première grotte dans la seconde, et se retrouvant en face de cette mine d'or et de diamants.

Cette fois il tomba à genoux, comprimant de ses deux mains convulsives[1] son cœur bondissant, et murmurant une prière intelligible[2] pour Dieu seul.

[...]

Extraits du chapitre XXIV, « Éblouissement »

Dantès, riche et libre, rentre à Marseille où il apprend la mort de son père et le départ de Mercédès. Sous le nom de lord Wilmore, il rachète sa maison d'enfance et se réserve l'appartement que louait son père. Puis, il retrouve Caderousse, devenu aubergiste à Beaucaire. Déguisé en abbé italien, l'abbé Busoni, Dantès appâte Caderousse avec un diamant. Celui-ci lui confirme les déductions de l'abbé Faria : Dantès doit son emprisonnement à Danglars et à Fernand. Mais Caderousse lui révèle aussi d'autres faits : Villefort s'est marié et a quitté Marseille ; Danglars a fait fortune et pris le titre de baron ; Fernand a épousé Mercédès dix-huit mois après l'emprisonnement d'Edmond et a gravi tous les échelons de l'armée, jusqu'à devenir lieutenant général et comte de Morcerf. Ils ont un fils, nommé Albert. Quant au père Dantès, il est mort de chagrin et de faim tandis que le bon Morrel est au bord de la ruine.

Dantès, jugeant que l'acquisition d'un trésor inépuisable le substitue à la Providence, décide d'agir.

1. **Convulsives** : tremblantes.
2. **Intelligible** : compréhensible.

16. Le sauvetage des Morrel

Dantès – déguisé en lord Wilmore – consulte son casier judiciaire et subtilise la lettre de dénonciation. Il rachète aussi toutes les dettes de l'armateur Morrel auprès de la banque Thomson et French et lui accorde un délai supplémentaire de trois mois pour les payer : l'échéance est fixée au 5 septembre.

[...] Le 4 septembre au soir, M. Morrel redemanda à sa fille la clef de son cabinet[1].

Julie tressaillit[2] à cette demande, qui lui sembla sinistre. Pourquoi son père lui redemandait-il cette clef qu'elle avait toujours eue, et qu'on ne lui reprenait dans son enfance que pour la punir !

La jeune fille regarda M. Morrel.

– Qu'ai-je donc fait de mal, mon père, dit-elle, pour que vous me repreniez cette clef ?

– Rien, mon enfant, répondit le malheureux Morrel, à qui cette demande si simple fit jaillir les larmes des yeux ; rien, seulement j'en ai besoin.

Julie fit semblant de chercher la clef.

– Je l'aurai laissée[3] chez moi, dit-elle.

Et elle sortit ; mais, au lieu d'aller chez elle, elle descendit et courut consulter Emmanuel[4].

1. **Cabinet** : petite pièce située à l'écart.
2. **Tressaillit** : sursauta.
3. **Je l'aurai laissée** : j'ai dû l'oublier.
4. Emmanuel est l'employé de la famille Morrel.

– Ne rendez pas cette clef à votre père, dit celui-ci, et demain matin, s'il est possible, ne le quittez pas.

Elle essaya de questionner Emmanuel ; mais celui-ci ne savait rien autre chose, ou ne voulait pas dire autre chose.

Pendant toute la nuit du 4 au 5 septembre, madame Morrel resta l'oreille collée contre la boiserie. Jusqu'à trois heures du matin, elle entendit son mari marcher avec agitation dans sa chambre.

À trois heures seulement il se jeta sur son lit.

Les deux femmes passèrent la nuit ensemble. Depuis la veille au soir elles attendaient Maximilien[1].

À huit heures, M. Morrel entra dans leur chambre. Il était calme, mais l'agitation de la nuit se lisait sur son visage pâle et défait[2].

Les femmes n'osèrent lui demander s'il avait bien dormi.

Morrel fut meilleur pour sa femme, et plus paternel pour sa fille qu'il n'avait jamais été ; il ne pouvait se rassasier[3] de regarder et d'embrasser la pauvre enfant.

Julie se rappela la recommandation d'Emmanuel et voulut suivre son père lorsqu'il sortit ; mais celui-ci la repoussant avec douceur :

– Reste près de ta mère, lui dit-il.

Julie voulut insister.

– Je le veux ! dit Morrel.

C'était la première fois que Morrel disait à sa fille : « Je le veux ! » mais il le disait avec un accent empreint[4] d'une si paternelle douceur, que Julie n'osa faire un pas en avant.

1. Maximilien est le frère de Julie.
2. **Défait** : altéré par la fatigue et l'émotion.
3. **Se rassasier de** : s'arrêter de.
4. **Empreint de** : marqué par.

Elle resta à la même place, debout, muette et immobile. Un instant après, la porte se rouvrit, elle sentit deux bras qui l'entouraient, et une bouche qui se collait à son front.

Elle leva les yeux et poussa une exclamation de joie.

– Maximilien, mon frère ! s'écria-t-elle.

À ce cri madame Morrel accourut et se jeta dans les bras de son fils.

– Ma mère, dit le jeune homme en regardant alternativement madame Morrel et sa fille ; qu'y a-t-il donc et que se passe-t-il ? Votre lettre m'a épouvanté et j'accours.

– Julie, dit madame Morrel en faisant signe au jeune homme, va dire à ton père que Maximilien vient d'arriver.

La jeune fille s'élança hors de l'appartement, mais, sur la première marche de l'escalier, elle trouva un homme tenant une lettre à la main.

– N'êtes-vous pas mademoiselle Julie Morrel ? dit cet homme avec un accent italien des plus prononcés.

– Oui, Monsieur, répondit Julie toute balbutiante[1] ; mais que me voulez-vous ? je ne vous connais pas.

– Lisez cette lettre, dit l'homme en lui tendant un billet[2].

Julie hésitait.

– Il y va du salut de votre père, dit le messager.

La jeune fille lui arracha le billet des mains.

Puis elle l'ouvrit vivement et lut :

« Rendez-vous à l'instant même aux Allées de Meilhan, entrez dans la maison n° 15, demandez à la concierge la clef de la chambre du cinquième, entrez dans cette chambre, prenez

1. **Balbutiante** : bégayante, bafouillante.
2. **Billet** : message.

sur le coin de la cheminée une bourse en filet de soie rouge, et apportez cette bourse à votre père.

« Il est important qu'il l'ait avant onze heures.

« Vous avez promis de m'obéir aveuglément, je vous rappelle votre promesse.

Simbad le Marin. »

[...]

Julie hésitait, elle résolut de demander conseil.

Mais, par un sentiment étrange, ce ne fut ni à sa mère ni à son frère qu'elle eut recours, ce fut à Emmanuel.

Elle descendit, lui raconta ce qui lui était arrivé le jour où le mandataire[1] de la maison Thomson et French était venu chez son père ; elle lui dit la scène de l'escalier, lui répéta la promesse qu'elle avait faite et lui montra la lettre.

– Il faut y aller, Mademoiselle, dit Emmanuel.

– Y aller ? murmura Julie.

– Oui, je vous y accompagnerai.

– Mais vous n'avez pas vu que je dois être seule ? dit Julie.

– Vous serez seule aussi, répondit le jeune homme, moi je vous attendrai au coin de la rue du Musée ; et si vous tardez de façon à me donner quelque inquiétude, alors j'irai vous rejoindre, et, je vous en réponds, malheur à ceux dont vous me diriez que vous auriez eu à vous plaindre !

1. **Mandataire** : personne chargée de représenter la maison Thomson et French.

Simbad (ou Sindbad) est un personnage des contes des *Mille et Une Nuits*. Le signataire du billet remis à Julie n'est autre que Dantès, que la jeune fille a rencontré sous les traits de lord Wilmore. Il lui avait alors fait promettre d'obéir aux ordres de Simbad le Marin quand celui-ci se manifesterait.

– Ainsi, Emmanuel, reprit en hésitant la jeune fille, votre avis est donc que je me rende à cette invitation ?

– Oui ; le messager ne vous a-t-il pas dit qu'il y allait du salut[1] de votre père ?

– Mais enfin, Emmanuel, quel danger court-il donc ? demanda la jeune fille.

Emmanuel hésita un instant, mais le désir de décider la jeune fille d'un seul coup et sans retard l'emporta.

– Écoutez ; lui dit-il, c'est aujourd'hui le 5 septembre, n'est-ce pas ?

– Oui.

– Aujourd'hui, à onze heures, votre père a près de trois cent mille francs à payer.

– Oui, nous le savons.

– Eh bien, dit Emmanuel, il n'en a pas quinze mille en caisse.

– Alors que va-t-il donc arriver ?

– Il va arriver que si aujourd'hui, avant onze heures, votre père n'a pas trouvé quelqu'un qui lui vienne en aide, à midi votre père sera obligé de se déclarer en banqueroute[2].

– Oh ! venez ! venez ! s'écria la jeune fille en entraînant le jeune homme avec elle.

Pendant ce temps, madame Morrel avait tout dit à son fils.

Le jeune homme savait bien qu'à la suite des malheurs successifs qui étaient arrivés à son père, de grandes réformes avaient été faites dans les dépenses de la maison ; mais il ignorait que les choses en fussent arrivées à ce point.

Il demeura anéanti.

1. **Salut** : vie.
2. **Banqueroute** : impossibilité de faire face à ses engagements et de payer ce qu'on doit.

Puis tout à coup il s'élança hors de l'appartement, monta rapidement l'escalier, car il croyait son père à son cabinet, mais il frappa vainement.

Comme il était à la porte de ce cabinet, il entendit celle de l'appartement s'ouvrir, il se retourna et vit son père. Au lieu de remonter droit à son cabinet, M. Morrel était rentré dans sa chambre et en sortait seulement maintenant.

M. Morrel poussa un cri de surprise en apercevant Maximilien ; il ignorait l'arrivée du jeune homme. Il demeura immobile à la même place, serrant avec son bras gauche un objet qu'il tenait caché sous sa redingote[1].

Maximilien descendit vivement l'escalier et se jeta au cou de son père : mais tout à coup il se recula, laissant sa main droite seulement appuyée sur la poitrine de son père.

– Mon père, dit-il en devenant pâle comme la mort, pourquoi avez-vous donc une paire de pistolets sous votre redingote ?

– Oh ! voilà ce que je craignais ! dit Morrel.

– Mon père ! mon père ! au nom du ciel ! s'écria le jeune homme, pourquoi ces armes ?

– Maximilien, répondit Morrel en regardant fixement son fils, tu es un homme, et un homme d'honneur ; viens, je vais te le dire.

Et Morrel monta d'un pas assuré à son cabinet, tandis que Maximilien le suivait en chancelant.

Morrel ouvrit la porte et la referma derrière son fils ; puis il traversa l'antichambre[2], s'approcha du bureau, déposa ses pistolets sur le coin de la table, et montra du bout du doigt à son fils un registre ouvert.

1. **Redingote** : veste d'homme, longue et ample.
2. **Antichambre** : pièce d'entrée où l'on fait attendre les visiteurs.

Sur ce registre était consigné l'état exact de la situation.

Morrel avait à payer dans une demi-heure deux cent quatre-vingt-sept mille cinq cents francs.

Il possédait en tout quinze mille deux cent cinquante-sept francs.

– Lis, dit Morrel.

Le jeune homme lut et resta un moment comme écrasé.

Morrel ne disait pas une parole : qu'aurait-il pu dire qui ajoutât à l'inexorable arrêt[1] des chiffres !

– Et vous avez tout fait, mon père, dit au bout d'un instant le jeune homme, pour aller au-devant de ce malheur ?

– Oui, répondit Morrel.

– Vous ne comptez sur aucune rentrée ?

– Sur aucune.

– Vous avez épuisé toutes vos ressources ?

– Toutes.

– Et dans une demi-heure, dit Maximilien d'une voix sombre, notre nom est déshonoré !

– Le sang lave le déshonneur, dit Morrel.

[...]

– Oui, oui, dit le jeune homme, oui.

Et serrant convulsivement[2] Morrel dans ses bras :

– Allez, mon père, dit-il.

Et il s'élança hors du cabinet.

Quand son fils fut sorti, Morrel resta un instant debout et les yeux fixés sur la porte ; puis il allongea la main, trouva le cordon d'une sonnette et sonna.

1. **Inexorable arrêt** : impitoyable décision.
2. **Convulsivement** : avec des tremblements.

Au bout d'un instant, Coclès[1] parut.

Ce n'était plus le même homme ; ces trois jours de conviction l'avaient brisé. Cette pensée : la maison Morrel va cesser ses paiements, le courbait vers la terre plus que ne l'eusse fait vingt autres années sur sa tête.

– Mon bon Coclès, dit Morrel avec un accent dont il serait impossible de rendre l'expression, tu vas rester dans l'antichambre. Quand ce Monsieur, qui est déjà venu il y a trois mois, tu le sais, le mandataire de la maison Thomson et French, va venir, tu l'annonceras.

Coclès ne répondit point ; il fit un signe de tête, alla s'asseoir dans l'antichambre et attendit.

Morrel retomba sur sa chaise ; ses yeux se portèrent vers la pendule : il lui restait sept minutes, voilà tout ; l'aiguille marchait avec une rapidité incroyable ; il lui semblait qu'il la voyait aller. [...]

L'aiguille marchait toujours, les pistolets étaient tout chargés ; il allongea la main, en prit un, et murmura le nom de sa fille.

Puis il posa l'arme mortelle, prit la plume et écrivit quelques mots.

Il lui semblait alors qu'il n'avait pas assez dit adieu à son enfant chérie.

Puis il se retourna vers la pendule ; il ne comptait plus par minute mais par seconde.

Il reprit l'arme, la bouche entr'ouverte et les yeux fixés sur l'aiguille ; puis il tressaillit au bruit qu'il faisait lui-même en armant le chien[2].

1. Coclès est le comptable de la maison Morrel.
2. **En armant le chien** : le chien est la pierre à feu du pistolet. Morrel se prépare à tirer.

En ce moment une sueur plus froide lui passa sur le front, une angoisse plus mortelle lui serra le cœur.

Il entendit la porte de l'escalier crier sur ses gonds.

Puis s'ouvrit celle de son cabinet.

La pendule allait sonner onze heures.

Morrel ne se retourna point, il attendait ces mots de Coclès :

« Le mandataire de la maison Thomson et French. »

Et il approchait l'arme de sa bouche...

Tout à coup il entendit un cri : c'était la voix de sa fille.

Il se retourna et aperçut Julie, le pistolet lui échappa des mains.

– Mon père ! s'écria la jeune fille hors d'haleine et presque mourante de joie, sauvé ! vous êtes sauvé !

Et elle se jeta dans ses bras en élevant à la main une bourse rouge en filet de soie.

– Sauvé ! mon enfant ! dit Morrel ; que veux-tu dire ?

– Oui, sauvé ! voyez, voyez, dit la jeune fille.

Morrel prit la bourse et tressaillit, car un vague souvenir lui rappela cet objet pour lui avoir appartenu.

D'un côté était la traite de deux cent quatre-vingt-sept mille cinq cents francs.

La traite était acquittée.

De l'autre était un diamant de la grosseur d'une noisette, avec ces trois mots écrits sur un petit morceau de parchemin :

« Dot[1] de Julie. »

Morrel passa sa main sur son front : il croyait rêver.

En ce moment la pendule sonna onze heures.

1. **Dot** : biens qu'apporte une femme en se mariant.

Le timbre vibra pour lui comme si chaque coup du marteau d'acier vibrait sur son propre cœur.

– Voyons, mon enfant, dit-il, explique-toi. Où as-tu trouvé cette bourse ?

– Dans une maison des Allées de Meilhan, au n° 15, sur le coin de la cheminée d'une pauvre petite chambre au cinquième étage.

– Mais, s'écria Morrel, cette bourse n'est pas à toi.

Julie tendit à son père la lettre qu'elle avait reçue le matin.

– Et tu as été seule dans cette maison ? dit Morrel après avoir lu.

– Emmanuel m'accompagnait, mon père. Il devait m'attendre au coin de la rue du Musée ; mais, chose étrange, à mon retour, il n'y était plus.

– Monsieur Morrel ! s'écria une voix dans l'escalier, monsieur Morrel !

– C'est sa voix, dit Julie.

En même temps Emmanuel entra, le visage bouleversé de joie et d'émotion.

– Le *Pharaon* ! s'écria-t-il ; le *Pharaon* !

– Eh bien, quoi ? le *Pharaon* ! êtes-vous fou, Emmanuel ? Vous savez bien qu'il est perdu.

– Le *Pharaon* ! Monsieur, on signale le *Pharaon* ; le *Pharaon* entre dans le port.

Morrel retomba sur sa chaise, les forces lui manquaient ; son intelligence se refusait à classer cette suite d'événements incroyables, inouïs, fabuleux.

Mais son fils entra à son tour.

– Mon père, s'écria Maximilien, que disiez-vous donc que le *Pharaon* était perdu ? La vigie l'a signalé, et il entre dans le port.

– Mes amis, fit Morrel, si cela était, il faudrait croire à un miracle de Dieu ! Impossible ! impossible !

Mais ce qui était réel et non moins incroyable, c'était cette bourse qu'il tenait dans ses mains, c'était cette lettre de change acquittée, c'était ce magnifique diamant.

– Ah ! Monsieur, dit Coclès à son tour, qu'est-ce que cela veut dire, le *Pharaon* ?

– Allons, mes enfants, dit Morrel en se soulevant, allons voir, et que Dieu ait pitié de nous, si c'est une fausse nouvelle.

Ils descendirent ; au milieu de l'escalier attendait madame Morrel : la pauvre femme n'avait pas osé monter.

En un instant ils furent à la Canebière.

Il y avait foule sur le port.

Toute cette foule s'ouvrit devant Morrel.

– Le *Pharaon* ! le *Pharaon* ! disaient toutes ces voix.

En effet, chose merveilleuse, inouïe, en face de la tour Saint-Jean, un bâtiment, portant sur sa poupe[1] ces mots écrits en lettres blanches : le *Pharaon* (Morrel et fils de Marseille), absolument de la contenance de l'autre *Pharaon*, et chargé comme l'autre de cochenille et d'indigo[2] jetait l'ancre et carguait[3] ses voiles ; sur le pont, le capitaine Gaumard donnait ses ordres, et maître Penelon faisait des signes à M. Morrel.

Il n'y avait plus à en douter : le témoignage des sens était là, et dix mille personnes venaient en aide à ce témoignage.

1. **Poupe** : arrière d'un navire.
2. **Cochenille et indigo** : colorants ; la cochenille provient d'un insecte, l'indigo d'une plante.
3. **Carguait** : repliait.

Comme Morrel et son fils s'embrassaient sur la jetée[1] aux applaudissements de toute la ville témoin de ce prodige, un homme, dont le visage était à moitié couvert par une barbe noire, et qui, caché derrière la guérite[2] d'un factionnaire[3], contemplait cette scène avec attendrissement, murmura ces mots :

– Sois heureux, noble cœur ; sois béni pour tout le bien que tu as fait et que tu feras encore ; et que ma reconnaissance reste dans l'ombre comme ton bienfait. [...] Je me suis substitué à la Providence pour récompenser les bons... que le Dieu vengeur me cède sa place pour punir les méchants !

À ces mots, il fit un signal, et, comme s'il n'eût attendu que ce signal pour partir, le yacht prit aussitôt la mer.

Extraits du chapitre XXX, « Le cinq septembre »

Dantès s'embarque pour l'Orient où il va achever son éducation et sa transformation durant neuf ans. Séjournant sur l'île de Monte-Cristo, il reçoit, lors d'un festin digne des Mille et Une Nuits, *un jeune français, Franz d'Épinay, ami du vicomte Albert de Morcerf, fils de Fernand et de Mercédès.*

Peu après, à Rome, Albert rencontre le comte de Monte-Cristo. À son intérêt pour le comte s'ajoute sa gratitude car Monte-Cristo le tire des griffes d'une bande de brigands romains – mais il ignore que c'est le comte qui a organisé son enlèvement. Albert invite Monte-Cristo à le rejoindre à Paris trois mois plus tard.

1. **Jetée** : chaussée en bois, en pierre, qui s'avance dans l'eau.
2. **Guérite** : poste de garde.
3. **Factionnaire** : soldat qui monte la garde.

17. Monte-Cristo à Paris

L'arrivée du comte de Monte-Cristo suscite l'intérêt de la haute société parisienne. Les amis d'Albert se pressent chez lui pour rencontrer ce fameux personnage. Parmi eux se trouve Maximilien Morrel, le fils de l'armateur sauvé par Dantès.

– [...] qui est-ce qui connaît quelque part un comte de Monte-Cristo ?

– Il vient peut-être de Terre sainte, dit Beauchamp ; un de ses aïeux[1] aura possédé le Calvaire[2], comme les Mortemart la mer Morte.

– Pardon, dit Maximilien, mais je crois que je vais vous tirer d'embarras, Messieurs : Monte-Cristo est une petite île dont j'ai souvent entendu parler aux marins qu'employait mon père : un grain de sable au milieu de la Méditerranée, un atome dans l'infini.

– C'est parfaitement cela, monsieur, dit Albert. Eh bien, de ce grain de sable, de cet atome, est seigneur et roi celui dont je vous parle ; il aura acheté ce brevet[3] de comte quelque part en Toscane[4].

– Il est donc riche, votre comte ?

– Ma foi, je le crois.

– Mais cela doit se voir, ce me semble ?

1. **Aïeux** : ancêtres.
2. **Calvaire** : colline située hors de la ville de Jérusalem, où Jésus a été crucifié.
3. **Brevet** : titre.
4. **Toscane** : région d'Italie.

Pour les chrétiens, la Terre sainte est la région où vivait Jésus. Elle correspond à une partie d'Israël, de la Palestine, du Liban et de la Jordanie.

– Voilà ce qui vous trompe, Debray.

– Je ne vous comprends plus.

– Avez-vous lu les *Mille et Une Nuits* ?

– Parbleu ! belle question !

– Eh bien, savez-vous donc si les gens qu'on y voit sont riches ou pauvres ? si leurs grains de blé ne sont pas des rubis ou des diamants ? Ils ont l'air de misérables pêcheurs, n'est-ce pas ? vous les traitez comme tels, et tout à coup ils vous ouvrent quelque caverne mystérieuse, où vous trouvez un trésor à acheter l'Inde.

– Après ?

– Après, mon comte de Monte-Cristo est un de ces pêcheurs-là. Il a même un nom tiré de la chose, il s'appelle Simbad le marin et possède une caverne pleine d'or.

– Et vous avez vu cette caverne, Morcerf ? demanda Beauchamp.

– Non, pas moi, Franz [...] mais tout cela n'empêche pas mon comte de Monte-Cristo d'exister !

– Pardieu ! tout le monde existe, le beau miracle !

– Tout le monde existe, sans doute, mais pas dans des conditions pareilles. Tout le monde n'a pas des esclaves noirs, des galeries princières, des armes comme à la casauba[1], des chevaux de six mille francs pièce, des maîtresses grecques !

– L'avez-vous vue, la maîtresse grecque ?

– Oui, je l'ai vue et entendue. Vue au théâtre Valle, entendue un jour que[2] j'ai déjeuné chez le comte.

– Il mange donc, votre homme extraordinaire ?

1. **Casauba** (ou casbah) : palais d'un souverain en Afrique du Nord.
2. **Un jour que** : un jour où.

– Ma foi, s'il mange, c'est si peu, que ce n'est point la peine d'en parler.

– Vous verrez que c'est un vampire.

– Riez si vous voulez. C'était l'opinion de la comtesse G..., qui, comme vous le savez, a connu lord Ruthwen[1].

– Ah ! joli ! dit Beauchamp, voilà pour un homme non journaliste[2] le pendant[3] du fameux serpent de mer du *Constitutionnel*[4] ; un vampire, c'est parfait !

– Œil fauve dont la prunelle diminue et se dilate à volonté, dit Debray ; angle facial développé, front magnifique, teint livide[5], barbe noire, dents blanches et aiguës[6], politesse toute pareille.

– Eh bien, c'est justement cela, Lucien, dit Morcerf, et le signalement est tracé trait pour trait. Oui, politesse aiguë et incisive. Cet homme m'a souvent donné le frisson ; un jour entre autres, que nous regardions ensemble une exécution[7], j'ai cru que j'allais me trouver mal, bien plus de le voir et de l'entendre causer froidement sur tous les supplices de la terre, que de voir le bourreau remplir son office[8] et que d'entendre les cris du patient[9].

1. **Ruthwen** : personnage-titre de la nouvelle *Le Vampire*, écrite par John William Polidori en 1817.
2. Beauchamp fait cette remarque parce qu'il est journaliste.
3. **Pendant** : équivalent.
4. ***Constitutionnel*** : journal concurrent de celui de Beauchamp.
5. **Livide** : très pâle.
6. **Aiguës** : pointues et acérées.
7. **Exécution** : exécution capitale, mise à mort d'un condamné.
8. **Remplir son office** : faire son travail.
9. **Patient** (comme le patient d'un médecin) : trait d'humour noir, le mot désignant le condamné à mort.

– Ne vous a-t-il pas conduit un peu dans les ruines du Colisée[1] pour vous sucer le sang, Morcerf ? demanda Beauchamp.

– Ou, après vous avoir délivré, ne vous a-t-il pas fait signer quelque parchemin couleur de feu, par lequel vous lui cédiez votre âme, comme Ésaü● son droit d'aînesse ?

– Raillez[2] ! raillez tant que vous voudrez, messieurs ! dit Morcerf un peu piqué. Quand je vous regarde, vous autres beaux Parisiens, habitués du boulevard de Gand, promeneurs du bois de Boulogne, et que je me rappelle cet homme, eh bien, il me semble que nous ne sommes pas de la même espèce.

– Je m'en flatte ! dit Beauchamp.

– Toujours est-il, ajouta Château-Renaud, que votre comte de Monte-Cristo est un galant homme dans ses moments perdus, sauf toutefois ses petits arrangements avec les bandits italiens.

– Eh ! il n'y a pas de bandits italiens ! dit Debray.

– Pas de vampires ! ajouta Beauchamp.

– Pas de comte de Monte-Cristo, ajouta Debray. Tenez, cher Albert, voilà dix heures et demie qui sonnent.

– Avouez que vous avez eu le cauchemar, et allons déjeuner, dit Beauchamp.

Mais la vibration de la pendule ne s'était pas encore éteinte, lorsque la porte s'ouvrit, et que Germain annonça :

– Son Excellence le comte de Monte-Cristo !

Tous les auditeurs firent malgré eux un bond qui dénotait la préoccupation que le récit de Morcerf avait infiltrée dans

1. **Colisée** : célèbre amphithéâtre de Rome, construit à la fin du Ier siècle de notre ère.
2. **Raillez** : moquez-vous.

● **Dans la Bible (Genèse), Ésaü, habile chasseur, cède à son frère cadet Jacob, l'éleveur, son droit d'aînesse – et la bénédiction paternelle qui lui est liée – pour un plat de lentilles.**

leurs âmes. Albert lui-même ne put se défendre d'une émotion soudaine.

On n'avait entendu ni voiture dans la rue, ni pas dans l'antichambre ; la porte elle-même s'était ouverte sans bruit.

Le comte parut sur le seuil, vêtu avec la plus grande simplicité, mais le *lion* le plus exigeant n'eût rien trouvé à reprendre à sa toilette. Tout était d'un goût exquis, tout sortait des mains des plus élégants fournisseurs, habits, chapeau et linge.

Il paraissait âgé de trente-cinq ans à peine, et, ce qui frappa tout le monde, ce fut son extrême ressemblance avec le portrait qu'avait tracé de lui Debray.

Le comte s'avança en souriant au milieu du salon, et vint droit à Albert, qui, marchant au-devant de lui, lui offrit la main avec empressement[1].

– L'exactitude, dit Monte-Cristo, est la politesse des rois, à ce qu'a prétendu, je crois, un de nos souverains●. Mais quelle que soit leur bonne volonté, elle n'est pas toujours celle des voyageurs. Cependant j'espère, mon cher vicomte, que vous excuserez, en faveur de ma bonne volonté, les deux ou trois secondes de retard que je crois avoir mises à paraître au rendez-vous. Cinq cents lieues[2] ne se font pas sans quelque contrariété, surtout en France, où il est défendu, à ce qu'il paraît, de battre les postillons[3].

– Monsieur le comte, répondit Albert, j'étais en train d'annoncer votre visite à quelques-uns de mes amis que j'ai réunis à l'occasion de la promesse que vous avez bien voulu me faire, et que j'ai l'honneur de vous présenter. Ce sont M. le comte

1. **Empressement** : ardeur.
2. **Cinq cents lieues** : 2 000 km (1 lieue = 4 km).
3. **Postillons** : conducteurs de la poste aux chevaux.

● **« L'exactitude est la politesse des rois » : cette phrase restée célèbre est prononcée par Louis XVIII en 1814.**

de Château-Renaud, dont la noblesse remonte aux douze pairs● et dont les ancêtres ont eu leur place à la Table ronde● ; M. Lucien Debray, secrétaire particulier du ministre de l'Intérieur ; M. Beauchamp, terrible journaliste, l'effroi[1] du gouvernement français, mais dont peut-être, malgré sa célébrité nationale, vous n'avez jamais entendu parler en Italie, attendu que son journal n'y entre pas ; enfin M. Maximilien Morrel, capitaine de spahis[2].

À ce nom le comte, qui avait jusque-là salué courtoisement, mais avec une froideur et une impassibilité[3] tout anglaise, fit malgré lui un pas en avant, et un léger ton de vermillon[4] passa comme l'éclair sur ses joues pâles.

– Monsieur porte l'uniforme des nouveaux vainqueurs français, dit-il ; c'est un bel uniforme.

On n'eût pas pu dire quel était le sentiment[5] qui donnait à la voix du comte une si profonde vibration, et qui faisait briller, comme malgré lui, son œil si beau, si calme et si limpide, quand il n'avait point un motif quelconque pour le voiler[6].

– Vous n'aviez jamais vu nos Africains, monsieur ? dit Albert.

– Jamais, répliqua le comte, redevenu parfaitement libre de[7] lui.

1. **Effroi** : terreur.
2. **Spahis** : cavaliers de l'armée française appartenant à un corps créé en Afrique du Nord et composé d'indigènes.
3. **Impassibilité** : absence totale d'expression.
4. **Vermillon** : nuance de rouge ; le comte rougit légèrement.
5. **On n'eût pas pu dire quel était le sentiment** : on ignorait la raison.
6. **Un motif quelconque pour le voiler** : une raison de s'assombrir.
7. **Libre de lui** : maître de lui.

● **Dans la France du Moyen Âge, les douze pairs sont des nobles de haut rang (six ecclésiastiques et six laïcs) dotés par le roi de privilèges honorifiques. Dans les chansons de geste, ce sont douze guerriers qui accompagnent Charlemagne et forment autour de lui une garde d'honneur.**

● **C'est autour de la Table ronde que, dans les romans du Moyen Âge, le roi Arthur réunit une fois l'an ses meilleurs chevaliers.**

– Eh bien ! Monsieur, sous cet uniforme bat un des cœurs les plus braves et les plus nobles de l'armée.

– Oh ! monsieur le comte, interrompit Morrel.

– Laissez-moi dire, capitaine... Et nous venons, continua Albert, d'apprendre de monsieur un fait si héroïque, que, quoique je l'aie vu aujourd'hui pour la première fois, je réclame de lui la faveur de vous le présenter comme mon ami.

Et l'on put encore, à ces paroles, remarquer chez Monte-Cristo ce regard étrange de fixité, cette rougeur fugitive[1] et ce léger tremblement de la paupière qui, chez lui, décelaient[2] l'émotion.

– Ah ! Monsieur est un noble cœur, dit le comte, tant mieux !

Cette espèce d'exclamation, qui répondait à la propre pensée du comte plutôt qu'à ce que venait de dire Albert, surprit tout le monde et surtout Morrel, qui regarda Monte-Cristo avec étonnement. Mais en même temps l'intonation était si douce et pour ainsi dire si suave[3] que, quelque étrange que fût cette exclamation, il n'y avait pas moyen de s'en fâcher.

– Pourquoi en douterait-il ? dit Beauchamp à Château-Renaud.

– En vérité, répondit celui-ci, qui, avec son habitude du monde et la netteté de son œil aristocratique, avait pénétré de Monte-Cristo tout ce qui était pénétrable en lui, en vérité Albert ne nous a point trompés, et c'est un singulier[4] personnage que le comte ; qu'en dites-vous, Morrel ?

– Ma foi, dit celui-ci, il a l'œil franc et la voix sympathique, de sorte qu'il me plaît, malgré la réflexion bizarre qu'il vient de faire à mon endroit[5].

1. **Fugitive** : rapide et peu marquée.
2. **Décelaient** : révélaient.
3. **Suave** : d'une douceur extrême.
4. **Singulier** : à la fois étrange et unique.
5. **À mon endroit** : à mon égard.

– Messieurs, dit Albert, Germain m'annonce que vous êtes servis. Mon cher comte, permettez-moi de vous montrer le chemin.

On passa silencieusement dans la salle à manger. Chacun prit sa place.

– Messieurs, dit le comte en s'asseyant, permettez-moi un aveu qui sera mon excuse pour toutes les inconvenances[1] que je pourrai faire : je suis étranger, mais étranger à tel point que c'est la première fois que je viens à Paris. La vie française m'est donc parfaitement inconnue, et je n'ai guère jusqu'à présent pratiqué que la vie orientale, la plus antipathique[2] aux bonnes traditions parisiennes. Je vous prie donc de m'excuser si vous trouvez en moi quelque chose de trop turc, de trop napolitain ou de trop arabe. Cela dit, Messieurs, déjeunons.

– Comme il dit tout cela ! murmura Beauchamp ; c'est décidément un grand seigneur.

– Un grand seigneur étranger, ajouta Debray.

– Un grand seigneur de tous les pays, monsieur Debray, dit Château-Renaud.

Extraits du chapitre XXXIX, « Les convives »

1. **Inconvenances** : maladresses, signes d'une méconnaissance de la culture et des mœurs françaises.
2. **Antipathique** : ici, contraire.

18. Le comte et la comtesse de Morcerf

Après le déjeuner, Albert fait patienter le comte de Monte-Cristo en attendant l'arrivée du comte et de la comtesse de Morcerf (Fernand et Mercédès).

[...]

Monte-Cristo était occupé à détailler ce portrait● avec non moins de soin qu'il avait fait de l'autre, lorsqu'une porte latérale s'ouvrit, et qu'il se trouva en face du comte de Morcerf lui-même.

C'était un homme de quarante à quarante-cinq ans, mais qui en paraissait au moins cinquante, et dont la moustache et les sourcils noirs tranchaient étrangement avec des cheveux presque blancs coupés en brosse à la mode militaire ; il était vêtu en bourgeois et portait à sa boutonnière un ruban dont les différents liserés[1] rappelaient les différents ordres[2] dont il était décoré. Cet homme entra d'un pas assez noble et avec une sorte d'empressement[3]. Monte-Cristo le vit venir à lui sans faire un seul pas ; on eût dit que ses pieds étaient cloués au parquet comme ses yeux sur le visage du comte de Morcerf.

– Mon père, dit le jeune homme, j'ai l'honneur de vous présenter M. le comte de Monte-Cristo, ce généreux ami que j'ai eu le bonheur de rencontrer dans les circonstances difficiles que vous savez●.

1. **Liserés** : bordures d'un ruban.
2. **Ordres** : titres.
3. **Empressement** : ardeur, zèle.

● **Il s'agit d'un portrait de Mercédès jeune, vêtue à la catalane.**

● **Lors de son voyage à Rome, Albert a été enlevé par des bandits et c'est Monte-Cristo qui l'a libéré. Mais il ignore que c'est le comte qui est à l'instigation de son enlèvement.**

– Monsieur est le bienvenu parmi nous, dit le comte de Morcerf en saluant Monte-Cristo avec un sourire, et il a rendu à notre maison[1], en lui conservant son unique héritier, un service qui sollicitera éternellement notre reconnaissance.

Et en disant ces paroles le comte de Morcerf indiquait un fauteuil à Monte-Cristo, en même temps que lui-même s'asseyait en face de la fenêtre.

Quant à Monte-Cristo, tout en prenant le fauteuil désigné par le comte de Morcerf, il s'arrangea de manière à demeurer caché dans l'ombre des grands rideaux de velours, et à lire de là sur les traits empreints de fatigue et de soucis du comte toute une histoire de secrètes douleurs écrites dans chacune de ses rides venues avec le temps.

– Madame la comtesse, dit Morcerf, était à sa toilette lorsque le vicomte l'a fait prévenir de la visite qu'elle allait avoir le bonheur de recevoir ; elle va descendre, et dans dix minutes elle sera au salon.

– C'est beaucoup d'honneur pour moi, dit Monte-Cristo, d'être ainsi, dès le jour de mon arrivée à Paris, mis en rapport avec un homme dont le mérite égale la réputation, et pour lequel la fortune●, juste une fois, n'a pas fait d'erreur [...].

– Si je n'eusse craint de fatiguer monsieur le comte, dit le général, évidemment charmé des manières de Monte-Cristo, je l'eusse emmené à la Chambre[2] ; il y a aujourd'hui séance curieuse pour quiconque ne connaît pas nos sénateurs modernes.

– Je vous serai fort reconnaissant, monsieur, si vous voulez bien me renouveler cette offre une autre fois ; mais aujourd'hui

1. **Maison** : famille.
2. **Chambre** : Sénat.

● **Le terme *fortune* signifie « destinée ». La remarque de Monte-Cristo est ironique car il sait que Fernand a ruiné son avenir et lui a pris sa fiancée.**

l'on m'a flatté de l'espoir d'être présenté à madame la comtesse, et j'attendrai.

– Ah ! voici ma mère ! s'écria le vicomte.

En effet, Monte-Cristo, en se retournant vivement, vit madame de Morcerf à l'entrée du salon, au seuil de la porte opposée à celle par laquelle était entré son mari : immobile et pâle, elle laissa, lorsque Monte-Cristo se retourna de son côté, tomber son bras qui, on ne sait pourquoi, s'était appuyé sur le chambranle[1] doré ; elle était là depuis quelques secondes, et avait entendu les dernières paroles prononcées par le visiteur ultramontain[2].

Celui-ci se leva et salua profondément la comtesse, qui s'inclina à son tour, muette et cérémonieuse.

– Eh, mon Dieu ! madame, demanda le comte, qu'avez-vous donc ? serait-ce par hasard la chaleur de ce salon qui vous fait mal ?

– Souffrez-vous, ma mère ? s'écria le vicomte en s'élançant au-devant de Mercédès. Elle les remercia tous deux avec un sourire.

– Non, dit-elle, mais j'ai éprouvé quelque émotion en voyant pour la première fois celui sans l'intervention duquel nous serions en ce moment dans les larmes et dans le deuil. Monsieur, continua la comtesse en s'avançant avec la majesté d'une reine, je vous dois la vie de mon fils, et pour ce bienfait je vous bénis. Maintenant je vous rends grâce pour le plaisir que vous me faites en me procurant l'occasion de vous remercier comme je vous ai béni, c'est-à-dire du fond du cœur.

Le comte s'inclina encore, mais plus profondément que la première fois ; il était plus pâle encore que Mercédès.

1. **Chambranle** : encadrement d'une porte.
2. **Ultramontain** : qui est « au-delà des monts », au-delà des Alpes, par rapport à la France (les Italiens sont des ultramontains).

– Madame, dit-il, M. le comte et vous me récompensez trop généreusement d'une action bien simple. Sauver un homme, épargner un tourment à un père, ménager la sensibilité d'une femme, ce n'est point faire une bonne œuvre, c'est faire acte d'humanité.

À ces mots, prononcés avec une douceur et une politesse exquises, Mme de Morcerf répondit avec un accent profond :

– Il est bien heureux pour mon fils, monsieur, de vous avoir pour ami, et je remercie Dieu qui a fait les choses ainsi.

Et Mercédès leva ses beaux yeux au ciel avec une gratitude[1] si infinie, que le comte crut y voir trembler deux larmes.

M. de Morcerf s'approcha d'elle.

– Madame, dit-il, j'ai déjà fait mes excuses à monsieur le comte d'être obligé de le quitter, et vous les lui renouvellerez, je vous prie. La séance ouvre à deux heures, il en est trois, et je dois parler.

– Allez, monsieur, je tâcherai de faire oublier votre absence à notre hôte, dit la comtesse avec le même accent de sensibilité. Monsieur le comte, continua-t-elle en se retournant vers Monte-Cristo, nous fera-t-il l'honneur de passer le reste de la journée avec nous ?

– Merci, madame, et vous me voyez, croyez-le bien, on ne peut plus reconnaissant de votre offre, mais je suis descendu ce matin à votre porte, de ma voiture de voyage. Comment suis-je installé à Paris, je l'ignore ; où le suis-je, je le sais à peine. C'est une inquiétude légère, je le sais, mais appréciable[2] cependant.

– Nous aurons ce plaisir une autre fois, au moins, vous nous le promettez ? demanda la comtesse.

1. **Gratitude** : reconnaissance.
2. **Appréciable** : à ne pas négliger.

Monte-Cristo s'inclina sans répondre, mais le geste pouvait passer pour un assentiment[1].

[...]

Monte-Cristo sort.

Lorsque Albert rentra chez sa mère, il trouva la comtesse au boudoir[2], plongée dans un grand fauteuil de velours : toute la chambre, noyée d'ombre, ne laissait apercevoir que la paillette étincelante attachée çà et là au ventre de quelque potiche[3] ou à l'angle de quelque cadre d'or.

Albert ne put voir le visage de la comtesse perdu dans un nuage de gaze[4] qu'elle avait roulée autour de ses cheveux comme une auréole de vapeur ; mais il lui sembla que sa voix était altérée : il distingua aussi, parmi les parfums des roses et des héliotropes[5] de la jardinière[6], la trace âpre et mordante des sels de vinaigre[7] ; sur une des coupes ciselées de la cheminée, en effet, le flacon de la comtesse, sorti de sa gaine de chagrin[8], attira l'attention inquiète du jeune homme.

– Souffrez-vous, ma mère ? s'écria-t-il en entrant, et vous seriez-vous trouvée mal pendant mon absence ?

– Moi ? non pas, Albert ; mais, vous comprenez, ces roses, ces tubéreuses et ces fleurs d'oranger dégagent pendant ces

1. **Assentiment** : accord.
2. **Boudoir** : petit salon de dame.
3. **Potiche** : grand vase décoratif.
4. **Gaze** : tissu fin et transparent.
5. **Héliotropes** : plantes dont les fleurs blanches, mauves ou violettes, sont très odorantes.
6. **Jardinière** : bac à fleurs.
7. **Sels de vinaigre** : composé utilisé comme stimulant en cas d'évanouissement.
8. **Gaine de chagrin** : étui en cuir.

premières chaleurs, auxquelles on n'est pas habitué, de si violents parfums...

– Alors, ma mère, dit Morcerf en portant la main à la sonnette, il faut les faire porter dans votre antichambre. Vous êtes vraiment indisposée ; déjà tantôt[1], quand vous êtes entrée, vous étiez fort pâle.

– J'étais pâle, dites-vous, Albert ?

– D'une pâleur qui vous sied à merveille, ma mère, mais qui ne nous a pas moins effrayés pour cela, mon père et moi.

– Votre père vous en a-t-il parlé ? demanda vivement Mercédès.

– Non, madame, mais c'est à vous-même, souvenez-vous, qu'il a fait cette observation.

– Je ne me souviens pas, dit la comtesse.

Un valet entra : il venait au bruit de la sonnette tirée par Albert.

– Portez ces fleurs dans l'antichambre ou dans le cabinet de toilette, dit le vicomte ; elles font mal à madame la comtesse.

Le valet obéit.

Il y eut un assez long silence, et qui dura pendant tout le temps que se fit le déménagement.

– Qu'est-ce donc que ce nom de Monte-Cristo ? demanda la comtesse quand le domestique fut sorti emportant le dernier vase de fleurs, est-ce un nom de famille, un nom de terre, un titre simple ?

– C'est, je crois, un titre, ma mère, et voilà tout. [...] Monte-Cristo est une île au milieu de la Méditerranée, sans habitants, sans garnison, repaire de contrebandiers de toutes nations, de pirates de tous pays. Qui sait si ces dignes industriels ne payent pas à leur seigneur un droit d'asile ?

1. **Tantôt** : tout à l'heure.

– C'est possible, dit la comtesse rêveuse.

– Mais n'importe, reprit le jeune homme, contrebandier ou non, vous en conviendrez, ma mère, puisque vous l'avez vu, M. le comte de Monte-Cristo est un homme remarquable et qui aura les plus grands succès dans les salons de Paris. Et tenez, ce matin même, chez moi, il a commencé son entrée dans le monde en frappant de stupéfaction jusqu'à Château-Renaud.

– Et quel âge peut avoir le comte ? demanda Mercédès, attachant visiblement une grande importance à cette question.

– Il a trente-cinq à trente-six ans, ma mère.

– Si jeune ! c'est impossible, dit Mercédès répondant en même temps à ce que lui disait Albert et à ce que lui disait sa propre pensée.

– C'est la vérité, cependant. Trois ou quatre fois il m'a dit, et certes sans préméditation, à telle époque j'avais cinq ans, à telle autre j'avais dix ans, à telle douze ; moi, que la curiosité tenait éveillé sur ces détails, je rapprochais les dates, et jamais je ne l'ai trouvé en défaut. L'âge de cet homme singulier, qui n'a pas d'âge, est donc, j'en suis sûr, de trente-cinq ans. Au surplus, rappelez-vous, ma mère, combien son œil est vif, combien ses cheveux sont noirs et combien son front, quoique pâle, est exempt de[1] rides ; c'est une nature non seulement vigoureuse, mais encore jeune.

La comtesse baissa la tête comme sous un flot trop lourd d'arrière-pensées.

– Et cet homme s'est pris d'amitié pour vous, demanda-t-elle avec un frissonnement nerveux.

– Je le crois, madame.

– Et vous... l'aimez-vous aussi ?

1. **Est exempt de** : n'a pas de.

– Il me plaît, madame, quoi qu'en dise Franz d'Épinay, qui voulait le faire passer à mes yeux pour un homme revenant de l'autre monde.

La comtesse fit un mouvement de terreur.

– Albert, dit-elle d'une voix altérée, je vous ai toujours mis en garde contre les nouvelles connaissances. Maintenant vous êtes homme, et vous pourriez me donner des conseils à moi-même ; cependant je vous répète : Soyez prudent, Albert.

– Encore faudrait-il, chère mère, pour que le conseil me fût profitable, que je susse d'avance de quoi me méfier. Le comte ne joue jamais, le comte ne boit que de l'eau dorée par une goutte de vin d'Espagne ; le comte s'est annoncé si riche que, sans se faire rire au nez, il ne pourrait m'emprunter d'argent : que voulez-vous que je craigne de la part du comte ?

– Vous avez raison, dit la comtesse, et mes terreurs sont folles, ayant pour objet surtout un homme qui vous a sauvé la vie. [...]

Extraits du chapitre XLI, « La présentation »

Monte-Cristo achète à Auteuil une maison où s'est déroulé un crime abominable : un nouveau-né issu d'une relation adultère y a été enterré vivant par son père. C'est ce que son intendant, Bertuccio, révèle au comte quand il découvre avec horreur qu'il doit aménager cette maison. Par le passé, Bertuccio a en effet sauvé le bébé alors qu'il venait pour se venger de son père qui n'est autre que... Villefort ! Quant à la mère, il s'agit de Mme Danglars, alors l'épouse d'un certain M. de Narbonne.

Au cours de ses révélations, Bertuccio apprend également au comte que Caderousse a perdu la tête à cause du diamant de l'abbé Busoni et a assassiné sa propre femme ainsi qu'un bijoutier venu acheter le diamant.

19. Danglars, le baron banquier

Le comte de Monte-Cristo se rend chez Danglars, devenu un banquier millionnaire.

[...]

Le comte était debout, considérant quelques copies de l'Albane et du Fattore[1] qu'on avait fait passer au banquier pour des originaux, et qui, toutes copies qu'elles étaient, juraient fort avec les chicorées d'or[2] de toutes couleurs qui garnissaient les plafonds.

Au bruit que fit Danglars en entrant, le comte se retourna.

Danglars salua légèrement de la tête, et fit signe au comte de s'asseoir dans un fauteuil de bois doré garni de satin blanc broché d'or.

Le comte s'assit.

– C'est à monsieur de Monte-Cristo que j'ai l'honneur de parler ?

– Et moi, répondit le comte, à monsieur le baron Danglars, chevalier de la Légion d'honneur, membre de la Chambre des députés ?

Monte-Cristo redisait tous les titres qu'il avait trouvés sur la carte du baron.

Danglars sentit la botte[3] et se mordit les lèvres.

1. **L'Albane** : de son vrai nom Francesco Albani, peintre italien du XVIIe siècle, auteur de tableaux religieux. **Fattore** : l'un des collaborateurs de Raphaël, célèbre peintre italien du XVIe siècle.
2. **Chicorées d'or** : ornements sculptés imitant les feuilles découpées de la chicorée.
3. **Sentit la botte** : sentit l'attaque.

Dumas souligne le mauvais goût de Danglars qui, croyant étaler sa culture, ne fait que révéler à un œil exercé à quel point il est ignorant et vaniteux.

– Excusez-moi, monsieur, dit-il, de ne pas vous avoir donné du premier coup le titre sous lequel vous m'avez été annoncé ; mais, vous le savez, nous vivons sous un gouvernement populaire, et moi, je suis un représentant des intérêts du peuple.

– De sorte, répondit Monte-Cristo, que, tout en conservant l'habitude de vous faire appeler baron, vous avez perdu celle d'appeler les autres comte.

– Ah ! je n'y tiens pas même pour moi, monsieur, répondit négligemment Danglars ; ils m'ont nommé baron et fait chevalier de la Légion d'honneur pour quelques services rendus, mais...

– Mais vous avez abdiqué[1] vos titres, comme ont fait autrefois MM. de Montmorency et de Lafayette ? c'était un bel exemple à suivre, monsieur.

– Pas tout à fait, cependant, reprit Danglars embarrassé ; pour les domestiques, vous comprenez...

– Oui, vous vous appelez monseigneur pour vos gens ; pour les journalistes, vous vous appelez monsieur ; et pour vos commettants[2], citoyen. Ce sont des nuances très applicables au gouvernement constitutionnel. Je comprends parfaitement.

Danglars se pinça les lèvres : il vit que, sur ce terrain-là, il n'était pas de force avec Monte-Cristo ; il essaya donc de revenir sur un terrain qui lui était plus familier.

– Monsieur le comte, dit-il en s'inclinant, j'ai reçu une lettre d'avis de la maison Thomson et French [...] je l'ai sur moi, je crois (il fouilla dans sa poche). Oui, la voici : cette lettre ouvre à M. le comte de Monte-Cristo un crédit illimité[3] sur ma maison.

1. **Abdiqué** : renoncé à.
2. **Commettants** : personnes qui exécutent pour d'autres des opérations commerciales.
3. **Crédit illimité** : prêt d'argent sans limite.

– Eh bien ! monsieur le baron, que voyez-vous d'obscur là-dedans ?

– Rien, monsieur ; seulement le mot *illimité*...

– Eh bien, ce mot n'est-il pas français ?... Vous comprenez, ce sont des Anglo-Allemands qui écrivent.

– Oh ! si fait, monsieur, et du côté de la syntaxe il n'y a rien à redire, mais il n'en est pas de même du côté de la comptabilité.

– Est-ce que la maison Thomson et French, demanda Monte-Cristo de l'air le plus naïf qu'il put prendre, n'est point parfaitement sûre, à votre avis, monsieur le baron ? Diable ! cela me contrarierait, car j'ai quelques fonds placés chez elle.

– Ah ! parfaitement sûre, répondit Danglars avec un sourire presque railleur[1] ; mais le sens du mot *illimité*, en matière de finances, est tellement vague...

– Qu'il est illimité, n'est-ce pas ? dit Monte-Cristo.

– C'est justement cela, monsieur, que je voulais dire. Or, le vague, c'est le doute, et, dit le sage, dans le doute abstiens-toi.

– Ce qui signifie, reprit Monte-Cristo, que si la maison Thomson et French est disposée à faire des folies, la maison Danglars ne l'est pas à suivre son exemple.

– Comment cela, monsieur le comte ?

– Oui, sans doute ; MM. Thomson et French font les affaires sans chiffres ; mais M. Danglars a une limite aux siennes ; c'est un homme sage, comme il le disait tout à l'heure.

– Monsieur, répondit orgueilleusement le banquier, personne n'a encore compté avec ma caisse.

– Alors, répondit froidement Monte-Cristo, il paraît que c'est moi qui commencerai.

1. **Railleur** : moqueur.

– Qui vous dit cela ?

– Les explications que vous me demandez, monsieur, et qui ressemblent fort à des hésitations. [...]

– Enfin, monsieur, dit Danglars après un moment de silence, je vais essayer de me faire comprendre en vous priant de fixer vous-même la somme que vous comptez toucher chez moi.

– Mais, monsieur, reprit Monte-Cristo décidé à ne pas perdre un pouce de terrain dans la discussion, si j'ai demandé un crédit illimité sur vous, c'est que je ne savais justement pas de quelles sommes j'aurais besoin.

Le banquier crut que le moment était venu enfin de prendre le dessus ; il se renversa dans son fauteuil, et avec un lourd et orgueilleux sourire :

– Oh ! monsieur, dit-il, ne craignez pas de désirer ; vous pourrez vous convaincre alors que le chiffre de la maison Danglars, tout limité qu'il est, peut satisfaire les plus larges exigences, et dussiez-vous demander un million...

– Plaît-il ? fit Monte-Cristo.

– Je dis un million, répéta Danglars avec l'aplomb[1] de la sottise.

– Et que ferais-je d'un million ? dit le comte. Bon Dieu ! monsieur, s'il ne m'eût fallu qu'un million, je ne me serais pas fait ouvrir un crédit pour une pareille misère. Un million ? mais j'ai toujours un million dans mon portefeuille ou dans mon nécessaire de voyage.

Et Monte-Cristo retira d'un petit carnet où étaient ses cartes de visite deux bons[2] de cinq cent mille francs chacun, payables au porteur, sur le Trésor.

1. **Aplomb** : assurance excessive.
2. **Bons** : documents par lesquels on s'engage à payer la somme indiquée à la personne qui les apporte.

Il fallait assommer et non piquer un homme comme Danglars. Le coup de massue fit son effet : le banquier chancela et eut le vertige ; il ouvrit sur Monte-Cristo deux yeux hébétés[1] dont la prunelle se dilata effroyablement.

– Voyons, avouez-moi, dit Monte-Cristo, que vous vous défiez[2] de la maison Thomson et French. Mon Dieu ! c'est tout simple ; j'ai prévu le cas, et, quoique assez étranger aux affaires, j'ai pris mes précautions. Voici donc deux autres lettres pareilles à celle qui vous est adressée : l'une est de la maison Arestein et Eskoles, de Vienne, sur M. le baron de Rothschild, l'autre est de la maison Baring, de Londres, sur M. Laffitte. Dites un mot, monsieur, et je vous ôterai toute préoccupation, en me présentant dans l'une ou l'autre de ces deux maisons.

C'en était fait, Danglars était vaincu ; il ouvrit avec un tremblement visible la lettre de Vienne et la lettre de Londres, que lui tendait du bout des doigts le comte, vérifia l'authenticité des signatures avec une minutie qui eût été insultante pour Monte-Cristo, s'il n'eût pas fait la part de l'égarement[3] du banquier.

– Oh ! monsieur, voilà trois signatures qui valent bien des millions, dit Danglars en se levant comme pour saluer la puissance de l'or personnifiée en cet homme qu'il avait devant lui. Trois crédits illimités sur nos maisons ! Pardonnez-moi, monsieur le comte, mais tout en cessant d'être défiant, on peut demeurer encore étonné.

– Oh ! ce n'est pas une maison comme la vôtre qui s'étonnerait ainsi, dit Monte-Cristo avec toute sa politesse ; ainsi, vous pourrez donc m'envoyer quelque argent, n'est-ce pas ?

1. **Hébétés** : abasourdis, stupéfaits.
2. **Vous vous défiez** : vous n'avez pas confiance.
3. **Égarement** : folie passagère.

– Parlez, monsieur le comte ; je suis à vos ordres.

– Eh bien, reprit Monte-Cristo, à présent que nous nous entendons, car nous nous entendons, n'est-ce pas ?

Danglars fit un signe de tête affirmatif.

– Et vous n'avez plus aucune défiance ? continua Monte-Cristo.

– Ô monsieur le comte ! s'écria le banquier, je n'en ai jamais eu.

– Non ; vous désiriez une preuve, voilà tout. Eh bien, répéta le comte, maintenant que nous nous entendons, maintenant que vous n'avez plus aucune défiance, fixons, si vous le voulez bien, une somme générale pour la première année : six millions, par exemple.

– Six millions, soit ! dit Danglars suffoqué.

– S'il me faut plus, reprit machinalement Monte-Cristo, nous mettrons plus ; mais je ne compte rester qu'une année en France, et pendant cette année je ne crois pas dépasser ce chiffre... enfin nous verrons... veuillez, pour commencer, me faire porter cinq cent mille francs demain, je serai chez moi jusqu'à midi, et d'ailleurs, si je n'y étais pas, je laisserais un reçu à mon intendant.

– L'argent sera chez vous demain à dix heures du matin, monsieur le comte, répondit Danglars. Voulez-vous de l'or, ou des billets de banque, ou de l'argent ?

– Or et billets par moitié, s'il vous plaît.

Et le comte se leva.

– Je dois vous confesser une chose, monsieur le comte, dit Danglars à son tour ; je croyais avoir des notions exactes sur toutes les belles fortunes de l'Europe, et cependant la vôtre, qui me paraît considérable, m'était, je l'avoue, tout à fait inconnue ; elle est récente ?

– Non, monsieur, répondit Monte-Cristo, elle est, au contraire, de fort vieille date : c'était une espèce de trésor de famille auquel il était défendu de toucher, et dont les intérêts accumulés ont triplé le capital[1] ; l'époque fixée par le testateur[2] est révolue[3] depuis quelques années seulement : ce n'est donc que depuis quelques années que j'en use, et votre ignorance à ce sujet n'a rien que de naturel ; au reste, vous la connaîtrez mieux dans quelque temps.

Et le comte accompagna ces mots d'un de ces sourires pâles qui faisaient si grand-peur à Franz d'Épinay.

[...]

Extraits du chapitre XLVI, « Le crédit illimité »

Monte-Cristo séduit le Tout-Paris. Ainsi, il rend à Mme Danglars les chevaux qu'il avait achetés à son mari et il sauve d'un accident de calèche (qu'il a lui-même provoqué) Mme de Villefort et son jeune fils, ce qui lui permet de rencontrer M. de Villefort.

1. **Capital** : somme de départ.
2. **Testateur** : auteur d'un testament.
3. **Révolue** : terminée.

20. Haydée, princesse esclave

Monte-Cristo voit souvent les enfants de l'armateur Morrel mais aussi Haydée, une jeune princesse grecque qu'il a sauvée en l'achetant sur un marché d'esclaves. C'est la fille du défunt vizir Ali-Pacha.

[...]

Il était midi : le comte s'était réservé une heure pour monter chez Haydée ; on eût dit que la joie ne pouvait rentrer tout à coup dans cette âme si longtemps brisée, et qu'elle avait besoin de se préparer aux émotions douces, comme les autres âmes ont besoin de se préparer aux émotions violentes.

La jeune Grecque était, comme nous l'avons dit, dans un appartement entièrement séparé de l'appartement du comte. Cet appartement était tout entier meublé à la manière orientale : c'est-à-dire que les parquets étaient couverts d'épais tapis de Turquie, que des étoffes de brocart[1] retombaient le long des murailles, et que, dans chaque pièce, un large divan régnait tout autour de la chambre avec des piles de coussins qui se déplaçaient à la volonté de ceux qui en usaient.

Haydée avait trois femmes françaises et une femme grecque. Les trois femmes françaises se tenaient dans la première pièce, prêtes à accourir au bruit d'une petite sonnette d'or et à obéir aux ordres de l'esclave romaïque[2], laquelle savait assez de français pour transmettre les volontés de sa maîtresse à ses trois

1. **Brocart** : tissu en soie, brodé d'or et d'argent.
2. **Romaïque** : grecque.

caméristes[1], auxquelles Monte-Cristo avait recommandé d'avoir pour Haydée les égards que l'on aurait pour une reine.

La jeune fille était dans la pièce la plus reculée de son appartement, c'est-à-dire dans une espèce de boudoir[2] rond, éclairé seulement par le haut, et dans lequel le jour ne pénétrait qu'à travers des carreaux de verre rose. Elle était couchée à terre sur des coussins de satin bleu brochés d'argent, à demi renversée en arrière sur le divan, encadrant sa tête avec son bras droit mollement arrondi, tandis que, du gauche, elle fixait à ses lèvres le tube de corail dans lequel était enchâssé le tuyau flexible d'un narguilé[3], qui ne laissait arriver la vapeur à sa bouche que parfumée par l'eau de benjoin[4], à travers laquelle sa douce aspiration la forçait de passer.

Sa pose, toute naturelle pour une femme d'Orient, eût été pour une Française d'une coquetterie peut-être un peu affectée[5].

Quant à sa toilette, c'était celle des femmes épirotes[6], c'est-à-dire un caleçon de satin blanc broché de fleurs roses, et qui laissait à découvert deux pieds d'enfant qu'on eût crus de marbre de Paros[7], si on ne les eût vus se jouer avec deux petites sandales à la pointe recourbée[8] brodées d'or et de perles ; une veste à longues raies bleues et blanches, à larges manches tendues pour les bras, avec des boutonnières d'argent et des boutons de perles ; enfin une espèce de corset laissant, par sa coupe ouverte en cœur, voir le cou et tout le haut de la poitrine, et se boutonnant

1. **Caméristes** : femmes de chambre.
2. **Boudoir** : petit salon de dame.
3. **Narguilé** : pipe orientale à long tuyau, communiquant avec un flacon d'eau parfumée que la fumée traverse avant d'arriver à la bouche.
4. **Benjoin** : résine aromatique.
5. **Affectée** : manquant de naturel.
6. **Épirotes** : originaires d'*Épire* (région de Grèce).
7. **Paros** : île de la mer Égée, réputée pour son marbre.
8. **Sandales à la pointe recourbée** : ce sont des babouches.

au-dessous du sein par trois boutons de diamant. Quant au bas du corset et au haut du caleçon, ils étaient perdus dans une des ceintures aux franges soyeuses qui font l'ambition de nos élégantes Parisiennes.

La tête était coiffée d'une petite calotte[1] d'or brodée de perles, inclinée sur le côté, et au-dessous de la calotte, du côté où elle inclinait, une belle rose naturelle de couleur pourpre[2] ressortait mêlée à des cheveux si noirs qu'ils paraissaient bleus.

Quant à la beauté de ce visage, c'était la beauté grecque dans toute la perfection de son type, avec ses grands yeux noirs veloutés, son nez droit, ses lèvres de corail et ses dents de perles.

Puis, sur ce charmant ensemble, la fleur de la jeunesse était répandue avec tout son éclat et tout son parfum ; Haydée pouvait avoir dix-neuf ou vingt ans.

Monte-Cristo appela la suivante grecque, et fit demander à Haydée la permission d'entrer auprès d'elle.

Pour toute réponse, Haydée fit signe à la suivante de relever la tapisserie qui pendait devant la porte, dont le chambranle[3] carré encadra la jeune fille couchée comme un charmant tableau. Monte-Cristo s'avança.

Haydée se souleva sur le coude qui tenait le narguilé, et tendant au comte sa main en même temps qu'elle l'accueillait avec un sourire :

– Pourquoi, dit-elle dans la langue sonore des filles de Sparte et d'Athènes, pourquoi me fais-tu demander la permission d'entrer chez moi ? N'es-tu plus mon maître, ne suis-je plus ton esclave ?

Monte-Cristo sourit à son tour.

1. **Calotte** : petit bonnet rond.
2. **Pourpre** : rouge vif.
3. **Chambranle** : encadrement de la porte.

– Haydée, dit-il, vous savez...

– Pourquoi ne me dis-tu pas *tu* comme d'habitude ? interrompit la jeune Grecque ; ai-je donc commis quelque faute ? En ce cas il faut me punir, mais non pas me dire *vous*.

– Haydée, reprit le comte, tu sais que nous sommes en France, et par conséquent que tu es libre.

– Libre de quoi faire ? demanda la jeune fille.

– Libre de me quitter.

– Te quitter !... et pourquoi te quitterais-je ?

– Que sais-je, moi ? Nous allons voir le monde.

– Je ne veux voir personne.

– Et si parmi les beaux jeunes gens que tu rencontreras, tu en trouvais quelqu'un qui te plût, je ne serais pas assez injuste...

– Je n'ai jamais vu d'hommes plus beaux que toi, et je n'ai jamais aimé que mon père et toi.

– Pauvre enfant, dit Monte-Cristo, c'est que tu n'as guère parlé qu'à ton père et à moi.

– Eh bien ! qu'ai-je besoin de parler à d'autres ? Mon père m'appelait *sa joie*, toi tu m'appelles *ton amour*, et tous deux vous m'appelez *votre enfant*.

– Tu te rappelles ton père, Haydée ?

La jeune fille sourit.

– Il est là et là, dit-elle, en mettant la main sur ses yeux et sur son cœur.

– Et moi, où suis-je ? demanda en souriant Monte-Cristo.

– Toi, dit-elle, tu es partout.

Monte-Cristo prit la main d'Haydée pour la baiser ; mais la naïve enfant retira sa main et présenta son front.

– Maintenant, Haydée, lui dit-il, tu sais que tu es libre, que tu es maîtresse, que tu es reine ; tu peux garder ton costume ou le

Haydée, la princesse grecque sauvée par Monte-Cristo, fumant le narguilé. L'Orient connaissait un grand succès à l'époque. Illustration du XIXe siècle.

quitter à ta fantaisie ; tu resteras ici quand tu voudras rester, tu sortiras quand tu voudras sortir ; il y aura toujours une voiture attelée pour toi ; Ali et Myrto t'accompagneront partout et seront à tes ordres ; seulement, une seule chose, je te prie.

– Dis.

– Garde le secret sur ta naissance, ne dis pas un mot de ton passé ; ne prononce dans aucune occasion le nom de ton illustre père ni celui de ta pauvre mère.

– Je te l'ai déjà dit, seigneur, je ne verrai personne.

– Écoute, Haydée ; peut-être cette réclusion tout orientale sera-t-elle impossible à Paris : continue d'apprendre la vie de nos pays du Nord comme tu l'as fait à Rome, à Florence, à Milan et à Madrid ; cela te servira toujours, que tu continues à vivre ici ou que tu retournes en Orient.

La jeune fille leva sur le comte ses grands yeux humides et répondit :

– Ou que nous retournions en Orient, veux-tu dire, n'est-ce pas, mon seigneur ?

– Oui, ma fille, dit Monte-Cristo ; tu sais bien que ce n'est jamais moi qui te quitterai. Ce n'est point l'arbre qui quitte la fleur, c'est la fleur qui quitte l'arbre.

– Je ne te quitterai jamais, seigneur, dit Haydée, car je suis sûre que je ne pourrais pas vivre sans toi.

[...]

Extraits du chapitre XLIX, « Haydée »

21. La toile de Monte-Cristo

Monte-Cristo retrouve Benedetto, l'enfant illégitime de M. de Villefort et de Mme Danglars. C'est la sœur de Bertuccio qui lui a donné son nom et qui l'a élevé. Mais, à la suite de plusieurs délits, Benedetto a été envoyé au bagne où il a rencontré Caderousse. Monte-Cristo lui donne une nouvelle identité, celle du vicomte Andréa Calvacanti, fils d'un riche seigneur italien. Il cherche ainsi à atteindre Danglars qui veut marier sa fille à un riche et noble prétendant. Peu après, Monte-Cristo invite toutes ses connaissances dans sa nouvelle maison, à Auteuil.

À la première vue, et examinée du dehors, la maison d'Auteuil n'avait rien de splendide, rien de ce qu'on pouvait attendre d'une habitation destinée au magnifique comte de Monte-Cristo : mais cette simplicité tenait à la volonté du maître, qui avait positivement[1] ordonné que rien ne fût changé à l'extérieur ; il n'était besoin pour s'en convaincre que de considérer l'intérieur. En effet, à peine la porte était-elle ouverte que le spectacle changeait.

M. Bertuccio s'était surpassé lui-même pour le goût des ameublements et la rapidité de l'exécution : comme autrefois le duc d'Antin avait fait abattre en une nuit une allée d'arbres qui gênait le regard[2] de Louis XIV, de même en trois jours M. Bertuccio avait fait planter une cour entièrement nue, et de beaux peupliers, des sycomores[3] venus avec leurs blocs énormes de racines, ombrageaient la façade principale de la maison, devant laquelle, au lieu de pavés à moitié cachés par l'herbe,

1. **Positivement** : fermement.
2. **Regard** : vue.
3. **Sycomores** : figuiers originaires d'Égypte.

s'étendait une pelouse de gazon, dont les plaques avaient été posées le matin même, et qui formait un vaste tapis où perlait encore l'eau dont on l'avait arrosé.

Au reste, les ordres venaient du comte ; lui-même avait remis à Bertuccio un plan où était indiqué le nombre et la place des arbres qui devaient être plantés, la forme et l'espace de la pelouse qui devait succéder aux pavés.

Vue ainsi, la maison était devenue méconnaissable, et Bertuccio lui-même protestait qu'il ne la reconnaissait plus, emboîtée qu'elle était dans son cadre de verdure.

L'intendant n'eût pas été fâché, tandis qu'il y était, de faire subir quelques transformations au jardin : mais le comte avait positivement défendu qu'on y touchât en rien. Bertuccio s'en dédommagea en encombrant de fleurs les antichambres, les escaliers et les cheminées.

[...]

À cinq heures précises, le comte arriva, suivi d'Ali, devant la maison d'Auteuil. Bertuccio attendait cette arrivée avec une impatience mêlée d'inquiétude ; il espérait quelques compliments, tout en redoutant un froncement de sourcils.

Monte-Cristo descendit dans la cour, parcourut toute la maison et fit le tour du jardin, silencieux et sans donner le moindre signe d'approbation ni de mécontentement.

Seulement, en entrant dans sa chambre à coucher, située du côté opposé à la chambre fermée, il étendit la main vers le tiroir d'un petit meuble en bois de rose, qu'il avait déjà distingué à son premier voyage.

– Cela ne peut servir qu'à mettre des gants, dit-il.

– En effet, Excellence, répondit Bertuccio ravi, ouvrez, et vous y trouverez des gants.

Dans les autres meubles, le comte trouva encore ce qu'il comptait y trouver, flacons, cigares, bijoux.

– Bien ! dit-il encore.

Et M. Bertuccio se retira l'âme ravie, tant était grande, puissante et réelle l'influence de cet homme sur tout ce qui l'entourait.

À six heures précises, on entendit piétiner un cheval devant la porte d'entrée. C'était notre capitaine des spahis[1] qui arrivait sur *Médéah*[2].

Monte-Cristo l'attendait sur le perron[3], le sourire aux lèvres.

– Me voilà le premier, j'en suis bien sûr ! lui cria Morrel ; je l'ai fait exprès pour vous avoir un instant à moi seul avant tout le monde. Julie et Emmanuel vous disent des millions de choses. Ah ! mais, savez-vous que c'est magnifique ici ! Dites-moi, comte, est-ce que vos gens auront bien soin de mon cheval ?

– Soyez tranquille, mon cher Maximilien, ils s'y connaissent.

– C'est qu'il a besoin d'être bouchonné[4]. Si vous saviez de quel train[5] il a été ! Une véritable trombe !

– Peste, je le crois bien, un cheval de cinq mille francs ! dit Monte-Cristo du ton qu'un père mettrait à parler à son fils.

– Vous les regrettez ● ? dit Morrel avec son franc sourire.

– Moi ! Dieu m'en préserve ! répondit le comte. Non. Je regretterais seulement que le cheval ne fût pas bon.

– Il est si bon, mon cher comte, que M. de Château-Renaud, l'homme le plus connaisseur de France, et M. Debray, qui monte

1. **Spahis** : cavaliers de l'armée coloniale.
2. ***Médéah*** : nom du cheval de Maximilien.
3. **Perron** : petit escalier extérieur se terminant par une plateforme sur laquelle donne l'entrée de la maison.
4. **Bouchonné** : frictionné.
5. **De quel train** : à quelle vitesse.

● **Monte-Cristo a offert le cheval à Maximilien.**

les arabes[1] du ministère, courent après moi en ce moment, et sont un peu distancés, comme vous voyez, et encore sont-ils talonnés par les chevaux de la baronne Danglars, qui vont d'un trot à faire tout bonnement leurs six lieues[2] à l'heure.

– Alors, ils vous suivent ? demanda Monte-Cristo.

– Tenez, les voilà.

En effet, au moment même, un coupé[3] à l'attelage tout fumant et deux chevaux de selle hors d'haleine arrivèrent devant la grille de la maison, qui s'ouvrit devant eux. Aussitôt le coupé décrivit son cercle, et vint s'arrêter au perron, suivi de deux cavaliers.

En un instant Debray eut mis pied à terre, et se trouva à la portière. Il offrit sa main à la baronne, qui lui fit en descendant un geste imperceptible ● pour tout autre que pour Monte-Cristo.

Mais le comte ne perdait rien, et dans ce geste il vit reluire un petit billet[4] blanc aussi imperceptible que le geste, et qui passa, avec une aisance qui indiquait l'habitude de cette manœuvre, de la main de madame Danglars dans celle du secrétaire du ministre.

Derrière sa femme descendit le banquier, pâle comme s'il fût sorti du sépulcre[5] au lieu de sortir de son coupé.

Madame Danglars jeta autour d'elle un regard rapide et investigateur que Monte-Cristo seul put comprendre, et dans lequel elle embrassa la cour, le péristyle[6], la façade de la maison ; puis, réprimant une légère émotion, qui se fût certes traduite sur

1. **Les arabes** : les chevaux arabes.
2. **Lieue** : ancienne mesure itinéraire valant environ 4 km.
3. **Coupé** : voiture fermée à deux places et quatre roues, tirée par des chevaux.
4. **Billet** : papier.
5. **Sépulcre** : tombeau.
6. **Péristyle** : colonnade entourant la cour.

● **Mme Danglars et Debray ont une liaison.**

son visage, s'il eût été permis à son visage de pâlir, elle monta le perron tout en disant à Morrel :

– Monsieur, si vous étiez de mes amis, je vous demanderais si votre cheval est à vendre.

Morrel fit un sourire qui ressemblait fort à une grimace, et se retourna vers Monte-Cristo, comme pour le prier de le tirer de l'embarras où il se trouvait.

Le comte le comprit.

– Ah ! Madame, répondit-il, pourquoi n'est-ce point à moi que cette demande s'adresse ?

– Avec vous, monsieur, dit la baronne, on n'a le droit de ne rien désirer, car on est trop sûre d'obtenir. Aussi était-ce à M. Morrel.

– Malheureusement, reprit le comte, je suis témoin que M. Morrel ne peut céder son cheval, son honneur étant engagé à ce qu'il le garde.

– Comment cela ?

– Il a parié dompter *Médéah* dans l'espace de six mois. Vous comprenez maintenant, baronne, que s'il s'en défaisait avant le terme fixé par le pari, non seulement il le perdrait, mais encore on dirait qu'il a eu peur ; et un capitaine de spahis, même pour passer un caprice à une jolie femme, ce qui est, à mon avis, une des choses les plus sacrées de ce monde, ne peut laisser courir un pareil bruit.

– Vous voyez, madame... dit Morrel tout en adressant à Monte-Cristo un sourire reconnaissant.

– Il me semble d'ailleurs, dit Danglars avec un ton bourru mal déguisé par son sourire épais, que vous en avez assez comme cela de chevaux.

Ce n'était point l'habitude de madame Danglars de laisser passer de pareilles attaques sans y riposter, et cependant, au grand étonnement des jeunes gens, elle fit semblant de ne pas entendre et ne répondit rien.

[...]

– M. le major Bartolomeo Cavalcanti ! M. le vicomte Andrea Cavalcanti ! annonça Baptistin.

Un col de satin noir sortant des mains du fabricant, une barbe fraîche, des moustaches grises, l'œil assuré, un habit de major orné de trois plaques et de cinq croix, en somme une tenue irréprochable de vieux soldat, tel apparut le major Bartolomeo Cavalcanti, ce tendre père que nous connaissons.

Près de lui, couvert d'habits tout flambant neufs, s'avançait, le sourire sur les lèvres, le vicomte Andrea Cavalcanti, ce respectueux fils que nous connaissons encore.

Les trois jeunes gens causaient ensemble ; leurs regards se portaient du père au fils, et s'arrêtèrent tout naturellement plus longtemps sur ce dernier, qu'ils détaillèrent.

– Cavalcanti ! dit Debray.

– Un beau nom, fit Morrel ; peste !

– Oui, dit Château-Renaud, c'est vrai, ces Italiens se nomment bien, mais ils s'habillent mal.

– Vous êtes difficile, Château-Renaud, reprit Debray ; ces habits sont d'un excellent faiseur[1], et tout neufs.

– Voilà justement ce que je leur reproche. Ce monsieur a l'air de s'habiller aujourd'hui pour la première fois.

– Qu'est-ce que ces messieurs ? demanda Danglars au comte de Monte-Cristo.

– Vous avez entendu, des Cavalcanti.

1. **Faiseur** : tailleur.

Cette remarque ironique rappelle au lecteur que, comme son prétendu fils Andrea, le major est un imposteur engagé par Monte-Cristo.

– Cela m'apprend leur nom, voilà tout.

– Ah ! c'est vrai, vous n'êtes pas au courant de nos noblesses d'Italie ; qui dit Cavalcanti, dit race de princes.

– Belle fortune ? demanda le banquier.

– Fabuleuse.

– Que font-ils ?

– Ils essayent de la manger sans pouvoir en venir à bout. Ils ont d'ailleurs des crédits sur vous, à ce qu'ils m'ont dit en me venant voir avant-hier. Je les ai même invités à votre intention. Je vous les présenterai.

– Mais il me semble qu'ils parlent très purement le français, dit Danglars.

– Le fils a été élevé dans un collège du Midi, à Marseille ou dans les environs, je crois. Vous le trouverez dans l'enthousiasme.

– De quoi ? demanda la baronne.

– Des Françaises, madame. Il veut absolument prendre femme à Paris.

– Une belle idée qu'il a là ! dit Danglars en haussant les épaules.

Madame Danglars regarda son mari avec une expression qui, dans tout autre moment, eût présagé un orage : mais pour la seconde fois elle se tut.

– Le baron paraît bien sombre aujourd'hui, dit Monte-Cristo à madame Danglars ; est-ce qu'on voudrait le faire ministre, par hasard ?

– Non, pas encore, que je sache. Je crois plutôt qu'il aura joué à la Bourse, qu'il aura perdu, et qu'il ne sait à qui s'en prendre.

– M. et madame de Villefort ! cria Baptistin.

Les deux personnes annoncées entrèrent. M. de Villefort, malgré sa puissance sur lui-même, était visiblement ému. En touchant sa main, Monte-Cristo sentit qu'elle tremblait.

– Décidément il n'y a que les femmes pour savoir dissimuler, se dit Monte-Cristo à lui-même et en regardant madame Danglars, qui souriait au procureur du roi et qui embrassait sa femme.

Après les premiers compliments, le comte vit Bertuccio qui, occupé jusque-là du côté de l'office[1], se glissait dans un petit salon attenant à celui dans lequel on se trouvait.

Il alla à lui.

– Que voulez-vous, M. Bertuccio ? lui dit-il.

– Son Excellence ne m'a pas dit le nombre de ses convives.

– Ah ! c'est vrai.

– Combien de couverts ?

– Comptez vous-même.

– Tout le monde est-il arrivé, Excellence ?

– Oui.

Bertuccio glissa son regard à travers la porte entrebâillée.

Monte-Cristo le couvait des yeux.

– Ah ! mon Dieu ! s'écria-t-il.

– Quoi donc ? demanda le comte.

– Cette femme !... cette femme !...

– Laquelle ?

– Celle qui a une robe blanche et tant de diamants !... la blonde !...

– Madame Danglars ?

– Je ne sais pas comment on la nomme. Mais c'est elle, monsieur, c'est elle !

– Qui elle ?

1. **Office** : pièce attenante à la cuisine où l'on stocke tout ce qui concerne le service de la table.

La maison d'Auteuil a abrité la relation adultère de M. de Villefort et de Mme Danglars avant la mort présumée de leur nourrisson.

– La femme du jardin ! celle qui était enceinte ! celle qui se promenait en attendant !... en attendant !...

Bertuccio demeura la bouche ouverte, pâle et les cheveux hérissés.

– En attendant qui ?

Bertuccio, sans répondre, montra Villefort du doigt, à peu près du même geste dont Macbeth montra Banco●.

– Oh !... oh !... murmura-t-il enfin, voyez-vous ?

– Quoi ? qui ?

– Lui !

– Lui !... M. le procureur du roi de Villefort ? Sans doute, que je le vois.

– Mais je ne l'ai donc pas tué ?

– Ah çà, mais je crois que vous devenez fou, mon brave monsieur Bertuccio, dit le comte.

– Mais il n'est donc pas mort ?

– Eh non ! il n'est pas mort, vous le voyez bien ; au lieu de le frapper entre la sixième et la septième côte gauche, comme c'est la coutume de vos compatriotes, vous aurez frappé plus haut ou plus bas ; et ces gens de justice, ça vous a l'âme chevillée dans le corps [...]. Voyons, rappelez votre calme, et comptez : M. et madame de Villefort, deux ; M. et madame Danglars, quatre ; M. de Château-Renaud, M. Debray, M. Morrel, sept ; M. le major Bartolomeo Cavalcanti, huit.

– Huit ! répéta Bertuccio.

● Dans *Macbeth* (1606), la pièce du dramaturge anglais William Shakespeare, après avoir assassiné le roi d'Écosse et pris sa place sur le trône, l'ambitieux Macbeth fait tuer son ami Banco.

– Attendez donc ! attendez donc ! vous êtes bien pressé de vous en aller, que diable ! vous oubliez un de mes convives. Appuyez un peu à gauche… tenez… M. Andrea Cavalcanti, ce jeune homme en habit noir qui regarde la Vierge de Murillo[1], qui se retourne.

Cette fois Bertuccio commença un cri que le regard de Monte-Cristo éteignit sur ses lèvres.

– Benedetto ! murmura-t-il tout bas, fatalité !

– Voilà six heures et demie qui sonnent, monsieur Bertuccio, dit sévèrement le comte ; c'est l'heure où j'ai donné l'ordre qu'on se mît à table ; vous savez que je n'aime point à attendre.

Et Monte-Cristo rentra dans le salon où l'attendaient ses convives, tandis que Bertuccio regagnait la salle à manger en s'appuyant contre les murailles.

Cinq minutes après, les deux portes du salon s'ouvrirent. Bertuccio parut, et faisant, comme Vatel à Chantilly, un dernier et héroïque effort :

– Monsieur le comte est servi, dit-il.

Monte-Cristo offrit le bras à madame de Villefort.

– Monsieur de Villefort, dit-il, faites-vous le cavalier de madame la baronne Danglars, je vous prie.

Villefort obéit, et l'on passa dans la salle à manger.

Extraits du chapitre LXII, « Les fantômes »

1. **Murillo** : peintre espagnol du XVIIe siècle.

Vatel, maître d'hôtel célèbre, fut chargé en 1671 d'organiser un dîner en l'honneur de Louis XIV au château de Chantilly. Le poisson n'étant pas arrivé à temps, il se crut déshonoré et se suicida d'un coup d'épée.

22. La chambre rouge

La rareté des mets subjugue les invités de Monte-Cristo et la discussion va bon train.

– [...] N'est-il pas vrai, monsieur le comte [dit Château-Renaud], que vous n'avez acheté cette maison qu'il y a cinq ou six jours ?

– Ma foi, tout au plus, dit Monte-Cristo.

– Eh bien ! je suis sûr qu'en huit jours elle a subi une transformation complète ; car, si je ne me trompe, elle avait une autre entrée que celle-ci, et la cour était pavée et vide, tandis qu'aujourd'hui la cour est un magnifique gazon bordé d'arbres qui paraissent avoir cent ans.

– Que voulez-vous ? j'aime la verdure et l'ombre, dit Monte-Cristo.

– En effet, dit madame de Villefort, autrefois on entrait par une porte donnant sur la route, et le jour de ma miraculeuse délivrance[1], c'est par la route, je me rappelle, que vous m'avez fait entrer dans la maison.

– Oui, Madame, dit Monte-Cristo ; mais depuis j'ai préféré une entrée qui me permît de voir le bois de Boulogne à travers ma grille.

– En quatre jours, dit Morrel, c'est un prodige !

– En effet, dit Château-Renaud, d'une vieille maison en faire une neuve, c'est chose miraculeuse ; car elle était fort vieille la maison, et même fort triste. Je me rappelle avoir été chargé par

1. **Délivrance** : accouchement.

Le comte de Monte-Cristo face au comte et à la comtesse de Morcerf. *Le Comte de Monte-Cristo*, de Robert Vernay, 1943, avec Pierre Richard-Willm, Henri Bosc et Michèle Alfa.

ma mère de la visiter, quand M. de Saint-Méran l'a mise en vente, il y a deux on trois ans.

– M. de Saint-Méran ? dit madame de Villefort, mais cette maison appartenait donc à M. de Saint-Méran avant que vous ne l'achetiez ?

– Il paraît que oui, répondit Monte-Cristo.

– Comment, il paraît ! vous ne savez pas à qui vous avez acheté cette maison ?

– Ma foi non, c'est mon intendant qui s'occupe de tous ces détails.

– Il est vrai qu'il y a au moins dix ans qu'elle n'avait été habitée, dit Château-Renaud, et c'était une grande tristesse que de la voir avec ses persiennes fermées, ses portes closes et ses herbes dans la cour. En vérité, si elle n'eût point appartenu au beau-père d'un procureur du roi●, on eût pu la prendre pour une de ces maisons maudites où quelque grand crime a été commis.

Villefort, qui jusque-là n'avait point touché aux trois ou quatre verres de vins extraordinaires placés devant lui, en prit un au hasard et le vida d'un seul trait.

Monte-Cristo laissa s'écouler un instant ; puis, au milieu du silence qui avait suivi les paroles de Château-Renaud :

– C'est bizarre, dit-il, monsieur le baron, mais la même pensée m'est venue la première fois que j'y entrai ; et cette maison me parut si lugubre[1], que jamais je ne l'eusse achetée si mon intendant n'eût fait la chose pour moi. Probablement que le drôle[2] avait reçu quelque pourboire du tabellion[3].

– C'est probable, balbutia Villefort en essayant de sourire ; mais croyez que je ne suis pour rien dans cette corruption[4]. M. de Saint-Méran a voulu que cette maison, qui fait partie de la dot[5] de sa petite-fille, fût vendue, parce qu'en restant trois ou quatre ans inhabitée encore, elle fût tombée en ruine.

Ce fut Morrel qui pâlit à son tour●.

– Il y avait surtout, continua Monte-Cristo, une chambre, ah ! mon Dieu ! bien simple en apparence, une chambre comme toutes les chambres, tendue de damas[6] rouge, qui m'a paru, je ne sais pourquoi, dramatique au possible. [...] Eh ! ma foi, tenez, puisque nous avons fini de dîner, il faut que je vous la montre,

1. **Lugubre** : sombre et inquiétante.
2. **Drôle** (n. m., terme vieilli) : coquin.
3. **Tabellion** (terme familier) : notaire.
4. **Corruption** : action malhonnête.
5. **Dot** : biens qu'une femme apporte en se mariant.
6. **Damas** : tissu aux motifs brillants sur fond mat à l'endroit, et mats sur fond brillant à l'envers.

● **M. de Saint-Méran est le père de la première épouse de M. de Villefort et le grand-père de sa fille, Valentine.**

● **Morrel aime en secret Valentine, qui l'aime aussi.**

puis nous redescendrons prendre le café au jardin ; après le dîner, le spectacle.

Monte-Cristo fit un signe pour interroger ses convives, madame de Villefort se leva, Monte-Cristo en fit autant, tout le monde imita leur exemple.

Villefort et madame Danglars demeurèrent un instant comme cloués à leur place ; ils s'interrogeaient des yeux, froids, muets et glacés.

– Avez-vous entendu ? dit madame Danglars.

– Il faut y aller, répondit Villefort en se levant et en lui offrant le bras.

Tout le monde était déjà épars[1] dans la maison, poussé par la curiosité, car on pensait bien que la visite ne se bornerait pas à cette chambre, et qu'en même temps on parcourrait le reste de cette masure[2] dont Monte-Cristo avait fait un palais. Chacun s'élança donc par les portes ouvertes. Monte-Cristo attendit les deux retardataires ; puis, quand ils furent passés à leur tour, il ferma la marche avec un sourire qui, s'ils eussent pu le comprendre, eût épouvanté les convives bien autrement que cette chambre dans laquelle on allait entrer.

On commença en effet par parcourir les appartements, les chambres meublées à l'orientale avec des divans et des coussins pour tout lit, des pipes et des armes pour tous meubles ; les salons tapissés des plus beaux tableaux des vieux maîtres ; des boudoirs[3] en étoffes de Chine, aux couleurs capricieuses, aux dessins fantastiques, aux tissus merveilleux ; puis enfin on arriva dans la fameuse chambre.

1. **Épars** : dispersé.
2. **Masure** : maison délabrée.
3. **Boudoirs** : petits salons de dame.

Elle n'avait rien de particulier, si ce n'est que, quoique le jour tombât, elle n'était point éclairée, et qu'elle était dans la vétusté[1], quand toutes les autres chambres avaient revêtu une parure neuve.

Ces deux causes suffisaient, en effet, pour lui donner une teinte lugubre.

– Hou ! s'écria madame de Villefort, c'est effrayant, en effet.

Madame Danglars essaya de balbutier quelques mots qu'on n'entendit pas.

Plusieurs observations se croisèrent, dont le résultat fut qu'en effet la chambre de damas rouge avait un aspect sinistre.

– N'est-ce pas ? dit Monte-Cristo. Voyez donc comme ce lit est bizarrement placé, quelle sombre et sanglante tenture ! et ces deux portraits au pastel, que l'humidité a fait pâlir, ne semblent-ils pas dire, avec leurs lèvres blêmes[2] et leurs yeux effarés : J'ai vu !

Villefort devint livide, madame Danglars tomba sur une chaise longue placée près de la cheminée.

– Oh ! dit madame de Villefort en souriant, avez-vous bien le courage de vous asseoir sur cette chaise où peut-être le crime a été commis !

Madame Danglars se leva vivement.

– Et puis, dit Monte-Cristo, ce n'est pas le tout.

– Qu'y a-t-il donc encore ? demanda Debray, à qui l'émotion de madame Danglars n'échappait point.

– Ah ! oui, qu'y a-t-il encore ? demanda Danglars, car jusqu'à présent j'avoue que je n'y vois pas grand-chose ; et vous, monsieur Cavalcanti ?

1. **Vétusté** : état de ce qui est *vétuste*, c'est-à-dire dégradé, usé par le temps.
2. **Blêmes** : très pâles, livides.

– Ah ! dit celui-ci, nous avons à Pise la tour d'Ugolin, à Ferrare la prison du Tasse, et à Rimini la chambre de Francesca et de Paolo.

– Oui ; mais vous n'avez pas ce petit escalier, dit Monte-Cristo en ouvrant une porte perdue[1] dans la tenture ; regardez-le-moi, et dites ce que vous en pensez.

– Quelle sinistre cambrure[2] d'escalier ! dit Château-Renaud en riant.

– Le fait est, dit Debray, que je ne sais si c'est le vin de Chio[3] qui porte à la mélancolie, mais certainement je vois cette maison tout en noir.

Quant à Morrel, depuis qu'il avait été question de la dot de Valentine, il était demeuré triste et n'avait pas prononcé un mot.

– Vous figurez-vous, dit Monte-Cristo, un Othello ou un abbé de Ganges quelconque, descendant pas à pas, par une nuit sombre et orageuse, cet escalier avec quelque lugubre fardeau[4] qu'il a hâte de dérober à la vue[5] des hommes, sinon au regard de Dieu !

Madame Danglars s'évanouit à moitié au bras de Villefort, qui fut lui-même obligé de s'adosser à la muraille.

1. **Perdue** : cachée.
2. **Cambrure** : forme.
3. **Chio** (ou Chios) : île grecque proche de la côte turque.
4. **Fardeau** : lourde charge.
5. **Dérober à la vue** : cacher.

Ugolin, Francesca et Paolo sont des damnés célèbres de *L'Enfer* (*La Divine Comédie*, 1307-1321), du poète italien Dante. Le Tasse est un poète italien du XVIe siècle qui fut interné à plusieurs reprises en raison de ses crises de folie.

Othello et l'abbé de Ganges sont deux assassins, l'un imaginaire (Othello, personnage de la pièce de Shakespeare), l'autre réel (l'abbé de Ganges qui, en 1667 et avec l'aide de son frère, assassina sa belle-sœur pour s'emparer de son héritage).

– Ah ! mon Dieu ! Madame, s'écria Debray, qu'avez-vous donc ? comme vous pâlissez !

– Ce qu'elle a ? dit madame de Villefort, c'est bien simple ; elle a que M. de Monte-Cristo nous raconte des histoires épouvantables, dans l'intention sans doute de nous faire mourir de peur.

– Mais oui, dit Villefort. En effet, comte, vous épouvantez ces dames.

– Qu'avez-vous donc ? répéta tout bas Debray à madame Danglars.

– Rien, rien, dit celle-ci en faisant un effort ; j'ai besoin d'air, voilà tout.

– Voulez-vous descendre au jardin ? demanda Debray, en offrant son bras à madame Danglars et en s'avançant vers l'escalier dérobé[1].

– Non, dit-elle, non ; j'aime encore mieux rester ici.

– En vérité, madame, dit Monte-Cristo, est-ce que cette terreur est sérieuse ?

– Non, monsieur, dit madame Danglars ; mais vous avez une façon de supposer les choses qui donne à l'illusion l'aspect de la réalité.

– Oh ! mon Dieu, oui, dit Monte-Cristo en souriant, et tout cela est une affaire d'imagination ; car aussi bien, pourquoi ne pas plutôt se représenter cette chambre comme une bonne et honnête chambre de mère de famille ? ce lit avec ses tentures couleur de pourpre, comme un lit visité par la déesse Lucine[2], et cet escalier mystérieux comme le passage par où, doucement et pour ne pas troubler le sommeil réparateur de l'accouchée,

1. **Escalier dérobé** : escalier caché permettant de sortir en toute discrétion.
2. **Lucine** : dans la mythologie latine, déesse des accouchements.

passe le médecin ou la nourrice, ou le père lui-même emportant l'enfant qui dort ?...

Cette fois madame Danglars, au lieu de se rassurer à cette douce peinture, poussa un gémissement et s'évanouit tout à fait.

– Madame Danglars se trouve mal, balbutia Villefort ; peut-être faudrait-il la transporter à sa voiture.

– Oh ! mon Dieu ! dit Monte-Cristo, et moi qui ait oublié mon flacon !

– J'ai le mien, dit madame de Villefort.

Et elle passa à Monte-Cristo un flacon plein d'une liqueur rouge pareille à celle dont le comte avait essayé sur Édouard la bienfaisante influence●.

– Ah !... dit Monte-Cristo en le prenant des mains de madame de Villefort.

– Oui, murmura celle-ci, sur vos indications j'ai essayé.

– Et vous avez réussi ?

– Je le crois.

On avait transporté madame Danglars dans la chambre à côté. Monte-Cristo laissa tomber sur ses lèvres une goutte de la liqueur rouge, elle revint à elle.

– Oh ! dit-elle, quel rêve affreux !

Villefort lui serra fortement le poignet pour lui faire comprendre qu'elle n'avait pas rêvé.

On chercha M. Danglars ; mais, peu disposé aux impressions poétiques, il était descendu au jardin, et causait, avec M. Cavalcanti père, d'un projet de chemin de fer de Livourne à Florence[1].

1. **Livourne, Florence** : villes italiennes.

● **Édouard, fils de M. et de Mme de Villefort, demi-frère de Valentine, s'est évanoui lors d'un accident de calèche et a été secouru grâce à la potion de Monte-Cristo.**

Monte-Cristo semblait désespéré ; il prit le bras de madame Danglars et la conduisit au jardin, où l'on retrouva M. Danglars prenant le café entre MM. Cavalcanti père et fils.

– En vérité, madame, lui dit-il, est-ce que je vous ai fort effrayée ?

– Non, monsieur, mais, vous savez, les choses nous impressionnent selon la disposition d'esprit où nous nous trouvons.

Villefort s'efforça de rire.

– Et alors vous comprenez, dit-il, il suffit d'une supposition, d'une chimère[1]...

– Eh bien ! dit Monte-Cristo, vous m'en croirez si vous voulez, j'ai la conviction qu'un crime a été commis dans cette maison.

– Prenez garde, dit madame de Villefort, nous avons ici le procureur du roi.

– Ma foi, répondit Monte-Cristo, puisque cela se rencontre ainsi, j'en profiterai pour faire ma déclaration.

– Votre déclaration ? dit Villefort.

– Oui, et en face de témoins.

– Tout cela est fort intéressant, dit Debray ; et s'il y a réellement crime, nous allons faire admirablement la digestion.

– Il y a crime, dit Monte-Cristo. Venez par ici, messieurs, venez, monsieur de Villefort : pour que la déclaration soit valable, elle doit être faite aux autorités compétentes.

Monte-Cristo prit le bras de Villefort, et en même temps qu'il serrait sous le sien celui de madame Danglars, il traîna le procureur du roi jusque sous le platane, où l'ombre était la plus épaisse.

Tous les autres convives suivaient.

1. **Chimère** : fruit de l'imagination, illusion.

– Tenez, dit Monte-Cristo, ici, à cette place même (et il frappait la terre du pied), ici, pour rajeunir ces arbres déjà vieux, j'ai fait creuser et mettre du terreau ; eh bien mes travailleurs, en creusant, ont déterré un coffre ou plutôt des ferrures de coffre, au milieu desquelles était le squelette d'un enfant nouveau-né. Ce n'est pas de la fantasmagorie[1] cela, j'espère ?

Monte-Cristo sentit se roidir[2] le bras de madame Danglars et frissonner le poignet de Villefort.

– Un enfant nouveau-né ? répéta Debray ; diable ! ceci devient sérieux, ce me semble.

– Eh bien ! dit Château-Renaud, je ne me trompais donc pas quand je prétendais tout à l'heure que les maisons avaient une âme et un visage comme les hommes, et qu'elles portaient sur leur physionomie[3] un reflet de leurs entrailles[4]. La maison était triste parce qu'elle avait des remords ; elle avait des remords parce qu'elle cachait un crime.

– Oh ! qui dit que c'est un crime ? reprit Villefort, tentant un dernier effort.

– Comment ! un enfant enterré vivant dans un jardin, ce n'est pas un crime ? s'écria Monte-Cristo. Comment appelez-vous donc cette action-là, monsieur le procureur du roi ?

– Mais qui dit qu'il a été enterré vivant ?

– Pourquoi l'enterrer là, s'il était mort ? Ce jardin n'a jamais été un cimetière.

– Que fait-on aux infanticides[5] dans ce pays-ci ? demanda naïvement le major Cavalcanti.

1. **Fantasmagorie** : fantasme, illusion.
2. **Se roidir** (vieilli) : se raidir.
3. **Physionomie** : visage.
4. **Entrailles** : ici, sentiments les plus profonds.
5. **Infanticides** : assassins d'enfants.

– Oh ! mon Dieu ! on leur coupe tout bonnement le cou, répondit Danglars.

– Ah ! on leur coupe le cou, fit Cavalcanti.

– Je le crois... N'est-ce pas, monsieur de Villefort ? demanda Monte-Cristo.

– Oui, monsieur le comte, répondit celui-ci avec un accent qui n'avait plus rien d'humain.

Monte-Cristo vit que c'était tout ce que pouvaient supporter les deux personnes pour lesquelles il avait préparé cette scène ; et ne voulant pas la pousser trop loin :

– Mais le café, messieurs, dit-il, il me semble que nous l'oublions.

Et il ramena ses convives vers la table placée au milieu de la pelouse.

[...]

Extraits du chapitre LXIII, « Le dîner »

Ce choc est le premier d'une série pour Villefort : sa maison est endeuillée par la mort brutale – et étrange – des parents de sa première épouse et le mariage de Valentine avec Franz d'Épinay est annulé. Celui-ci a appris la vérité sur la mort de son père : c'est M. Noirtier de Villefort, le père du procureur, qui l'a vaincu lors d'un duel loyal.

Quant au comte de Morcerf, il tombe en disgrâce : Danglars a annulé les noces de sa fille avec Albert. En effet, ayant écrit à Janina sur les conseils de Monte-Cristo, Danglars a appris que Morcerf a par le passé trahi son bienfaiteur Ali-Pacha, le vizir de Janina, et qu'il a vendu sa femme et sa fille, Haydée. L'information paraît même dans le journal L'Impartial, *dont le rédacteur en chef est Beauchamp.*

23. Révélation d'une trahison

Albert de Morcerf connaît l'histoire tragique du vizir[1] Ali-Pacha : Haydée lui en a raconté les moindres détails mais sans révéler le nom du traître, à la demande de Monte-Cristo. La parution de l'article bouleverse Albert.

[...]

Monte-Cristo conduisit Morcerf dans son cabinet, et lui montra un siège. Tous deux s'assirent.

– Maintenant, causons tranquillement, dit le comte.

– Vous voyez que je suis parfaitement tranquille.

– Avec qui voulez-vous vous battre ?

– Avec Beauchamp.

– Un de vos amis !

– C'est toujours avec des amis qu'on se bat.

– Au moins faut-il une raison.

– J'en ai une.

– Que vous a-t-il fait ?

– Il y a, dans un journal d'hier soir... Mais tenez, lisez.

Albert tendit à Monte-Cristo un journal où il lut ces mots :

« On nous écrit de Janina :

« Un fait jusqu'alors ignoré, ou tout au moins inédit, est parvenu à notre connaissance ; les châteaux qui défendaient la ville ont

1. **Vizir** : ministre dans l'empire turc.

été livrés aux Turcs par un officier français dans lequel le vizir Ali-Tebelin[1] avait mis toute sa confiance, et qui s'appelait Fernand. »

– Eh bien ! demanda Monte-Cristo, que voyez-vous là-dedans qui vous choque ?

– Comment ! ce que je vois ?

– Oui. Que vous importe à vous que les châteaux de Janina aient été livrés par un officier nommé Fernand ?

– Il m'importe que mon père, le comte de Morcerf, s'appelle Fernand de son nom de baptême.

– Et votre père servait Ali-Pacha ?

– C'est-à-dire qu'il combattait pour l'indépendance des Grecs ; voilà où est la calomnie[2].

– Ah çà ! mon cher vicomte, parlons raison.

– Je ne demande pas mieux.

– Dites-moi un peu : qui diable sait en France que l'officier Fernand est le même homme que le comte de Morcerf, et qui s'occupe à cette heure de Janina, qui a été prise en 1822 ou 1823, je crois ?

– Voilà justement où est la perfidie[3] : on a laissé le temps passer là-dessus, puis aujourd'hui on revient sur des événements oubliés pour en faire sortir un scandale qui peut ternir une haute position. Eh bien ! moi, héritier du nom de mon père, je ne veux même pas que sur ce nom flotte l'ombre d'un doute. Je vais envoyer à Beauchamp, dont le journal a publié cette note, deux témoins, et il la rétractera[4].

– Beauchamp ne rétractera rien.

1. **Ali-Tebelin** : Ali-Pacha.
2. **Calomnie** : accusation mensongère.
3. **Perfidie** : trahison.
4. **Rétractera** : désavouera, reniera.

– Alors, nous nous battrons.

[...]

– Je ne dis point que vous ne devez point vous battre ; je dis seulement qu'un duel est une chose grave et à laquelle il faut réfléchir.

– A-t-il réfléchi, lui, pour insulter mon père ?

– S'il n'a pas réfléchi, et qu'il vous l'avoue, il ne faut pas lui en vouloir.

– Oh ! mon cher comte, vous êtes beaucoup trop indulgent !

– Et vous, beaucoup trop rigoureux. Voyons, je suppose... écoutez bien ceci : je suppose... N'allez pas vous fâcher de ce que je vous dis !

– J'écoute.

– Je suppose que le fait rapporté soit vrai...

– Un fils ne doit pas admettre une pareille supposition sur l'honneur de son père.

[...]

– Eh bien ! avant d'envoyer vos témoins à Beauchamp, informez-vous.

– Auprès de qui ?

– Eh pardieu ! auprès d'Haydée, par exemple.

– Mêler une femme dans tout cela, que peut-elle y faire ?

– Vous déclarer que votre père n'est pour rien dans la défaite ou la mort du sien, par exemple, ou vous éclairer à ce sujet, si par hasard votre père avait eu le malheur...

– Je vous ai déjà dit, mon cher comte, que je ne pouvais admettre une pareille supposition.

– Vous refusez donc ce moyen ?

– Je le refuse.

– Absolument ?

– Absolument !

– Alors, un dernier conseil.

– Soit, mais le dernier.

– Ne le voulez-vous point ?

– Au contraire, je vous le demande.

– N'envoyez point de témoins à Beauchamp.

– Comment ?

– Allez le trouver vous-même.

[...]

Albert se fit conduire au journal.

Beauchamp était dans un cabinet sombre et poudreux[1] comme sont de fondation[2] les bureaux de journaux.

On lui annonça Albert de Morcerf. Il fit répéter deux fois l'annonce ; puis, mal convaincu encore, il cria :

– Entrez !

Albert parut. Beauchamp poussa une exclamation en voyant son ami franchir les liasses de papier, et fouler d'un pied mal exercé les journaux de toutes grandeurs qui jonchaient[3] non point le parquet, mais le carreau rougi de son bureau.

– Par ici, par ici, mon cher Albert, dit-il, en tendant la main au jeune homme ; qui diable vous amène ? êtes-vous perdu comme le petit Poucet, ou venez-vous tout bonnement me demander à déjeuner[4] ? Tâchez de trouver une chaise ; tenez, là-bas, près de ce géranium qui, seul ici, me rappelle qu'il y a au monde des feuilles qui ne sont pas des feuilles de papier.

1. **Poudreux** : plein de poussière.
2. **De fondation** : construits.
3. **Jonchaient** : s'étalaient sur.
4. **Me demander à déjeuner** : vous faire inviter à déjeuner.

Albert vient réclamer à Beauchamp la rectification de l'article qui met en cause son père. Illustration du XIXe siècle.

– Beauchamp, dit Albert, c'est de votre journal que je viens vous parler.

– Vous, Morcerf ? que désirez-vous ?

– Je désire une rectification.

– Vous, une rectification ? À propos de quoi, Albert ? mais asseyez-vous donc !

– Merci, répondit Albert pour la seconde fois, et avec un léger signe de tête.

– Expliquez-vous.

– Une rectification sur un fait qui porte atteinte à l'honneur d'un membre de ma famille.

– Allons donc ! dit Beauchamp, surpris. Quel fait ? Cela ne se peut pas.

– Le fait qu'on vous a écrit de Janina.

– De Janina ?

– Oui, de Janina. En vérité vous avez l'air d'ignorer ce qui m'amène ?

– Sur mon honneur... Baptiste ! un journal d'hier ! cria Beauchamp.

– C'est inutile, je vous apporte le mien.

Beauchamp lut en bredouillant[1] :

« On nous écrit de Janina, etc. »

– Vous comprenez que le fait est grave, dit Morcerf quand Beauchamp eut fini.

– Cet officier est donc votre parent ? demanda le journaliste.

– Oui, dit Albert en rougissant.

– Eh bien, que voulez-vous que je fasse pour vous être agréable ? dit Beauchamp avec douceur.

– Je voudrais, mon cher Beauchamp, que vous rétractassiez ce fait.

Beauchamp regarda Albert avec une attention qui annonçait assurément beaucoup de bienveillance[2].

– Voyons, dit-il, cela va nous entraîner dans une longue causerie ; car c'est toujours une chose grave qu'une rétractation. Asseyez-vous ; je vais relire ces trois ou quatre lignes.

1. **En bredouillant** : en parlant de façon peu claire, en bégayant.
2. **Bienveillance** : compréhension, indulgence.

Albert s'assit, et Beauchamp relut les lignes incriminées[1] par son ami avec plus d'attention que la première fois.

– Eh bien ! vous le voyez, dit Albert avec fermeté, avec rudesse même, on a insulté dans votre journal quelqu'un de ma famille, et je veux une rétractation.

– Vous... voulez...

– Oui, je veux !

[...]

– Vous êtes inquiet, irrité, piqué... Voyons, quel est ce parent qu'on appelle Fernand ?

– C'est mon père, tout simplement, dit Albert ; M. Fernand Mondego, comte de Morcerf, un vieux militaire qui a vu vingt champs de bataille, et dont on voudrait couvrir les nobles cicatrices avec la fange[2] impure ramassée dans le ruisseau.

– C'est votre père ? dit Beauchamp ; alors c'est autre chose ; je conçois votre indignation, mon cher Albert... Relisons donc...

Et il relut la note, en pesant cette fois sur chaque mot.

– Mais où voyez-vous, demanda Beauchamp, que le Fernand du journal soit votre père ?

– Nulle part, je le sais bien ; mais d'autres le verront. C'est pour cela que je veux que le fait soit démenti.

Aux mots *je veux*, Beauchamp leva les yeux sur Morcerf, et les baissant presque aussitôt, il demeura un instant pensif.

– Vous démentirez ce fait, n'est-ce pas Beauchamp ? répéta Morcerf avec une colère croissante, quoique toujours concentrée.

– Oui, dit Beauchamp.

– À la bonne heure ! dit Albert.

– Mais quand je me serai assuré que le fait est faux.

1. **Incriminées** : mises en cause.
2. **Fange** : boue.

– Comment !

– Oui, la chose vaut la peine d'être éclaircie, et je l'éclaircirai.

– Mais que voyez-vous donc à éclaircir dans tout cela, monsieur ? dit Albert, hors de toute mesure. Si vous ne croyez pas que ce soit mon père, dites-le tout de suite ; si vous croyez que ce soit lui, rendez-moi raison de cette opinion.

Beauchamp regarda Albert avec ce sourire qui lui était particulier, et qui savait prendre la nuance de toutes les passions.

– Monsieur, reprit-il, puisque monsieur il y a, si c'est pour me demander raison[1] que vous êtes venu, il fallait le faire d'abord et ne point venir me parler d'amitié et d'autres choses oiseuses[2] comme celles que j'ai la patience d'entendre depuis une demi-heure. Est-ce bien sur ce terrain que nous allons marcher désormais, voyons ?

– Oui, si vous ne rétractez[3] pas l'infâme calomnie[4] !

– Un moment ! pas de menaces, s'il vous plaît, monsieur Albert Mondego, vicomte de Morcerf ● ; je n'en souffre pas de mes ennemis, à plus forte raison de mes amis. Donc, vous voulez que je démente le fait sur le colonel Fernand, fait auquel je n'ai, sur mon honneur, pris aucune part ?

– Oui, je le veux ! dit Albert, dont la tête commençait à s'égarer.

– Sans quoi, nous nous battrons ? continua Beauchamp avec le même calme.

– Oui ! reprit Albert en haussant la voix.

[...]

1. **Demander raison** (vieilli) : demander réparation.
2. **Oiseuses** : inutiles, sans intérêt.
3. **Rétractez** : démentez.
4. **Infâme calomnie** : terrible accusation mensongère.

● **Beauchamp rappelle le nom de famille d'Albert, « Mondego », ainsi que son titre (vicomte, titre de noblesse venant après celui de comte et porté par les fils cadets d'un comte) pour souligner le caractère solennel de la situation.**

– Eh bien ! mon cher monsieur, je consens à me couper la gorge avec vous, mais je veux trois semaines ; dans trois semaines vous me retrouverez pour vous dire : Oui, le fait est faux, je l'efface ; ou bien : Oui, le fait est vrai, et je sors les épées du fourreau, ou les pistolets de la boîte, à votre choix.

– Trois semaines ! s'écria Albert ; mais trois semaines, c'est trois siècles pendant lesquels je suis déshonoré !

– Si vous étiez resté mon ami, je vous eusse dit : Patience, ami ; vous vous êtes fait mon ennemi et je vous dis : Que m'importe, à moi, monsieur !

– Eh bien, dans trois semaines, soit, dit Morcerf. Mais, songez-y, dans trois semaines il n'y aura plus ni délai, ni subterfuge[1] qui puisse vous dispenser…

– Monsieur Albert de Morcerf, dit Beauchamp en se levant à son tour, je ne puis vous jeter par les fenêtres que dans trois semaines, c'est-à-dire dans vingt-quatre jours, et vous, vous n'avez le droit de me pourfendre[2] qu'à cette époque. Nous sommes le 29 du mois d'août, au 21 donc du mois de septembre. Jusque-là, croyez-moi, et c'est un conseil de gentilhomme[3] que je vous donne, épargnons-nous les aboiements de deux dogues enchaînés à distance.

Et Beauchamp, saluant gravement le jeune homme, lui tourna le dos et passa dans son imprimerie. […]

Extraits du chapitre LXXVIII, « On nous écrit de Janina »

1. **Subterfuge** : plan, ruse.
2. **Me pourfendre** : me transpercer avec votre épée.
3. **Gentilhomme** : homme qui se comporte avec distinction.

24. Caderousse, cambrioleur

Danglars fiance sa fille Eugénie à Andrea Calvacanti. Mais Caderousse, évadé du bagne grâce à l'influence de Monte-Cristo, reconnaît sous les traits d'Andrea le jeune Benedetto, son compagnon du bagne de Toulon. Il lui extorque de l'argent. Andrea l'incite alors à cambrioler le comte de Monte-Cristo puis, dans une lettre anonyme, prévient ce dernier du vol dont il va être victime.

Onze heures trois quarts sonnèrent à l'horloge des Invalides●; le vent d'ouest apportait sur ses humides bouffées la lugubre vibration des trois coups.

Comme le dernier coup s'éteignait, le comte crut entendre un léger bruit du côté du cabinet[1] ; ce premier bruit, ou plutôt ce premier grincement, fut suivi d'un second, puis d'un troisième ; au quatrième, le comte savait à quoi s'en tenir. Une main ferme et exercée était occupée à couper les quatre côtés d'une vitre avec un diamant[2].

Le comte sentit battre plus rapidement son cœur. Si endurcis au danger que soient les hommes, si bien prévenus qu'ils soient du péril[3], ils comprennent toujours, au frémissement de leur

1. **Cabinet** : bureau.
2. **Diamant** : outil de vitrier pour couper le verre.
3. **Péril** : danger.

● **Situé dans le 7e arrondissement de Paris, l'hôtel des Invalides est construit à partir de 1670 par Louis XIV pour accueillir les anciens combattants invalides. Sous le Consulat puis l'Empire, Napoléon Bonaparte réorganise l'institution pour en faire un panthéon militaire. En 1840, le dôme est construit au-dessus de la chapelle qui abrite le tombeau de l'Empereur. Classé monument historique, l'hôtel national des Invalides est un haut lieu de la mémoire nationale.**

cœur et au frissonnement de leur chair, la différence énorme qui existe entre le rêve et la réalité, entre le projet et l'exécution.

Cependant Monte-Cristo ne fit qu'un signe pour prévenir Ali ; celui-ci, comprenant que le danger était du côté du cabinet, fit un pas pour se rapprocher de son maître.

Monte-Cristo était avide de savoir à quels ennemis et à combien d'ennemis il avait affaire.

La fenêtre où l'on travaillait était en face de l'ouverture par laquelle le comte plongeait son regard dans le cabinet. Ses yeux se fixèrent donc vers cette fenêtre : il vit une ombre se dessiner plus épaisse sur l'obscurité ; puis un des carreaux devint tout à fait opaque, comme si l'on y collait du dehors une feuille de papier, puis le carreau craqua sans tomber. Par l'ouverture pratiquée, un bras passa qui chercha l'espagnolette[1] ; une seconde après la fenêtre tourna sur ses gonds, et un homme entra.

L'homme était seul.

– Voilà un hardi coquin ! murmura le comte.

En ce moment il sentit qu'Ali lui touchait doucement l'épaule ; il se retourna : Ali lui montrait la fenêtre de la chambre où ils étaient, et qui donnait sur la rue.

Monte-Cristo fit trois pas vers cette fenêtre ; il connaissait l'exquise délicatesse des sens[2] du fidèle serviteur. En effet, il vit un autre homme qui se détachait d'une porte, et, montant sur une borne, semblait chercher à voir ce qui se passait chez le comte.

– Bon ! dit-il, ils sont deux : l'un agit, l'autre guette.

Il fit signe à Ali de ne pas perdre des yeux l'homme de la rue, et revint à celui du cabinet.

1. **Espagnolette** : tige métallique munie de crochets à ses extrémités, servant à fermer ou à ouvrir une fenêtre.
2. **Exquise délicatesse des sens** : sens très développés.

Le coupeur de vitres était entré et s'orientait, les bras tendus en avant.

Enfin il parut s'être rendu compte de toutes choses ; il y avait deux portes dans le cabinet, il alla pousser les verrous de toutes deux.

Lorsqu'il s'approcha de celle de la chambre à coucher, Monte-Cristo crut qu'il venait pour entrer, et prépara un de ses pistolets ; mais il entendit simplement le bruit des verrous glissant dans leurs anneaux de cuivre. C'était une précaution, voilà tout ; le nocturne visiteur, ignorant le soin qu'avait pris le comte d'enlever les gâches[1], pouvait désormais se croire chez lui et agir en toute tranquillité.

Seul et libre de tous ses mouvements, l'homme alors tira de sa large poche quelque chose, que le comte put distinguer, posa ce quelque chose sur un guéridon[2], puis il alla droit au secrétaire, le palpa à l'endroit de la serrure, et s'aperçut que, contre son attente, la clef manquait.

Mais le casseur de vitres était un homme de précaution et qui avait tout prévu ; le comte entendit bientôt ce froissement du fer contre le fer que produit, quand on le remue, ce trousseau de clefs informes qu'apportent les serruriers quand on les envoie chercher pour ouvrir une porte, et auxquels les voleurs ont donné le nom de rossignols, sans doute à cause du plaisir qu'ils éprouvent à entendre leur chant nocturne, lorsqu'ils grincent contre le pêne de la serrure.

– Ah ! ah ! murmura Monte-Cristo avec un sourire de désappointement[3], ce n'est qu'un voleur.

1. **Gâches** : pièces servant à enclencher la serrure.
2. **Guéridon** : petite table ronde ou ovale, à un ou à trois pieds.
3. **Désappointement** : déception.

Mais l'homme, dans l'obscurité, ne pouvait choisir l'instrument convenable. Il eut alors recours à l'objet qu'il avait posé sur le guéridon ; il fit jouer un ressort, et aussitôt une lumière pâle, mais assez vive cependant pour qu'on pût voir, envoya son reflet doré sur les mains et sur le visage de cet homme.

– Tiens ! fit tout à coup Monte-Cristo en se reculant avec un mouvement de surprise, c'est...

Ali leva sa hache.

– Ne bouge pas, lui dit Monte-Cristo tout bas, et laisse là ta hache, nous n'avons plus besoin d'armes ici.

Puis il ajouta quelques mots en baissant encore la voix, car l'exclamation, si faible qu'elle fût, que la surprise avait arrachée au comte, avait suffi pour faire tressaillir l'homme, qui était resté dans la pose du rémouleur antique[1]. C'était un ordre que venait de donner le comte, car aussitôt Ali s'éloigna sur la pointe du pied, détacha de la muraille de l'alcôve[2] un vêtement noir et un chapeau triangulaire. Pendant ce temps, Monte-Cristo ôtait rapidement sa redingote[3], son gilet et sa chemise, et l'on pouvait, grâce au rayon de lumière filtrant par la fente du panneau, reconnaître sur la poitrine du comte une de ces souples et fines tuniques de mailles d'acier[4], dont la dernière, dans cette France où l'on ne craint plus les poignards, fut peut-être portée par le roi Louis XVI, qui craignait le couteau pour sa poitrine, et qui fut frappé d'une hache à la tête.

1. **Pose du rémouleur antique** : référence à une statue antique de rémouleur (artisan qui aiguise les couteaux) représenté dans une pose attentive.
2. **Alcôve** : renfoncement aménagé dans une chambre pour recevoir un lit.
3. **Redingote** : veste d'homme, ample et longue.
4. Il s'agit d'une cotte de mailles.

Cette tunique disparut bientôt sous une longue soutane[1], comme les cheveux du comte sous une perruque à tonsure[2] ; le chapeau triangulaire, placé sur la perruque, acheva de changer le comte en abbé.

[...]

Alors Monte-Cristo tira d'une armoire une bougie tout allumée, et au moment où le voleur était le plus occupé à sa serrure, il ouvrit doucement la porte, ayant soin que la lumière qu'il tenait à la main donnât tout entière sur son visage.

La porte tourna si doucement que le voleur n'entendit pas le bruit. Mais, à son grand étonnement, il vit tout à coup la chambre s'éclairer.

Il se retourna.

– Eh ! bonsoir, cher monsieur Caderousse, dit Monte-Cristo ; que diable venez-vous donc faire ici à une pareille heure ?

– L'abbé Busoni ! s'écria Caderousse.

Et ne sachant comment cette étrange apparition était venue jusqu'à lui, puisqu'il avait fermé les portes, il laissa tomber son trousseau de fausses clefs, et resta immobile et comme frappé de stupeur.

Le comte alla se placer entre Caderousse et la fenêtre, coupant ainsi au voleur terrifié son seul moyen de retraite.

– L'abbé Busoni ! répéta Caderousse en fixant sur le comte des yeux hagards[3].

– Eh bien ! sans doute, l'abbé Busoni, reprit Monte-Cristo, lui-même en personne, et je suis bien aise que vous me reconnaissiez, mon cher monsieur Caderousse ; cela prouve

1. **Soutane** : long vêtement porté par les ecclésiastiques.
2. **Tonsure** : partie rasée sur le sommet du crâne montrant qu'un homme appartient au clergé.
3. **Hagards** : agrandis par la peur et la stupéfaction.

« Eh ! bonsoir cher monsieur Caderousse… » Monte-Cristo, caché sous les traits de l'abbé Busoni, surprend la tentative de vol de Caderousse. Illustration du XIXe siècle.

que nous avons bonne mémoire, car, si je ne me trompe, voilà tantôt dix ans que nous ne nous sommes vus.

Ce calme, cette ironie, cette puissance, frappèrent l'esprit de Caderousse d'une terreur vertigineuse.

– L'abbé, l'abbé ! murmura-t-il en crispant ses poings et en faisant claquer ses dents.

– Nous voulons donc voler le comte de Monte-Cristo ? continua le prétendu abbé.

– Monsieur l'abbé, murmura Caderousse cherchant à gagner la fenêtre que lui interceptait impitoyablement le comte, monsieur l'abbé, je ne sais... je vous prie de croire... je vous jure...

– Un carreau coupé, continua le comte, une lanterne sourde[1], un trousseau de rossignols, un secrétaire à demi forcé, c'est clair cependant.

Caderousse s'étranglait avec sa cravate, il cherchait un angle où se cacher, un trou par où disparaître.

– Allons, dit le comte, je vois que vous êtes toujours le même, monsieur l'assassin.

– Monsieur l'abbé, puisque vous savez tout, vous savez que ce n'est pas moi, que c'est la Carconte● ; ç'a été reconnu au procès, puisqu'ils ne m'ont condamné qu'aux galères.

– Vous avez donc fini votre temps, que je vous retrouve en train de vous y faire ramener ?

– Non, monsieur l'abbé, j'ai été délivré par quelqu'un.

– Ce quelqu'un-là a rendu un charmant service à la société.

[...]

– Pardon, monsieur l'abbé, dit Caderousse ; vous m'avez déjà sauvé une fois, sauvez-moi encore une seconde.

– Cela ne m'encourage pas.

– Êtes-vous seul, monsieur l'abbé ? demanda Caderousse en joignant les mains, ou bien avez-vous là des gendarmes tout prêts à me prendre ?

– Je suis tout seul, dit l'abbé, et j'aurai encore pitié de vous, et je vous laisserai aller au risque des nouveaux malheurs que peut amener ma faiblesse, si vous me dites toute la vérité.

1. **Sourde** : éclairant peu.

● **Femme de Caderousse, la Carconte est morte lors de l'agression sanglante commise avec son époux contre le bijoutier venu acheter le diamant donné autrefois par l'abbé Busoni à Caderousse.**

– Ah ! monsieur l'abbé ! s'écria Caderousse en joignant les mains et en se rapprochant d'un pas de Monte-Cristo, je puis bien dire que vous êtes mon sauveur, vous !

– Vous prétendez qu'on vous a délivré du bagne ?

– Oh ! ça, foi de Caderousse monsieur l'abbé !

– Qui cela ?

– Un Anglais.

– Comment s'appelait-il ?

– Lord Wilmore.

– Je le connais ; je saurai donc si vous mentez.

– Monsieur l'abbé, je dis la vérité pure.

– Cet Anglais vous protégeait donc ?

– Non pas moi, mais un jeune Corse qui était mon compagnon de chaîne.

– Comment se nommait ce jeune Corse ?

– Benedetto.

[...]

– Et qu'est devenu ce Benedetto ?

– Je n'en sais rien.

– Vous devez le savoir cependant.

– Non, en vérité. Nous nous sommes séparés à Hyères[1]. Et, pour donner plus de poids à sa protestation, Caderousse fit encore un pas vers l'abbé, qui demeura immobile à sa place, toujours calme et interrogateur.

– Vous mentez ! dit l'abbé Busoni, avec un accent d'irrésistible autorité.

– Monsieur l'abbé !...

– Vous mentez ! cet homme est encore votre ami, et vous vous servez de lui comme d'un complice peut-être ?

1. **Hyères** : ville du Var, sur la Méditerranée.

– Oh ! monsieur l'abbé !...

– Depuis que vous avez quitté Toulon●, comment avez-vous vécu ? Répondez.

– Comme j'ai pu.

– Vous mentez ! reprit une troisième fois l'abbé avec un accent plus impératif encore.

Caderousse, terrifié, regarda le comte.

– Vous avez vécu, reprit celui-ci, de l'argent qu'il vous a donné.

– Eh bien ! c'est vrai, dit Caderousse ; Benedetto est devenu un fils de grand seigneur.

– Comment peut-il être fils d'un grand seigneur ?

– Fils naturel[1].

– Et comment nommez-vous ce grand seigneur ?

– Le comte de Monte-Cristo, celui-là même chez qui nous sommes.

– Benedetto le fils du comte ? reprit Monte-Cristo étonné à son tour.

– Dame ! il faut bien croire, puisque le comte lui a trouvé un faux père, puisque le comte lui fait quatre mille francs par mois, puisque le comte lui laisse cinq cent mille francs par son testament.

– Ah ! ah ! fit le faux abbé, qui commençait à comprendre ; et quel nom porte, en attendant, ce jeune homme ?

– Il s'appelle Andrea Cavalcanti.

– Alors c'est ce jeune homme que mon ami le comte de Monte-Cristo reçoit chez lui, et qui va épouser mademoiselle Danglars ?

1. **Fils naturel** : fils illégitime, issu d'une relation hors mariage.

● **Toulon, ville portuaire située à l'ouest de Hyères, a abrité de 1748 à 1873 le plus grand bagne de France (plus de 4 000 forçats). Jean Valjean, le héros des *Misérables* (1862), de Victor Hugo, y passe dix-neuf ans de sa vie.**

– Justement.

– Et vous souffrez cela, misérable ! vous qui connaissez sa vie et sa flétrissure[1] ?

– Pourquoi voulez-vous que j'empêche un camarade de réussir ? dit Caderousse.

– C'est juste, ce n'est pas à vous de prévenir M. Danglars, c'est à moi.

– Ne faites pas cela, monsieur l'abbé !...

– Et pourquoi ?

– Parce que c'est notre pain que vous nous feriez perdre.

– Et vous croyez que, pour conserver le pain à des misérables comme vous, je me ferai le fauteur de leur ruse, le complice de leurs crimes ?

– Monsieur l'abbé ! dit Caderousse en se rapprochant encore.

– Je dirai tout.

– À qui ?

– À M. Danglars.

– Tron-de-l'air[2] ! s'écria Caderousse en tirant un couteau tout ouvert de son gilet, et en frappant le comte au milieu de la poitrine, tu ne diras rien, l'abbé !

Au grand étonnement de Caderousse, le poignard, au lieu de pénétrer dans la poitrine du comte, rebroussa émoussé[3].

En même temps le comte saisit de la main gauche le poignet de l'assassin, et le tordit avec une telle force que le couteau tomba de ses doigts roidis[4], et que Caderousse poussa un cri de douleur.

1. **Flétrissure** : déshonneur ; le mot renvoie au passé criminel de Benedetto.
2. **Tron-de-l'air** : juron provençal.
3. **Rebroussa émoussé** : retomba parce qu'il avait perdu de son tranchant.
4. **Roidis** : raidis.

Mais le comte, sans s'arrêter à ce cri, continua de tordre le poignet du bandit jusqu'à ce que, le bras disloqué, il tombât d'abord à genoux, puis ensuite la face contre terre.

Le comte appuya son pied sur sa tête et dit :

– Je ne sais qui me retient de te briser le crâne, scélérat[1] !

– Ah ! grâce ! grâce ! cria Caderousse.

Le comte retira son pied.

– Relève-toi ! dit-il.

Caderousse se releva.

– Tudieu[2] ! quel poignet vous avez, monsieur l'abbé ! dit Caderousse, caressant son bras tout meurtri par les tenailles de chair qui l'avaient étreint[3] ; tudieu ! quel poignet !

– Silence. Dieu me donne la force de dompter une bête féroce comme toi ; c'est au nom de ce Dieu que j'agis ; souviens-toi de cela, misérable, et t'épargner en ce moment c'est encore servir les desseins[4] de Dieu.

– Ouf ! fit Caderousse, tout endolori.

– Prends cette plume et ce papier, et écris ce que je vais te dicter.

– Je ne sais pas écrire, monsieur l'abbé.

– Tu mens ; prend cette plume et écris !

Caderousse, subjugué par cette puissance supérieure, s'assit et écrivit :

« Monsieur, l'homme que vous recevez chez vous et à qui vous destinez votre fille, est un ancien forçat, échappé avec moi du bagne de Toulon ; il portait le n° 59 et moi le n° 58.

1. **Scélérat** : criminel.
2. **Tudieu** : juron familier (de *tue* et *Dieu*).
3. **Étreint** : serré.
4. **Desseins** : projets.

« Il se nommait Benedetto ; mais il ignore lui-même son véritable nom, n'ayant jamais connu ses parents. »

– Signe ! continua le comte.

– Mais vous voulez donc me perdre ?

– Si je voulais te perdre, imbécile, je te traînerais jusqu'au premier corps-de-garde ; d'ailleurs, à l'heure où le billet sera rendu à son adresse, il est probable que tu n'auras plus rien à craindre ; signe donc.

Caderousse signa.

– L'adresse : *À monsieur le baron Danglars, banquier, rue de la Chaussée-d'Antin.*

Caderousse écrivit l'adresse.

L'abbé prit le billet.

– Maintenant, dit-il, c'est bien, va-t'en.

[...]

– Si tu rentres chez toi sain et sauf, quitte Paris, quitte la France, et partout où tu seras, tant que tu te conduiras honnêtement, je te ferai passer une petite pension ; car si tu rentres chez toi sain et sauf, eh bien !...

– Eh bien ? demanda Caderousse en frémissant.

– Eh bien, je croirai que Dieu t'a pardonné et je te pardonnerai aussi.

[...]

Caderousse quitte la maison et escalade le mur du jardin.

Alors Caderousse se mit à cheval sur le chaperon[1], et, tirant à lui son échelle, la passa par-dessus le mur, puis il se mit en devoir

1. **Chaperon** : couronnement d'un mur destiné à faciliter l'écoulement des eaux de pluie.

de descendre, ou plutôt de se laisser glisser le long des deux montants, manœuvre qu'il opéra avec une adresse qui prouva l'habitude qu'il avait de cet exercice.

Mais, une fois lancé sur la pente, il ne put s'arrêter. Vainement[1] il vit un homme s'élancer dans l'ombre au moment où il était à moitié chemin ; vainement il vit un bras se lever au moment où il touchait la terre ; avant qu'il eût pu se mettre en défense, ce bras le frappa si furieusement dans le dos, qu'il lâcha l'échelle en criant :

– Au secours !

Un second coup lui arriva presque aussitôt dans le flanc[2], et il tomba en criant :

– Au meurtre !

Enfin, comme il se roulait sur la terre, son adversaire le saisit aux cheveux et lui porta un troisième coup dans la poitrine.

Cette fois Caderousse voulut crier encore, mais il ne put pousser qu'un gémissement, et laissa couler en gémissant les trois ruisseaux de sang qui sortaient de ses trois blessures.

L'assassin, voyant qu'il ne criait plus, lui souleva la tête par les cheveux ; Caderousse avait les yeux fermés et la bouche tordue. L'assassin le crut mort, laissa retomber la tête et disparut.

Alors Caderousse, le sentant s'éloigner, se redressa sur son coude, et, d'une voix mourante, cria dans un suprême effort :

– À l'assassin ! je meurs ! à moi, monsieur l'abbé, à moi !

Ce lugubre appel perça l'ombre de la nuit. La porte de l'escalier dérobé s'ouvrit, puis la petite porte du jardin, et Ali et son maître accoururent avec des lumières.

Extraits du chapitre LXXXII, « L'effraction »

1. **Vainement** : inutilement.
2. **Flanc** : côté.

25. Première vengeance

Caderousse continuait de crier d'une voix lamentable :

– Monsieur l'abbé, au secours ! au secours !

– Qu'y a-t-il ? demanda Monte-Cristo.

– À mon secours ! répéta Caderousse ; on m'a assassiné !

– Nous voici ! du courage.

– Ah ! c'est fini. Vous arrivez trop tard ; vous arrivez pour me voir mourir. Quels coups ! que de sang !

Et il s'évanouit.

Ali et son maître prirent le blessé et le transportèrent dans une chambre. Là, Monte-Cristo fit signe à Ali de le déshabiller, et il reconnut les trois terribles blessures dont il était atteint.

– Mon Dieu ! dit-il, votre vengeance se fait parfois attendre ; mais je crois qu'alors elle ne descend du ciel que plus complète.

Ali regarda son maître comme pour lui demander ce qu'il y avait à faire.

– Va chercher M. le procureur du roi Villefort, qui demeure faubourg Saint-Honoré, et amène-le ici. En passant, tu réveilleras le concierge, et tu lui diras d'aller chercher un médecin.

Ali obéit et laissa le faux abbé seul avec Caderousse, toujours évanoui. Lorsque le malheureux rouvrit les yeux, le comte, assis à quelques pas de lui, le regardait avec une sombre expression de pitié, et ses lèvres, qui s'agitaient, semblaient murmurer une prière.

– Un chirurgien[1], monsieur l'abbé, un chirurgien ! dit Caderousse.

– On en est allé chercher un, répondit l'abbé.

1. **Chirurgien** : médecin.

– Je sais bien que c'est inutile, quant à la vie, mais il pourra me donner des forces peut-être, et je veux avoir le temps de faire ma déclaration.

– Sur quoi ?

– Sur mon assassin.

– Vous le connaissez donc ?

– Si je le connais ! oui, je le connais, c'est Benedetto.

– Ce jeune Corse ?

– Lui-même.

– Votre compagnon ?

– Oui. Après m'avoir donné le plan de la maison du comte, espérant sans doute que je le tuerais et qu'il deviendrait ainsi son héritier, ou qu'il me tuerait et qu'il serait ainsi débarrassé de moi, il m'a attendu dans la rue et m'a assassiné.

– En même temps que j'ai envoyé chercher le médecin, j'ai envoyé chercher le procureur du roi.

– Il arrivera trop tard, il arrivera trop tard, dit Caderousse, je sens tout mon sang qui s'en va.

[...]

– Oh ! qu'il vienne donc quelqu'un à qui je puisse dénoncer le misérable.

– Voulez-vous que j'écrive votre déposition ? vous la signerez.

– Oui... oui... dit Caderousse, dont les yeux brillaient à l'idée de cette vengeance posthume[1].

Monte-Cristo écrivit :

« Je meurs assassiné par le Corse Benedetto, mon compagnon de chaîne à Toulon sous le n° 59. »

1. **Posthume** : après la mort.

– Dépêchez-vous, dépêchez-vous ! dit Caderousse, je ne pourrais plus signer.

Monte-Cristo présenta la plume à Caderousse, qui rassembla ses forces, signa et retomba sur son lit en disant :

– Vous raconterez le reste, monsieur l'abbé ; vous direz qu'il se fait appeler Andrea Cavalcanti, qu'il loge à l'hôtel des Princes, que... Ah ! ah ! mon Dieu ! mon Dieu ! voilà que je meurs !

Et Caderousse s'évanouit pour la seconde fois.

L'abbé lui fit respirer l'odeur du flacon● ; le blessé rouvrit les yeux.

Son désir de vengeance ne l'avait pas abandonné pendant son évanouissement.

– Ah ! vous direz tout cela, n'est-ce pas, monsieur l'abbé ?

– Tout cela, oui, et bien d'autres choses encore.

– Que direz-vous ?

– Je dirai qu'il vous avait sans doute donné le plan de cette maison dans l'espérance que le comte vous tuerait. Je dirai qu'il avait prévenu le comte par un billet ; je dirai que le comte étant absent, c'est moi qui ai reçu ce billet et qui ai veillé pour vous attendre.

– Et il sera guillotiné, n'est-ce pas ? dit Caderousse, il sera guillotiné, vous me le promettez ? Je meurs avec cet espoir-là, cela va m'aider à mourir.

– Je dirai, continua le comte, qu'il est arrivé derrière vous, qu'il vous a guetté tout le temps ; que lorsqu'il vous a vu sortir, il a couru à l'angle du mur et s'est caché.

– Vous avez donc vu tout cela, vous ?

– Rappelez-vous mes paroles : « Si tu rentres chez toi sain et sauf, je croirai que Dieu t'a pardonné, et je te pardonnerai aussi. »

● **Monte-Cristo a apporté un flacon de sels pour réanimer Caderousse.**

– Et vous ne m'avez pas averti ? s'écria Caderousse en essayant de se soulever sur son coude ; vous saviez que j'allais être tué en sortant d'ici, et vous ne m'avez pas averti !

– Non, car dans la main de Benedetto je voyais la justice de Dieu, et j'aurais cru commettre un sacrilège[1] en m'opposant aux intentions de la Providence[2].

– La justice de Dieu ! ne m'en parlez pas, monsieur l'abbé ; s'il y avait une justice de Dieu, vous savez mieux que personne qu'il y a des gens qui seraient punis et qui ne le sont pas.

[...]

– Personne n'échappera, c'est moi qui te le dis, Caderousse... Benedetto sera puni !

– Alors vous serez puni, vous aussi, dit Caderousse ; car vous n'avez pas fait votre devoir de prêtre... vous deviez empêcher Benedetto de me tuer.

– Moi ! dit le comte avec un sourire qui glaça d'effroi le mourant, moi empêcher Benedetto de te tuer, au moment où tu venais de briser ton couteau contre la cotte de mailles qui me couvrait la poitrine !... Oui, peut-être si je t'eusse trouvé humble et repentant, j'eusse empêché Benedetto de te tuer, mais je t'ai trouvé orgueilleux et sanguinaire, et j'ai laissé s'accomplir la volonté de Dieu !

– Je ne crois pas à Dieu ! hurla Caderousse, tu n'y crois pas non plus... tu mens... tu mens !...

– Tais-toi, dit l'abbé, car tu fais jaillir hors de ton corps les dernières gouttes de ton sang... Ah ! tu ne crois pas en Dieu, et tu meurs frappé par Dieu !... Ah ! tu ne crois pas en Dieu, et Dieu

1. **Sacrilège** : profanation de ce qui est sacré.
2. **Providence** : action de Dieu qui conduit les hommes vers leur destin.

« Dieu t'a donné un quart d'heure pour te repentir... » Monte-Cristo, caché sous les traits de l'abbé Busoni, suggère à Caderousse de se repentir du mal qu'il a fait. Illustration du XIXe siècle.

qui cependant ne demande qu'une prière, qu'un mot, qu'une larme pour pardonner... Dieu qui pouvait diriger le poignard de l'assassin de manière à ce que tu expirasses sur le coup... Dieu t'a donné un quart d'heure pour te repentir... Rentre donc en toi-même, malheureux, et repens-toi !

– Non, dit Caderousse, non, je ne me repens pas ; il n'y a pas de Dieu, il n'y a pas de Providence, il n'y a que du hasard.

– Il y a une Providence, il y a un Dieu, dit Monte-Cristo, et la preuve, c'est que tu es là gisant[1], désespéré, reniant Dieu, et que

1. **Gisant** : étendu sans mouvement.

moi, je suis debout devant toi, riche, heureux, sain et sauf, et joignant les mains devant ce Dieu auquel tu essayes de ne pas croire, et auquel cependant tu crois au fond du cœur.

– Mais qui donc êtes-vous, alors ? demanda Caderousse en fixant ses yeux mourants sur le comte.

– Regarde-moi bien, dit Monte-Cristo en prenant la bougie et l'approchant de son visage.

– Eh bien ! l'abbé... l'abbé Busoni...

Monte-Cristo enleva la perruque qui le défigurait, et laissa retomber les beaux cheveux noirs qui encadraient si harmonieusement son pâle visage.

– Oh ! dit Caderousse épouvanté, si ce n'étaient ces cheveux noirs, je dirais que vous êtes l'Anglais, je dirais que vous êtes lord Wilmore.

– Je ne suis ni l'abbé Busoni ni lord Wilmore, dit Monte-Cristo ; regarde mieux, regarde plus loin, regarde dans tes premiers souvenirs.

Il y avait dans cette parole du comte une vibration magnétique dont les sens épuisés du misérable furent ravivés une dernière fois.

– Oh ! en effet, dit-il, il me semble que je vous ai vu, que je vous ai connu autrefois.

– Oui, Caderousse, oui, tu m'as vu, oui, tu m'as connu.

– Mais qui donc êtes-vous, alors ? et pourquoi, si vous m'avez vu, si vous m'avez connu, pourquoi me laissez-vous mourir ?

– Parce que rien ne peut te sauver, Caderousse, parce que tes blessures sont mortelles. Si tu avais pu être sauvé, j'aurais vu là une dernière miséricorde du Seigneur, et j'eusse encore, je te le jure par la tombe de mon père, essayé de te rendre à la vie et au repentir.

– Par la tombe de ton père ! dit Caderousse, ranimé par une suprême étincelle et se soulevant pour voir de plus près l'homme qui venait de lui faire ce serment sacré à tous les hommes : Eh ! qui es-tu donc ?

Le comte n'avait pas cessé de suivre le progrès de l'agonie[1]. Il comprit que cet élan de vie était le dernier ; il s'approcha du moribond[2], et le couvrant d'un regard calme et triste à la fois :

– Je suis... lui dit-il à l'oreille, je suis...

Et ses lèvres, à peine ouvertes, donnèrent passage à un nom prononcé si bas, que le comte semblait craindre de l'entendre lui-même.

Caderousse, qui s'était soulevé sur ses genoux, étendit les bras, fit un effort pour se reculer, puis joignant les mains et les levant avec un suprême effort :

– Mon Dieu, mon Dieu, dit-il, pardon de vous avoir renié ; vous existez bien, vous êtes bien le père des hommes au ciel et le juge des hommes sur la terre ! Mon Dieu, Seigneur, je vous ai longtemps méconnu ! Mon Dieu, Seigneur, pardonnez-moi ! mon Dieu, Seigneur, recevez-moi !

Et Caderousse, fermant les yeux, tomba renversé en arrière avec un dernier cri et avec un dernier soupir.

Le sang s'arrêta aussitôt aux lèvres de ses larges blessures.

Il était mort.

– *Un !* dit mystérieusement le comte, les yeux fixés sur le cadavre déjà défiguré par cette terrible mort.

[...]

Extraits du chapitre LXXXIII, « La main de Dieu »

1. **Agonie** : moments qui précèdent la mort.
2. **Moribond** : mourant.

26. Monte-Cristo démasqué

Comme convenu, Beauchamp s'informe de ce qui s'est passé à Janina et révèle à Albert que les accusations contre son père sont fondées. Un autre journal ayant divulgué l'affaire, Fernand de Morcerf doit se justifier devant la Chambre des pairs. Malheureusement pour lui, Haydée vient à la barre : à la fois témoin et victime du crime, elle confond le traître aux yeux de tous. Albert apprend que c'est le comte de Monte-Cristo qui a provoqué l'enquête. C'est donc avec lui qu'il se battra en duel.

[...]

– Ali, mes pistolets à crosse d'ivoire !

Ali apporta la boîte à son maître, et celui-ci se mit à examiner ces armes avec une sollicitude[1] bien naturelle à un homme qui va confier sa vie à un peu de fer et de plomb. C'étaient des pistolets particuliers que Monte-Cristo avait fait faire pour tirer à la cible dans ses appartements. Une capsule suffisait pour chasser la balle, et de la chambre à côté on n'aurait pas pu se douter que le comte, comme on dit en termes de tir, était occupé à s'entretenir la main.

Il en était à emboîter l'arme dans sa main, et à chercher le point de mire sur une petite plaque de tôle qui lui servait de cible, lorsque la porte de son cabinet s'ouvrit et que Baptistin entra.

Mais, avant même qu'il eût ouvert la bouche, le comte aperçut dans la porte, demeurée ouverte, une femme voilée, debout, dans la pénombre de la pièce voisine, et qui avait suivi Baptistin. Elle avait aperçu le comte le pistolet à la main, elle voyait deux épées sur une table, elle s'élança.

1. **Sollicitude** : attention.

Baptistin consultait son maître du regard. Le comte fit un signe, Baptistin sortit et referma la porte derrière lui.

– Qui êtes-vous, madame ? dit le comte à la femme voilée.

L'inconnue jeta un regard autour d'elle pour s'assurer qu'elle était bien seule, puis s'inclinant comme si elle eût voulu s'agenouiller, et joignant les mains avec l'accent du désespoir :

– Edmond, dit-elle, vous ne tuerez pas mon fils !

Le comte fit un pas en arrière, jeta un faible cri et laissa tomber l'arme qu'il tenait.

– Quel nom avez-vous prononcé là, madame de Morcerf ? dit-il.

– Le vôtre ! s'écria-t-elle en rejetant son voile, le vôtre que seule, peut-être, je n'ai pas oublié. Edmond, ce n'est pas madame de Morcerf qui vient à vous, c'est Mercédès.

– Mercédès est morte, Madame, dit Monte-Cristo, et je ne connais plus personne de ce nom.

– Mercédès vit, monsieur, et Mercédès se souvient, car seule elle vous a reconnu lorsqu'elle vous a vu, et même sans vous voir, à votre voix, Edmond, au seul accent de votre voix ; et depuis ce temps elle vous suit pas à pas, elle vous surveille, elle vous redoute, et elle n'a pas eu besoin, elle, de chercher la main d'où partait le coup qui frappait M. de Morcerf.

– Fernand, voulez-vous dire, Madame, reprit Monte-Cristo avec une ironie amère[1] ; puisque nous sommes en train de nous rappeler nos noms, rappelons-nous-les tous.

Et Monte-Cristo avait prononcé ce nom de Fernand avec une telle expression de haine, que Mercédès sentit le frisson de l'effroi courir par tout son corps.

1. **Ironie amère** : moquerie douloureuse.

– Vous voyez bien, Edmond, que je ne me suis pas trompée ! s'écria Mercédès, et que j'ai raison de vous dire : Épargnez mon fils !

– Et qui vous a dit, madame, que j'en voulais à votre fils ?

– Personne, mon Dieu ! mais une mère est douée de la double vue. J'ai tout deviné ; je l'ai suivi ce soir à l'Opéra, et, cachée dans une baignoire[1], j'ai tout vu.

– Alors, si vous avez tout vu, madame, vous avez vu que le fils de Fernand m'a insulté publiquement ? dit Monte-Cristo avec un calme terrible.

– Oh ! par pitié !

– Vous avez vu, continua le comte, qu'il m'eût jeté son gant à la figure si un de mes amis, M. Morrel, ne lui eût arrêté le bras.

– Écoutez-moi. Mon fils vous a deviné aussi, lui ; il vous attribue les malheurs qui frappent son père.

– Madame, dit Monte-Cristo, vous confondez : ce ne sont point des malheurs, c'est un châtiment. Ce n'est pas moi qui frappe M. de Morcerf, c'est la Providence qui le punit.

– Et pourquoi vous substituez-vous à la Providence ? s'écria Mercédès. Pourquoi vous souvenez-vous quand elle oublie ? Que vous importent, à vous, Edmond, Janina et son vizir[2] ? Quel tort vous a fait Fernand Mondego en trahissant Ali-Tebelin ?

1. **Baignoire** : au théâtre, loge de rez-de-chaussée.
2. **Vizir** : ministre, dans l'empire turc.

L'expression *jeter le gant* signifie « défier quelqu'un ». Elle vient des chevaliers qui, au Moyen Âge, jetaient leur gantelet aux pieds de leurs adversaires pour les défier au combat. Mais Monte-Cristo prend aussi l'expression au sens propre car Albert a effectivement tenté de lui lancer son gant, que Monte-Cristo a saisi : « Monsieur, [...] je tiens votre gant *pour jeté*, et je vous l'enverrai roulé autour d'une balle. »

– Aussi, madame, répondit Monte-Cristo, tout ceci est-il une affaire entre le capitaine franc[1] et la fille de Vasiliki[2]. Cela ne me regarde point, vous avez raison, et si j'ai juré de me venger, ce n'est ni du capitaine franc, ni du comte de Morcerf : c'est du pêcheur Fernand, mari de la Catalane Mercédès.

– Ah ! monsieur ! s'écria la comtesse, quelle terrible vengeance pour une faute que la fatalité[3] m'a fait commettre ! Car la coupable, c'est moi, Edmond, et si vous avez à vous venger de quelqu'un, c'est de moi, qui ai manqué de force contre votre absence et mon isolement[4].

– Mais, s'écria Monte-Cristo, pourquoi étais-je absent ? pourquoi étiez-vous isolée ?

– Parce qu'on vous a arrêté, Edmond, parce que vous étiez prisonnier.

– Et pourquoi étais-je arrêté ? pourquoi étais-je prisonnier ?

– Je l'ignore, dit Mercédès.

– Oui, vous l'ignorez, madame, je l'espère du moins. Eh bien ! je vais vous le dire, moi. J'étais arrêté, j'étais prisonnier, parce que sous la tonnelle de la Réserve, la veille même du jour où je devais vous épouser, un homme, nommé Danglars, avait écrit cette lettre que le pêcheur Fernand se chargea lui-même de mettre à la poste[5].

Et Monte-Cristo, allant à un secrétaire, fit jaillir un tiroir où il prit un papier qui avait perdu sa couleur première, et dont l'encre était devenue couleur de rouille, qu'il mit sous les yeux de Mercédès.

C'était la lettre de Danglars au procureur du roi, que, le jour où il avait payé les deux cent mille francs à M. de Boville, le comte

1. **Capitaine franc** : Fernand.
2. **Fille de Vasiliki** : Haydée.
3. **Fatalité** : destin.
4. **Isolement** : solitude.
5. Se reporter à l'extrait 4, « Le complot ».

de Monte-Cristo, déguisé en mandataire de la maison Thomson et French, avait soustraite au dossier d'Edmond Dantès.

Mercédès lut avec effroi les lignes suivantes :

« Monsieur le procureur du roi est prévenu, par un ami du trône et de la religion, que le nommé Edmond Dantès, second du navire le *Pharaon*, arrivé ce matin de Smyrne, après avoir touché à Naples et à Porto-Ferrajo, a été chargé par Murat d'une lettre pour l'usurpateur[1], et, par l'usurpateur, d'une lettre pour le comité bonapartiste de Paris.

« On aura la preuve de ce crime en l'arrêtant, car on trouvera cette lettre, ou sur lui, ou chez son père, ou dans sa cabine à bord du *Pharaon*. »

– Oh ! mon Dieu ! fit Mercédès en passant la main sur son front mouillé de sueur ; et cette lettre...

– Je l'ai achetée deux cent mille francs, madame, dit Monte-Cristo ; mais c'est bon marché encore, puisqu'elle me permet aujourd'hui de me disculper[2] à vos yeux.

– Et le résultat de cette lettre ?

– Vous le savez, madame, a été mon arrestation ; mais ce que vous ne savez pas, madame, c'est le temps qu'elle a duré, cette arrestation. Ce que vous ne savez pas, c'est que je suis resté quatorze ans à un quart de lieue[3] de vous, dans un cachot du château d'If. Ce que vous ne savez pas, c'est que chaque jour de ces quatorze ans j'ai renouvelé le vœu de vengeance que j'avais fait le premier

1. **L'usurpateur** : nom donné à Napoléon Ier par les royalistes.
2. **Disculper** : innocenter.
3. **Un quart de lieue** : un kilomètre (1 lieue = 4 km).

jour, et cependant j'ignorais que vous aviez épousé Fernand, mon dénonciateur, et que mon père était mort, et mort de faim !

– Juste Dieu ! s'écria Mercédès chancelante[1].

– Mais voilà ce que j'ai su en sortant de prison, quatorze ans après y être entré, et voilà ce qui fait que sur Mercédès vivante et sur mon père mort, j'ai juré de me venger de Fernand, et... et je me venge.

– Et vous êtes sûr que le malheureux Fernand a fait cela ?

– Sur mon âme, madame, et il l'a fait comme je vous le dis ; d'ailleurs ce n'est pas beaucoup plus odieux[2] que d'avoir, Français d'adoption, passé aux Anglais ! Espagnol de naissance avoir combattu, contre les Espagnols ; stipendiaire[3] d'Ali, trahi et assassiné Ali. [...]

La pauvre femme laissa retomber sa tête entre ses mains ; ses jambes plièrent sous elle, et elle tomba à genoux.

– Pardonnez, Edmond, dit-elle, pardonnez pour moi, qui vous aime encore !

La dignité de l'épouse arrêta l'élan de l'amante[4] et de la mère. Son front s'inclina presque à toucher le tapis.

Le comte s'élança au-devant d'elle et la releva.

Alors, assise sur un fauteuil, elle put, à travers ses larmes, regarder le mâle visage de Monte-Cristo, sur lequel la douleur et la haine imprimaient encore un caractère menaçant.

– Que je n'écrase pas cette race maudite ! murmura-t-il ; que je désobéisse à Dieu, qui m'a suscité[5] pour sa punition ! impossible, madame, impossible !

1. **Chancelante** : étourdie, prête à s'évanouir.
2. **Beaucoup plus odieux** : pire.
3. **Stipendiaire** : personne payée pour accomplir une action, personne corrompue.
4. **Amante** : femme amoureuse.
5. **Suscité** : envoyé.

– Edmond, dit la pauvre mère, essayant de tous les moyens ; mon Dieu ! quand je vous appelle Edmond, pourquoi ne m'appelez-vous pas Mercédès ?

– Mercédès, répéta Monte-Cristo, Mercédès ! Eh bien ! oui, vous avez raison, ce nom m'est doux encore à prononcer, et voilà la première fois, depuis bien longtemps, qu'il retentit si clairement au sortir de mes lèvres. Oh ! Mercédès, votre nom, je l'ai prononcé avec les soupirs de la mélancolie, avec les gémissements de la douleur, avec le râle[1] du désespoir ; je l'ai prononcé, glacé par le froid, accroupi sur la paille de mon cachot ; je l'ai prononcé, dévoré par la chaleur, en me roulant sur les dalles de ma prison. Mercédès, il faut que je me venge, car quatorze ans j'ai souffert, quatorze ans j'ai pleuré, j'ai maudit ; maintenant, je vous le dis, Mercédès, il faut que je me venge !

[...]

– Edmond, continua Mercédès, les bras tendus vers le comte, Edmond, depuis que je vous connais j'ai adoré votre nom, j'ai respecté votre mémoire. Edmond, mon ami, ne me forcez pas de ternir cette image noble et pure reflétée sans cesse dans le miroir de mon cœur. Edmond, si vous saviez toutes les prières que j'ai adressées pour vous à Dieu, tant que je vous ai espéré vivant et depuis que je vous ai cru mort, oui, mort, hélas ! Je croyais votre cadavre enseveli au fond de quelque sombre tour ; je croyais votre corps précipité au fond de quelqu'un de ces abîmes[2] où les geôliers laissent rouler les prisonniers morts, et je pleurais ! Moi, que pouvais-je pour vous, Edmond, sinon prier ou pleurer ? Écoutez-moi ; pendant dix ans j'ai fait chaque nuit le même rêve. On a dit que vous aviez voulu fuir, que vous aviez pris la

1. **Râle** : respiration rauque des agonisants.
2. **Abîmes** (n. m.) : gouffres.

place d'un prisonnier, que vous vous étiez glissé dans le suaire[1] d'un mort, et qu'alors on avait lancé le cadavre vivant du haut en bas du château d'If ; et que le cri que vous aviez poussé en vous brisant sur les rochers avait seul révélé la substitution à vos ensevelisseurs, devenus vos bourreaux. Eh bien ! Edmond, je vous le jure sur la tête de mon fils pour lequel je vous implore, Edmond, pendant dix ans j'ai vu chaque nuit des hommes qui balançaient quelque chose d'informe et d'inconnu au haut d'un rocher ; pendant dix ans j'ai, chaque nuit, entendu un cri terrible qui m'a réveillée frissonnante et glacée. Et moi aussi, Edmond, oh ! croyez-moi, toute criminelle que je fus, oh ! oui, moi aussi, j'ai bien souffert.

– Avez-vous senti mourir votre père en votre absence ? s'écria Monte-Cristo enfonçant ses mains dans ses cheveux ; avez-vous vu la femme que vous aimiez tendre sa main à votre rival, tandis que vous râliez[2] au fond du gouffre ?...

– Non, interrompit Mercédès ; mais j'ai vu celui que j'aimais prêt à devenir le meurtrier de mon fils !

Mercédès prononça ces paroles avec une douleur si puissante, avec un accent si désespéré, qu'à ces paroles et à cet accent un sanglot déchira la gorge du comte.

Le lion était dompté ; le vengeur était vaincu.

– Que demandez-vous ? dit-il ; que votre fils vive ? eh bien ! il vivra !

Mercédès jeta un cri qui fit jaillir deux larmes des paupières de Monte-Cristo, mais ces deux larmes disparurent presque aussitôt, car sans doute Dieu avait envoyé quelque ange pour les recueillir,

1. **Suaire** : drap blanc dont on recouvre les morts.
2. **Râliez** : agonisiez.

bien autrement précieuses qu'elles étaient aux yeux du Seigneur que les plus riches perles de Guzarate et d'Ophir[1].

– Oh ! s'écria-t-elle en saisissant la main du comte et en la portant à ses lèvres, oh ! merci, merci, Edmond ! te voilà bien tel que je t'ai toujours rêvé, tel que je t'ai toujours aimé. Oh ! maintenant je puis le dire.

– D'autant mieux, répondit Monte-Cristo, que le pauvre Edmond n'aura pas longtemps à être aimé par vous. La mort va rentrer dans la tombe, le fantôme va rentrer dans la nuit.

– Que dites-vous, Edmond ?

– Je dis que puisque vous l'ordonnez, Mercédès, il faut mourir.

– Mourir ! et qu'est-ce qui dit cela ? Qui parle de mourir ? d'où vous reviennent ces idées de mort ?

– Vous ne supposez pas qu'outragé[2] publiquement, en face de toute une salle, en présence de vos amis et de ceux de votre fils, provoqué par un enfant qui se glorifiera de mon pardon comme d'une victoire ; vous ne supposez pas, dis-je, que j'aie un instant le désir de vivre. Ce que j'ai le plus aimé après vous, Mercédès, c'est moi-même, c'est-à-dire ma dignité, c'est-à-dire cette force qui me rendait supérieur aux autres hommes ; cette force, c'était ma vie. D'un mot vous la brisez. Je meurs.

– Mais ce duel n'aura pas lieu, Edmond, puisque vous pardonnez.

– Il aura lieu, madame, dit solennellement[3] Monte-Cristo ; seulement, au lieu du sang de votre fils que devait boire la terre, ce sera le mien qui coulera.

1. **De Guzarate et d'Ophir** : **Guzarate**, région de l'Inde réputée pour ses pierres précieuses ; **Ophir** : dans la Bible, pays connu pour son or.
2. **Outragé** : offensé, humilié.
3. **Solennellement** : d'un ton officiel.

Mercédès poussa un grand cri et s'élança vers Monte-Cristo ; mais tout à coup elle s'arrêta.

– Edmond, dit-elle, il y a un Dieu au-dessus de nous, puisque vous vivez, puisque je vous ai revu, et je me fie à lui du plus profond de mon cœur. En attendant son appui, je me repose sur votre parole. Vous avez dit que mon fils vivrait ; il vivra, n'est-ce pas ?

– Il vivra, oui, madame, dit Monte-Cristo, étonné que, sans autre exclamation, sans autre surprise, Mercédès eût accepté l'héroïque sacrifice[1] qu'il lui faisait.

[...]

Le comte sourit amèrement.

– Edmond, continua-t-elle, vous verrez que si mon front est pâli, que si mes yeux sont éteints, que si ma beauté est perdue, que si Mercédès enfin ne ressemble plus à elle-même pour les traits du visage, vous verrez que c'est toujours le même cœur !... Adieu donc, Edmond ; je n'ai plus rien à demander au ciel... Je vous ai revu aussi noble et aussi grand qu'autrefois. Adieu, Edmond... adieu et merci !

Mais le comte ne répondit pas.

Mercédès ouvrit la porte du cabinet, et elle avait disparu avant qu'il ne fût revenu de la rêverie douloureuse et profonde où sa vengeance perdue l'avait plongé.

Une heure sonnait à l'horloge des Invalides quand la voiture qui emportait madame de Morcerf, en roulant sur le pavé des Champs-Élysées, fit relever la tête au comte de Monte-Cristo.

– Insensé, dit-il, le jour où j'avais résolu de me venger, de ne pas m'être arraché le cœur !

Extraits du chapitre LXXXIX, « La nuit »

1. **L'héroïque sacrifice** : le sacrifice de sa propre personne.

27. Le duel

Le lendemain matin, Maximilien et Emmanuel, son beau-frère, viennent chercher Monte-Cristo. Ils sont ses témoins.

[...]

Monte-Cristo prit les pistolets qu'il tenait quand Mercédès était entrée, et collant un as de trèfle contre la plaque, en quatre coups il enleva successivement les quatre branches du trèfle.

À chaque coup Morrel pâlissait.

Il examina les balles avec lesquelles Monte-Cristo exécutait ce tour de force, et il vit qu'elles n'étaient pas plus grosses que des chevrotines[1].

– C'est effrayant, dit-il ; voyez donc, Emmanuel !

Puis, se retournant vers Monte-Cristo :

– Comte, dit-il, au nom du ciel, ne tuez pas Albert ! le malheureux a une mère !

– C'est juste, dit Monte-Cristo, et moi je n'en ai pas.

Ces mots furent prononcés avec un ton qui fit frissonner Morrel.

– Vous êtes l'offensé, comte.

– Sans doute ; qu'est-ce que cela veut dire ?

– Cela veut dire que vous tirez le premier.

– Je tire le premier ?

– Oh ! cela, je l'ai obtenu ou plutôt exigé ; nous leur faisions assez de concessions pour qu'ils nous fissent celle-là.

1. **Chevrotines** : gros plombs pour la chasse au gros gibier.

– Et à combien de pas ?

– À vingt.

Un effrayant sourire passa sur les lèvres du comte.

– Morrel, dit-il, n'oubliez pas ce que vous venez de voir.

– Aussi, dit le jeune homme, je ne compte que sur votre émotion pour sauver Albert.

– Moi, ému ? dit Monte-Cristo.

– Ou sur votre générosité, mon ami ; sûr de votre coup comme vous l'êtes, je puis vous dire une chose qui serait ridicule si je la disais à un autre.

– Laquelle ?

– Cassez-lui un bras, blessez-le, mais ne le tuez pas.

– Morrel, écoutez encore ceci, dit le comte, je n'ai pas besoin d'être encouragé à ménager M. de Morcerf ; M. de Morcerf, je vous l'annonce d'avance, sera si bien ménagé, qu'il reviendra tranquillement avec ses deux amis, tandis que moi…

– Eh bien ! vous ?

– Oh ! c'est autre chose, on me rapportera, moi.

– Allons donc ! s'écria Maximilien hors de lui.

– C'est comme je vous l'annonce, mon cher Morrel ; M. de Morcerf me tuera.

Morrel regarda le comte en homme qui ne comprend plus.

– Que vous est-il donc arrivé depuis hier soir, comte ?

– Ce qui est arrivé à Brutus la veille de la bataille de Philippes● : j'ai vu un fantôme.

● **Brutus se suicida après sa défaite à la bataille de Philippes (42 av. J.-C.), qui opposait l'armée républicaine de Cassius et Brutus à l'armée d'Antoine et Octave, héritiers de César, lui-même assassiné lors d'un complot organisé par Brutus et Cassius deux ans auparavant.**

– Et ce fantôme ?

– Ce fantôme, Morrel, m'a dit que j'avais assez vécu.

Maximilien et Emmanuel se regardèrent ; Monte-Cristo tira sa montre.

– Partons, dit-il, il est sept heures cinq minutes, et le rendez-vous est pour huit heures juste.

Une voiture attendait tout attelée ; Monte-Cristo y monta avec ses deux témoins.

[...]

Le comte s'avança, accompagné de Maximilien et d'Emmanuel : son visage calme et plein de sérénité[1] faisait une étrange opposition avec le visage bouleversé d'Albert, qui s'approchait, de son côté, suivi des quatre jeunes gens[2].

À trois pas l'un de l'autre, Albert et le comte s'arrêtèrent.

– Messieurs, dit Albert, approchez-vous ; je désire que pas un mot de ce que je vais avoir l'honneur de dire à M. le comte de Monte-Cristo ne soit perdu ; car ce que je vais avoir l'honneur de lui dire doit être répété par vous à qui voudra l'entendre, si étrange que mon discours vous paraisse.

– J'attends, monsieur, dit le comte.

– Monsieur, dit Albert d'une voix tremblante d'abord, mais qui s'assura de plus en plus ; monsieur, je vous reprochais d'avoir divulgué[3] la conduite de M. de Morcerf en Épire ; car, si coupable que fût M. le comte de Morcerf, je ne croyais pas que ce fût vous qui eussiez le droit de le punir. Mais aujourd'hui, monsieur, je sais que ce droit vous est acquis. Ce n'est point la trahison de

1. **Sérénité** : tranquillité.
2. Il s'agit de Château-Renaud, Beauchamp, Franz et Debray.
3. **Divulgué** : révélé à tout le monde.

Fernand Mondego envers Ali-Pacha qui me rend si prompt[1] à vous excuser, c'est la trahison du pêcheur Fernand envers vous, ce sont les malheurs inouïs[2] qui ont été la suite de cette trahison. Aussi je le dis, aussi je le proclame tout haut : oui, monsieur, vous avez eu raison de vous venger de mon père, et moi, son fils, je vous remercie de n'avoir pas fait plus !

La foudre, tombée au milieu des spectateurs de cette scène inattendue, ne les eût pas plus étonnés que cette déclaration d'Albert.

Quant à Monte-Cristo, ses yeux s'étaient lentement levés au ciel avec une expression de reconnaissance infinie, et il ne pouvait assez admirer comment cette nature fougueuse[3] d'Albert, dont il avait assez connu le courage au milieu des bandits romains●, s'était tout à coup pliée à cette subite humiliation. Aussi reconnut-il l'influence de Mercédès, et comprit-il comment ce noble cœur ne s'était pas opposé au sacrifice qu'elle savait d'avance devoir être inutile.

[...]

Monte-Cristo, l'œil humide, la poitrine haletante, la bouche entr'ouverte, tendit à Albert une main que celui-ci saisit et pressa avec un sentiment qui ressemblait à un respectueux effroi.

– Messieurs, dit-il, monsieur de Monte-Cristo veut bien agréer mes excuses. J'avais agi précipitamment envers lui. La précipitation est mauvaise conseillère : j'avais mal agi. Maintenant ma faute est réparée. J'espère bien que le monde ne me tiendra point pour lâche parce que j'ai fait ce que ma conscience m'a

1. **Prompt** : rapide.
2. **Inouïs** : incroyables.
3. **Fougueuse** : ardente, impétueuse.

● **Monte-Cristo a délivré Albert des bandits romains qu'il avait pourtant lui-même commandités. Il a constaté ce jour-là à quel point le jeune homme était courageux.**

ordonné de faire. Mais, en tout cas, si l'on se trompait sur mon compte, ajouta le jeune homme en relevant la tête avec fierté et comme s'il adressait un défi et à ses amis et à ses ennemis, je tâcherai de redresser les opinions.

– Que s'est-il donc passé cette nuit ? demanda Beauchamp à Château-Renaud ; il me semble que nous jouons ici un triste rôle.

– En effet, ce qu'Albert vient de faire est bien misérable ou bien beau, répondit le baron.

– Ah ! voyons, demanda Debray à Franz, qu'est-ce que cela veut dire ? Comment ! le comte de Monte-Cristo déshonore M. de Morcerf, et il a eu raison aux yeux de son fils ! Mais, eussé-je dix Janina dans ma famille, je ne me croirais obligé qu'à une chose, ce serait de me battre dix fois.

Quant à Monte-Cristo, le front penché, les bras inertes[1], écrasé sous le poids de vingt-quatre ans de souvenirs, il ne songeait ni à Albert, ni à Beauchamp, ni à Château-Renaud, ni à personne de ceux qui se trouvaient là : il songeait à cette courageuse femme qui était venue lui demander la vie de son fils, à qui il avait offert la sienne et qui venait de la sauver par l'aveu terrible d'un secret de famille, capable de tuer à jamais chez ce jeune homme le sentiment de la piété filiale[2].

– Toujours la Providence ! murmura-t-il ; ah ! c'est d'aujourd'hui seulement que je suis bien certain d'être l'envoyé de Dieu !

Extraits du chapitre XC, « La rencontre »

1. **Inertes** : sans mouvement, sans énergie.
2. **Piété filiale** : respect qu'un fils doit à sa famille.

28. Deuxième vengeance

Après l'annulation du duel, le comte de Morcerf se rend chez le comte de Monte-Cristo.

[...] Le général arpentait[1] pour la troisième fois le salon dans toute sa longueur, lorsqu'en se retournant il aperçut Monte-Cristo debout sur le seuil.

– Eh ! c'est M. de Morcerf, dit tranquillement Monte-Cristo ; je croyais avoir mal entendu.

– Oui, c'est moi-même, dit le comte avec une effroyable contraction des lèvres qui l'empêchait d'articuler nettement.

– Il ne me reste donc qu'à savoir maintenant, dit Monte-Cristo, la cause qui me procure le plaisir de voir monsieur le comte de Morcerf de si bonne heure.

– Vous avez eu ce matin une rencontre avec mon fils, monsieur ? dit le général.

– Vous savez cela ? répondit le comte.

– Et je sais aussi que mon fils avait de bonnes raisons pour désirer se battre contre vous et faire tout ce qu'il pourrait pour vous tuer.

– En effet, monsieur, il en avait de fort bonnes ! mais vous voyez que, malgré ces raisons-là, il ne m'a pas tué et, même qu'il ne s'est pas battu. [...] C'est lui qui m'a fait des excuses.

– Mais à quoi attribuez-vous cette conduite ?

– À la conviction probablement qu'il y avait dans tout ceci un homme plus coupable que moi.

1. **Arpentait** : parcourait à grands pas.

– Et quel était cet homme ?

– Son père.

– Soit, dit le comte en pâlissant ; mais vous savez que le coupable n'aime pas à s'entendre convaincre de culpabilité.

– Je sais... Aussi je m'attendais à ce qui arrive en ce moment.

– Vous vous attendiez à ce que mon fils fût un lâche ! s'écria le comte.

– M. Albert de Morcerf n'est point un lâche, dit Monte-Cristo.

– Un homme qui tient à la main une épée, un homme qui, à la portée de cette épée, tient un ennemi mortel ; cet homme, s'il ne se bat pas, est un lâche ! Que n'est-il ici pour que je le lui dise !

– Monsieur, répondit froidement Monte-Cristo, je ne présume pas que vous soyez venu me trouver pour me conter vos petites affaires de famille. Allez dire cela à M. Albert, peut-être saura-t-il que vous répondre.

– Oh ! non, non, répliqua le général avec un sourire aussitôt disparu qu'éclos[1], non, vous avez raison, je ne suis pas venu pour cela ! Je suis venu pour vous dire que moi aussi je vous regarde comme mon ennemi ! Je suis venu pour vous dire que je vous hais d'instinct ! qu'il me semble que je vous ai toujours connu, toujours haï ! Et qu'enfin, puisque les jeunes gens de ce siècle ne se battent plus, c'est à nous de nous battre... Est-ce votre avis, monsieur ?

– Parfaitement. Aussi, quand je vous ai dit que j'avais prévu ce qui m'arrivait, c'est de l'honneur de votre visite que je voulais parler.

– Tant mieux... vos préparatifs sont faits, alors ?

– Ils le sont toujours, monsieur.

1. **Éclos** : apparu.

– Vous savez que nous nous battrons jusqu'à la mort de l'un de nous deux ? dit le général, les dents serrées par la rage.

– Jusqu'à la mort de l'un de nous deux, répéta le comte de Monte-Cristo en faisant un léger mouvement de tête de haut en bas.

– Partons alors, nous n'avons pas besoin de témoins.

– En effet, dit Monte-Cristo, c'est inutile, nous nous connaissons si bien !

– Au contraire, dit le comte, c'est que nous ne nous connaissons pas.

– Bah ! dit Monte-Cristo avec le même flegme[1] désespérant, voyons un peu. N'êtes-vous pas le soldat Fernand qui a déserté la veille de la bataille de Waterloo ? N'êtes-vous pas le lieutenant Fernand qui a servi de guide et d'espion à l'armée française en Espagne ? N'êtes-vous pas le colonel Fernand qui a trahi, vendu, assassiné son bienfaiteur Ali ? Et tous ces Fernand-là réunis n'ont-ils pas fait le lieutenant général comte de Morcerf, pair de France[2] ?

– Oh ! s'écria le général, frappé par ces paroles comme par un fer rouge ; oh ! misérable, qui me reproche ma honte au moment peut-être où tu vas me tuer, non, je n'ai point dit que je t'étais inconnu ; je sais bien, démon, que tu as pénétré dans la nuit du passé, et que tu y as lu à la lueur de quel flambeau, je l'ignore, chaque page de ma vie ! mais peut-être y a-t-il encore plus d'honneur en moi, dans mon opprobre[3], qu'en toi sous tes

1. **Flegme** : sang-froid.
2. **Pair de France** : membre de la Chambre des pairs, l'une des deux assemblées du Parlement, de 1814 à 1848.
3. **Opprobre** : honte.

Waterloo est une bataille perdue par Napoléon Ier face aux Anglais et aux Prussiens, le 18 juin 1815. Cette défaite provoqua la chute de l'Empereur et sa seconde abdication (voir p. 9).

dehors pompeux[1]. Non, non, je te suis connu, je le sais, mais c'est toi que je ne connais pas, aventurier cousu d'or et de pierreries ! Tu t'es fait appeler à Paris le comte de Monte-Cristo ; en Italie, Simbad le Marin ; à Malte, que sais-je ? moi, je l'ai oublié. Mais c'est ton nom réel que je te demande, c'est ton vrai nom que je veux savoir, au milieu de tes cent noms, afin que je le prononce sur le terrain du combat au moment où je t'enfoncerai mon épée dans le cœur.

Le comte de Monte-Cristo pâlit d'une façon terrible ; son œil fauve s'embrasa d'un feu dévorant ; il fit un bond vers le cabinet attenant à sa chambre, et en moins d'une seconde, arrachant sa cravate, sa redingote et son gilet, il endossa une petite veste de marin et se coiffa d'un chapeau de matelot, sous lequel se déroulèrent ses longs cheveux noirs.

Il revint ainsi, effrayant, implacable[2], marchant les bras croisés au-devant du général, qui n'avait rien compris à sa disparition, qui l'attendait, et qui, sentant ses dents claquer et ses jambes se dérober sous lui, recula d'un pas et ne s'arrêta qu'en trouvant sur une table un point d'appui pour sa main crispée.

– Fernand ! lui cria-t-il, de mes cent noms, je n'aurais besoin de t'en dire qu'un seul pour te foudroyer ; mais ce nom, tu le devines, n'est-ce pas ? ou plutôt tu te le rappelles ? car, malgré tous mes chagrins, toutes mes tortures, je te montre aujourd'hui un visage que le bonheur de la vengeance rajeunit, un visage que tu dois avoir vu bien souvent dans tes rêves depuis ton mariage... avec Mercédès, ma fiancée !

1. **Pompeux** : prétentieux.
2. **Implacable** : impitoyable.

Le général, la tête renversée en arrière, les mains étendues, le regard fixe, dévora en silence ce terrible spectacle ; puis, allant chercher la muraille comme point d'appui, il s'y glissa lentement jusqu'à la porte par laquelle il sortit à reculons, en laissant échapper ce seul cri lugubre, lamentable, déchirant :

– Edmond Dantès !

Puis, avec des soupirs qui n'avaient rien d'humain, il se traîna jusqu'au péristyle[1] de la maison, traversa la cour en homme ivre, et tomba dans les bras de son valet de chambre en murmurant seulement d'une voix inintelligible :

– À l'hôtel ! à l'hôtel !

En chemin, l'air frais et la honte que lui causait l'attention de ses gens[2] le remirent en état d'assembler ses idées ; mais le trajet fut court, et, à mesure qu'il se rapprochait de chez lui, le comte sentait se renouveler toutes ses douleurs.

À quelques pas de la maison, le comte fit arrêter et descendit. La porte de l'hôtel était toute grande ouverte ; un fiacre[3], tout surpris d'être appelé dans cette magnifique demeure, stationnait au milieu de la cour ; le comte regarda ce fiacre avec effroi, mais sans oser interroger personne, et s'élança dans son appartement.

Deux personnes descendaient l'escalier ; il n'eut que le temps de se jeter dans un cabinet[4] pour les éviter.

C'était Mercédès, appuyée au bras de son fils, qui tous deux quittaient l'hôtel.

1. **Péristyle** : colonnade autour de la cour.
2. **Gens** : serviteurs.
3. **Fiacre** : voiture attelée à quatre roues, que l'on prenait à la course ou à l'heure.
4. **Cabinet** : petite pièce d'entrée.

Ils passèrent à deux lignes du malheureux, qui, caché derrière la portière de damas[1], fut effleuré en quelque sorte par la robe de soie de Mercédès, et qui sentit à son visage la tiède haleine de ces paroles prononcées par son fils :

– Du courage, ma mère ! Venez, venez, nous ne sommes plus ici chez nous.

Les paroles s'éteignirent, les pas s'éloignèrent.

Le général se redressa, suspendu par ses mains crispées au rideau de damas ; il comprimait[2] le plus horrible sanglot qui fût jamais sorti de la poitrine d'un père, abandonné à la fois par sa femme et par son fils...

Bientôt il entendit claquer la portière en fer du fiacre, puis la voix du cocher, puis le roulement de la lourde machine ébranla les vitres ; alors il s'élança dans sa chambre à coucher pour voir encore une fois tout ce qu'il avait aimé dans le monde ; mais le fiacre partit sans que la tête de Mercédès ou celle d'Albert eût paru à la portière, pour donner à la maison solitaire, pour donner au père et à l'époux abandonné le dernier regard, l'adieu et le regret, c'est-à-dire le pardon.

Aussi, au moment même où les roues du fiacre ébranlaient le pavé de la voûte, un coup de feu retentit, et une fumée sombre sortit par une des vitres de cette fenêtre de la chambre à coucher, brisée par la force de l'explosion.

Extraits du chapitre XCII, « Le suicide »

1. **Damas** : tissu aux motifs brillants sur fond mat à l'endroit, et mats sur fond brillant à l'envers.
2. **Comprimait** : contenait, étouffait.

Le jour des noces d'Eugénie Danglars et d'Andrea Calvacanti, la vérité éclate : Andrea est en réalité Benedetto, un escroc et un assassin dénoncé par Caderousse, son ancien complice qu'il a poignardé. Benedetto réussit cependant à s'enfuir.

Villefort se charge de l'affaire mais de terribles malheurs l'assaillent : après ses ex-beaux-parents, sa fille, Valentine, agonise. Il ignore que le coupable est sa propre femme, Héloïse, qui empoisonne les siens pour qu'Édouard, leur fils, hérite. C'est Monte-Cristo qui lui a donné la recette du poison. Le comte aurait laissé la destinée poursuivre son œuvre sans une nouvelle révélation : Maximilien, son fils de cœur, aime Valentine. Ému, Monte-Cristo donne un antidote à la jeune fille mais, par un subterfuge, fait en sorte qu'on la croie morte.

Noirtier de Villefort, grand-père chéri de Valentine, révèle alors à son fils l'identité de l'empoisonneuse. Villefort, confondu par les preuves, accable son épouse et lui ordonne de se suicider afin de lui épargner le déshonneur public. Pendant ce temps, il doit mener le procès de Benedetto qui a été capturé.

29. Le secret de Benedetto

Dans sa cellule, Benedetto reçoit la visite de Bertuccio qui lui révèle les circonstances de sa naissance. Arrive le jour du procès.

[...]

– Accusé, dit le président, vos nom et prénoms ?

Andrea se leva.

– Pardonnez-moi, monsieur le président, dit-il d'une voix dont le timbre vibrait parfaitement pur, mais je vois que vous allez prendre un ordre de questions dans lequel je ne puis vous suivre. J'ai la prétention que c'est à moi de justifier plus tard d'être une exception aux accusés ordinaires. Veuillez donc, je vous prie, me permettre de répondre en suivant un ordre différent ; je n'en répondrai pas moins à toutes.

Le président, surpris, regarda les jurés[1], qui regardèrent le procureur du roi.

Une grande surprise se manifesta dans toute l'assemblée. Mais Andrea ne parut aucunement s'en émouvoir.

– Votre âge ? dit le président ; répondrez-vous à cette question ?

– À cette question comme aux autres, je répondrai, monsieur le président, mais à son tour.

– Votre âge ? répéta le magistrat.

– J'ai vingt et un ans, ou plutôt je les aurai seulement dans quelques jours, étant né dans la nuit du 27 au 28 septembre 1817.

Monsieur de Villefort, qui était à prendre note, leva la tête à cette date.

1. **Jurés** : membres du jury.

– Où êtes-vous né ? continua le président.

– À Auteuil, près de Paris, répondit Benedetto.

M. de Villefort leva une seconde fois la tête, regarda Benedetto comme il eût regardé la tête de Méduse● et devint livide.

Quant à Benedetto, il passa gracieusement sur ses lèvres le coin brodé d'un mouchoir de fine batiste[1].

– Votre profession ? demanda le président.

– D'abord j'étais faussaire[2], dit Andrea le plus tranquillement du monde ; ensuite je suis passé voleur, et tout récemment je me suis fait assassin.

Un murmure ou plutôt une tempête d'indignation et de surprise éclata dans toutes les parties de la salle ; les juges eux-mêmes se regardèrent stupéfaits, les jurés manifestèrent le plus grand dégoût pour le cynisme[3] qu'on attendait si peu d'un homme élégant.

[...]

– Eh bien, dit le président, votre nom ?

– Je ne puis vous dire mon nom, car je ne le sais pas ; mais je sais celui de mon père, et je peux vous le dire.

Un éblouissement douloureux aveugla Villefort : on vit tomber de ses joues des gouttes de sueur âcres et pressées sur les papiers qu'il remuait d'une main convulsive[4] et éperdue.

– Dites alors le nom de votre père, reprit le président.

Pas un souffle, pas une haleine ne troublaient le silence de cette immense assemblée ; tout le monde attendait.

1. **Batiste** : toile de lin très fine.
2. **Faussaire** : personne qui fabrique de *faux* documents.
3. **Cynisme** : attitude qui brave les principes moraux et les conventions sociales.
4. **Convulsive** : nerveuse.

● **Dans la mythologie grecque, Méduse, l'une des trois Gorgones, est une créature monstrueuse au pouvoir redoutable : la tête hérissée de serpents, elle transforme en pierre quiconque la regarde. Avec l'aide d'Athéna, Persée lui trancha la tête.**

– Mon père est procureur du roi, répondit tranquillement Andrea.

– Procureur du roi ! fit avec stupéfaction le président, sans remarquer le bouleversement qui se faisait sur la figure de Villefort ; procureur du roi !

– Oui, et puisque vous voulez savoir son nom je vais vous le dire : il se nomme de Villefort !

L'explosion[1], si longtemps contenue par le respect qu'en séance on porte à la justice, se fit jour, comme un tonnerre, du fond de toutes les poitrines, la cour elle-même ne songea point à réprimer ce mouvement de la multitude. [...]

Dix personnes s'empressaient auprès de monsieur le procureur du roi, à demi écrasé sur son siège, et lui offraient des consolations, des encouragements, des protestations de zèle[2] et de sympathie.

Le calme s'était rétabli dans la salle, à l'exception cependant d'un point où un groupe assez nombreux s'agitait et chuchotait.

Une femme, disait-on, venait de s'évanouir ; on lui avait fait respirer des sels, elle s'était remise.

Andrea, pendant tout ce tumulte[3], avait tourné sa figure souriante vers l'assemblée ; puis, s'appuyant enfin d'une main sur la rampe de chêne de son banc, et cela dans l'attitude de la plus gracieuse :

– Messieurs, dit-il, à Dieu ne plaise que je cherche à insulter la cour et à faire, en présence de cette honorable assemblée, un scandale inutile. On me demande quel âge j'ai, je le dis ; on me demande où je suis né, je réponds ; on me demande mon nom. Je ne puis le dire, puisque mes parents m'ont abandonné. Mais je puis bien, sans dire mon nom, puisque je n'en ai pas, dire celui

1. **Explosion** : manifestation brusque du public.
2. **Zèle** : empressement.
3. **Tumulte** : désordre bruyant, chahut.

de mon père ; or, je le répète, mon père se nomme monsieur de Villefort, et je suis tout prêt à le prouver.

Il y avait dans l'accent du jeune homme une certitude, une conviction, une énergie qui réduisirent le tumulte au silence. Les regards se portèrent un moment sur le procureur du roi, qui gardait sur son siège l'immobilité d'un homme que la foudre vient de changer en cadavre.

– Messieurs, continua Andrea en commandant le silence du geste et de la voix, je vous dois la preuve et l'explication de mes paroles.

– Mais, s'écria le président irrité, vous avez déclaré dans l'instruction[1] vous nommer Benedetto, vous avez dit être orphelin, et vous vous êtes donné la Corse pour patrie.

– J'ai dit à l'instruction ce qu'il m'a convenu de dire à l'instruction, car je ne voulais pas que l'on affaiblît ou que l'on arrêtât, ce qui n'eût point manqué d'arriver, le retentissement solennel que je voulais donner à mes paroles.

Maintenant je vous répète que je suis né à Auteuil, dans la nuit du 27 au 28 septembre 1817, et que je suis le fils de monsieur le procureur du roi de Villefort. Maintenant, voulez-vous des détails ? je vais vous les donner.

Je naquis au premier de la maison numéro 28, rue de la Fontaine, dans une chambre tendue de damas rouge. Mon père me prit dans ses bras en disant à ma mère que j'étais mort, m'enveloppa dans une serviette marquée d'un H et d'un N●, et m'emporta dans le jardin où il m'enterra vivant.

1. **Instruction** : phase de préparation du procès pénal pendant laquelle le juge amasse des preuves.

● **Ces initiales désignent Hermine de Nargonne, devenue Mme Danglars après le décès de son premier mari.**

Un frisson parcourut tous les assistants quand ils virent que grandissait l'assurance du prévenu avec l'épouvante de monsieur de Villefort.

– Mais comment savez-vous tous ces détails ? demanda le président.

– Je vais vous le dire, monsieur le président. Dans le jardin où mon père venait de m'ensevelir, s'était, cette nuit-là même, introduit un homme[1] qui lui en voulait mortellement, et qui le guettait depuis longtemps pour accomplir sur lui une vengeance corse. L'homme était caché dans un massif ; il vit mon père enfermer un dépôt dans la terre, et le frappa d'un coup de couteau au milieu même de cette opération ; puis, croyant que ce dépôt était quelque trésor, il ouvrit la fosse et me trouva vivant encore. Cet homme me porta à l'hospice des Enfants-Trouvés[2], où je fus inscrit sous le numéro 57. Trois mois après, sa sœur fit le voyage de Rogliano[3] à Paris pour me venir chercher, me réclama comme son fils et m'emmena.

Voilà comment, quoique né à Auteuil, je fus élevé en Corse.

[...]

– Mais votre mère ? demanda le président.

– Ma mère me croyait mort ; ma mère n'est point coupable. Je n'ai pas voulu savoir le nom de ma mère ; je ne la connais pas.

En ce moment un cri aigu, qui se termina par un sanglot, retentit au milieu du groupe qui entourait, comme nous l'avons dit, une femme.

1. Il s'agit de Bertuccio (voir p. 131).
2. **Hospice des Enfants-Trouvés** : institution religieuse recueillant les enfants trouvés ou abandonnés.
3. **Rogliano** : ville située en Haute-Corse, à la pointe de l'île.

Cette femme tomba dans une violente attaque de nerfs et fut enlevée du prétoire[1] ; tandis qu'on l'emportait, le voile épais qui cachait son visage s'écarta et l'on reconnut madame Danglars.

Malgré l'accablement de ses sens énervés, malgré le bourdonnement qui frémissait à son oreille, malgré l'espèce de folie qui bouleversait son cerveau, Villefort la reconnut et se leva.

– Les preuves ! les preuves ! dit le président ; prévenu, souvenez-vous que ce tissu d'horreurs a besoin d'être soutenu par les preuves les plus éclatantes.

– Les preuves ? dit Benedetto en riant, les preuves, vous les voulez ?

– Oui.

– Eh bien, regardez monsieur de Villefort, et demandez-moi encore les preuves.

Chacun se retourna vers le procureur du roi, qui, sous le poids de ces mille regards rivés[2] sur lui, s'avança dans l'enceinte du tribunal, chancelant[3], les cheveux en désordre et le visage couperosé[4] par la pression de ses ongles.

L'assemblée tout entière poussa un long murmure d'étonnement.

– On me demande les preuves, mon père, dit Benedetto, voulez-vous que je les donne ?

– Non, non, balbutia[5] monsieur de Villefort d'une voix étranglée ; non, c'est inutile.

– Comment, inutile ? s'écria le président : mais que voulez-vous dire ?

1. **Prétoire** : tribunal.
2. **Rivés** : fixés.
3. **Chancelant** : titubant.
4. **Couperosé** : marqué par des traces rouges.
5. **Balbutia** : bégaya.

Au premier plan, Fernand de Morcerf confondu durant son procès ; à l'arrière-plan, le comte de Monte-Cristo. *Le Comte de Monte-Cristo*, de Robert Vernay, 1954 (2e partie, « La vengeance »), avec Jean Marais dans le rôle-titre.

– Je veux dire, s'écria le procureur du roi, que je me débattrais en vain sous l'étreinte[1] mortelle qui m'écrase, messieurs ; je suis, je le reconnais, dans la main du Dieu vengeur. Pas de preuves ! il n'en est pas besoin : tout ce que vient de dire ce jeune homme est vrai !

1. **Étreinte** : pression.

Un silence sombre et pesant comme celui qui précède les catastrophes de la nature enveloppa dans son manteau de plomb tous les assistants, dont les cheveux se dressaient sur la tête.

– Et quoi ! monsieur de Villefort, s'écria le président, vous ne cédez pas à une hallucination ? Quoi ! vous jouissez de la plénitude de vos facultés[1] ? On concevrait qu'une accusation si étrange, si imprévue, si terrible, ait troublé vos esprits ; voyons, remettez-vous.

Le procureur du roi secoua la tête. Ses dents s'entrechoquaient avec violence comme celles d'un homme dévoré par la fièvre, et cependant il était d'une pâleur mortelle.

– Je jouis de toutes mes facultés, monsieur, dit-il ; le corps seulement souffre et cela se conçoit. Je me reconnais coupable de tout ce que ce jeune homme vient d'articuler contre moi, et je me tiens dès à présent chez moi à la disposition de monsieur le procureur du roi mon successeur.

Et, en prononçant ces mots d'une voix sourde et presque étouffée, monsieur de Villefort se dirigea en vacillant vers la porte, que lui ouvrit d'un mouvement machinal l'huissier[2] de service.

[...]

Extraits du chapitre CX, « L'acte d'accusation »

1. **Vos facultés** : votre raison.
2. **Huissier** : employé chargé d'introduire et de reconduire les gens qui entrent ou sortent de la salle.

30. Troisième vengeance

Villefort se précipite hors du tribunal et rentre chez lui.

[...]

La voiture roulait avec vitesse ; Villefort, en s'agitant sur ses coussins, sentit quelque chose qui le gênait. Il porta la main à cet objet : c'était un éventail oublié par madame de Villefort entre le coussin et le dossier de la voiture. Cet éventail éveilla un souvenir, et ce souvenir fut un éclair au milieu de la nuit.

Villefort songea à sa femme...

– Oh ! s'écria-t-il, comme si un fer rouge lui traversait le cœur.

En effet, depuis une heure, il n'avait plus sous les yeux qu'une face de sa misère, et voilà que tout à coup il s'en offrait une autre à son esprit, et une autre non moins terrible.

Cette femme, il venait de faire avec elle le juge inexorable[1], il venait de la condamner à mort ; et elle, elle, frappée de terreur, écrasée par le remords, abîmée sous la honte qu'il venait de lui faire avec l'éloquence[2] de son irréprochable vertu, elle, pauvre femme faible et sans défense contre un pouvoir absolu et suprême, elle se préparait peut-être en ce moment même à mourir !

Une heure s'était déjà écoulée depuis sa condamnation ; sans doute, en ce moment, elle repassait tous ses crimes dans sa mémoire, elle demandait grâce à Dieu, elle écrivait une lettre pour implorer[3] à genoux le pardon de son vertueux époux, pardon qu'elle achetait de sa mort.

1. **Inexorable** : impitoyable.
2. **Éloquence** : discours persuasif.
3. **Implorer** : supplier.

Villefort poussa un second rugissement de douleur et de rage.

– Ah ! s'écria-t-il en se roulant sur le satin de son carrosse, cette femme n'est devenue criminelle que parce qu'elle m'a touché. Je sue[1] le crime, moi ! et elle a gagné le crime comme on gagne le typhus, comme on gagne le choléra, comme on gagne la peste !... et je la punis !... [...] Oh ! alliance du tigre et du serpent ! oh ! digne femme d'un mari tel que moi !... Il faut qu'elle vive, il faut que mon infamie[2] fasse pâlir la sienne !

Et Villefort enfonça plutôt qu'il ne baissa la glace du devant de son coupé.

– Vite, plus vite ! s'écria-t-il d'une voix qui fit bondir le cocher sur son siège.

Les chevaux, emportés par la peur, volèrent jusqu'à la maison.

– Oui, oui, se répétait Villefort à mesure qu'il se rapprochait de chez lui, oui, il faut que cette femme vive, il faut qu'elle se repente et qu'elle élève mon fils, mon pauvre enfant, le seul, avec l'indestructible vieillard[3], qui ait survécu à la destruction de la famille ! Elle l'aimait ; c'est pour lui qu'elle a tout fait. Il ne faut jamais désespérer du cœur d'une mère qui aime son enfant ; elle se repentira : nul ne saura qu'elle fut coupable ; ces crimes commis chez moi, et dont le monde s'inquiète déjà, ils seront oubliés avec le temps, ou, si quelques ennemis s'en souviennent, eh bien, je les prendrai sur ma liste de crimes. Un, deux, trois de plus, qu'importe ! ma femme se sauvera emportant de l'or, et surtout emportant son fils, loin du gouffre où il me semble que le monde va tomber avec moi. Elle vivra, elle sera heureuse encore,

1. **Sue** : transpire.
2. **Infamie** : honte abominable.
3. Il s'agit de Noirtier de Villefort, le père du procureur.

puisque tout son amour est dans son fils, et que son fils ne la quittera point. J'aurai fait une bonne action ; cela allège le cœur.

Et le procureur du roi respira plus librement qu'il n'avait fait depuis longtemps.

La voiture s'arrêta dans la cour de l'hôtel.

Villefort s'élança du marchepied sur le perron ; il vit les domestiques surpris de le voir revenir si vite. Il ne lut pas autre chose sur leur physionomie[1] ; nul ne lui adressa la parole ; on s'arrêta devant lui, comme d'habitude, pour le laisser passer : voilà tout.

[...]

Et il entra dans le petit salon où dans la soirée on dressait un lit pour Édouard ; car, quoique en pension, Édouard rentrait tous les soirs : sa mère n'avait jamais voulu se séparer de lui.

Il embrassa d'un coup d'œil tout le petit salon.

– Personne, dit-il ; elle est dans sa chambre à coucher sans doute.

Il s'élança vers la porte.

Là, le verrou était mis.

Il s'arrêta frissonnant.

– Héloïse ! cria-t-il.

Il lui sembla entendre remuer un meuble.

– Héloïse ! répéta-t-il.

– Qui est là ? demanda la voix de celle qu'il appelait.

Il lui sembla que cette voix était plus faible que de coutume.

– Ouvrez ! ouvrez ! s'écria Villefort, c'est moi !

Mais malgré cet ordre, malgré le ton d'angoisse avec lequel il était donné, on n'ouvrit pas.

1. **Physionomie** : expression de leur visage.

Villefort enfonça la porte d'un coup de pied.

À l'entrée de la chambre qui donnait dans son boudoir[1], madame de Villefort était debout, pâle, les traits contractés, et le regardant avec des yeux d'une fixité effrayante.

– Héloïse ! Héloïse ! dit-il, qu'avez-vous ? parlez !

La jeune femme étendit vers lui sa main roide[2] et livide.

– C'est fait, monsieur, dit-elle avec un râlement[3] qui sembla déchirer son gosier[4] ; que voulez-vous donc encore de plus ?

Et elle tomba de sa hauteur sur le tapis.

Villefort courut à elle, lui saisit la main. Cette main serrait convulsivement un flacon de cristal à bouchon d'or.

Madame de Villefort était morte.

Villefort, ivre d'horreur, recula jusqu'au seuil de la chambre et regarda le cadavre.

– Mon fils ! s'écria-il tout à coup ; où est mon fils ? Édouard ! Édouard !

Et il se précipita hors de l'appartement en criant : Édouard ! Édouard !

Ce nom était prononcé avec un tel accent d'angoisse, que les domestiques accoururent.

– Mon fils ! où est mon fils ? demanda Villefort. Qu'on l'éloigne de la maison, qu'il ne voie pas...

– Monsieur Édouard n'est point en bas, monsieur, répondit le valet de chambre.

– Il joue sans doute au jardin ; voyez ! voyez !

1. **Boudoir** : petit salon de dame.
2. **Roide** : raide.
3. **Râlement** : son émis par quelqu'un qui râle.
4. **Son gosier** : sa gorge.

– Non, monsieur. Madame a appelé son fils il y a une demi-heure à peu près ; M. Édouard est entré chez madame et n'est point descendu depuis.

Une sueur glacée inonda le front de Villefort, ses pieds trébuchèrent sur la dalle, ses idées commencèrent à tourner dans sa tête comme les rouages désordonnés d'une montre qui se brise.

– Chez madame ! murmura-t-il, chez madame ! Et il revint lentement sur ses pas, s'essuyant le front d'une main, s'appuyant de l'autre aux parois de la muraille.

En rentrant dans la chambre il fallait revoir le corps de la malheureuse femme.

Pour appeler Édouard, il fallait réveiller l'écho de cet appartement changé en cercueil : parler, c'était violer le silence de la tombe.

Villefort sentit sa langue paralysée dans sa gorge.

– Édouard, Édouard, balbutia-t-il.

L'enfant ne répondait pas : où donc était l'enfant qui, au dire des domestiques, était entré chez sa mère et n'en était pas sorti ?

Villefort fit un pas en avant.

Le cadavre de madame de Villefort était couché en travers de la porte du boudoir dans lequel se trouvait nécessairement Édouard ; ce cadavre semblait veiller sur le seuil avec des yeux fixes et ouverts, avec une épouvantable et mystérieuse ironie[1] sur les lèvres.

Derrière le cadavre, la portière[2] relevée laissait voir une partie du boudoir, un piano et le bout d'un divan de satin bleu.

Villefort fit trois ou quatre pas en avant, et sur le canapé il aperçut son enfant couché.

1. **Ironie** : expression moqueuse.
2. **Portière** : tenture destinée à masquer une *porte*.

L'enfant dormait sans doute.

Le malheureux eut un élan de joie indicible[1] ; un rayon de pure lumière descendit dans cet enfer où il se débattait. [...]

Il enleva l'enfant dans ses bras, le serrant, le secouant, l'appelant ; l'enfant ne répondit point. Il colla ses lèvres avides à ses joues, ses joues étaient livides[2] et glacées ; il palpa ses membres roidis ; il appuya sa main sur son cœur, son cœur ne battait plus.

L'enfant était mort.

Un papier plié en quatre tomba de la poitrine d'Édouard.

Villefort, foudroyé, se laissa aller sur ses genoux : l'enfant s'échappa de ses bras inertes[3] et roula du côté de sa mère.

Villefort ramassa le papier, reconnut l'écriture de sa femme et le parcourut avidement[4].

Voici ce qu'il contenait :

« Vous savez si j'étais bonne mère, puisque c'est pour mon fils que je me suis faite criminelle !

Une bonne mère ne part pas sans son fils ! »

Villefort ne pouvait en croire ses yeux ; Villefort ne pouvait en croire sa raison. Il se traîna vers le corps d'Édouard, qu'il examina encore une fois avec cette attention minutieuse que met la lionne à regarder son lionceau mort.

Puis un cri déchirant s'échappa de sa poitrine.

– Dieu ! murmura-t-il, toujours Dieu !

Ces deux victimes l'épouvantaient, il sentait monter en lui l'horreur de cette solitude peuplée de deux cadavres.

1. **Indicible** : impossible à décrire.
2. **Livides** : très pâles.
3. **Inertes** : sans mouvement, sans énergie.
4. **Avidement** : rapidement mais avec attention.

[...]

Il descendit l'escalier que nous connaissons et entra chez Noirtier.

Quand Villefort entra, Noirtier paraissait attentif à écouter, aussi affectueusement que le permettait son immobilité, l'abbé Busoni, toujours aussi calme et aussi froid que de coutume.

Villefort, en apercevant l'abbé, porta la main à son front. Le passé lui revint comme une de ces vagues dont la colère soulève plus d'écume que les autres vagues.

Il se souvint de la visite qu'il avait faite à l'abbé le surlendemain du dîner d'Auteuil● et de la visite que lui avait faite l'abbé à lui-même le jour de la mort de Valentine.

– Vous ici, monsieur ! dit-il ; mais vous n'apparaissez donc jamais que pour escorter la Mort ?

Busoni se redressa ; en voyant l'altération du visage du magistrat, l'éclat farouche[1] de ses yeux, il comprit ou crut comprendre que la scène des assises était accomplie ; il ignorait le reste.

– J'y suis venu pour prier sur le corps de votre fille ! répondit Busoni.

– Et aujourd'hui, qu'y venez-vous faire ?

– Je viens vous dire que vous m'avez assez payé votre dette ; et qu'à partir de ce moment, je vais prier Dieu qu'il se contente comme moi.

– Mon Dieu ! fit Villefort en reculant, l'épouvante sur le front, cette voix, ce n'est pas celle de l'abbé Busoni !

1. **Farouche** : sauvage.

● **Villefort a rencontré l'abbé Busoni deux jours après le dîner d'Auteuil, pour en apprendre davantage sur Monte-Cristo qui a éveillé ses soupçons.**

– Non.

L'abbé arracha sa fausse tonsure, secoua la tête, et ses longs cheveux noirs, cessant d'être comprimés, retombèrent sur ses épaules et encadrèrent son mâle visage.

– C'est le visage de M. de Monte-Cristo ! s'écria Villefort les yeux hagards[1].

– Ce n'est pas encore cela, monsieur le procureur du roi, cherchez mieux et plus loin.

– Cette voix ! Cette voix ! où l'ai-je entendue pour la première fois ?

– Vous l'avez entendue pour la première fois à Marseille, il y a vingt-trois ans, le jour de votre mariage avec mademoiselle de Saint-Méran●. Cherchez dans vos dossiers.

– Vous n'êtes pas Busoni ? vous n'êtes pas Monte-Cristo ? Mon Dieu, vous êtes cet ennemi caché, implacable[2], mortel ! J'ai fait quelque chose contre vous à Marseille, oh ! malheur à moi !

– Oui, tu as raison, c'est bien cela, dit le comte en croisant les bras sur sa large poitrine ; cherche, cherche !

– Mais que t'ai-je donc fait ? s'écria Villefort, dont l'esprit flottait déjà sur la limite où se confondent la raison et la démence[3], dans ce brouillard qui n'est plus le rêve et qui n'est pas encore le réveil ; que t'ai-je fait ? dis ! parle !

– Vous m'avez condamné à une mort lente et hideuse[4], vous avez tué mon père, vous m'avez ôté l'amour avec la liberté, et la fortune avec l'amour !

– Qui êtes-vous ? qui êtes-vous donc ? mon Dieu !

1. **Hagards** : agrandis par la stupéfaction.
2. **Implacable** : sans pitié.
3. **Démence** : folie.
4. **Hideuse** : affreuse.

● **C'est le même jour que Dantès et Villefort devaient épouser leurs promises.**

– Je suis le spectre d'un malheureux que vous avez enseveli dans les cachots du château d'If. À ce spectre sorti enfin de sa tombe Dieu a mis le masque du comte de Monte-Cristo, et il l'a couvert de diamants et d'or pour que vous le reconnaissiez qu'aujourd'hui.

– Ah ! je te reconnais, je te reconnais ! dit le procureur du roi ; tu es...

– Je suis Edmond Dantès !

– Tu es Edmond Dantès ! s'écria le procureur du roi en saisissant le comte par le poignet ; alors, viens !

Et il l'entraîna par l'escalier, dans lequel Monte-Cristo, étonné, le suivit, ignorant lui même où le procureur du roi le conduisait, et pressentant quelque nouvelle catastrophe.

– Tiens ! Edmond Dantès, dit-il en montrant au comte le cadavre de sa femme et le corps de son fils, tiens ! regarde, es-tu bien vengé ?...

Monte-Cristo pâlit à cet effroyable spectacle ; il comprit qu'il venait d'outrepasser les droits de la vengeance ; il comprit qu'il ne pouvait plus dire :

« – Dieu est pour moi et avec moi. »

Il se jeta avec un sentiment d'angoisse inexprimable sur le corps de l'enfant, rouvrit ses yeux, tâta le pouls, et s'élança avec lui dans la chambre de Valentine, qu'il referma à double tour...

[...]

Un quart d'heure après, la chambre de Valentine se rouvrit, et le comte de Monte-Cristo reparut.

Pâle, l'œil morne[1], la poitrine oppressée[2], tous les traits de cette figure ordinairement si calme et si noble étaient bouleversés par la douleur.

1. **Morne** : triste, sans éclat.
2. **Oppressée** : qui étouffe.

Il tenait dans ses bras l'enfant, auquel aucun secours n'avait pu rendre la vie.

Il mit un genou en terre et le déposa religieusement près de sa mère, la tête posée sur sa poitrine.

Puis, se relevant, il sortit, et rencontrant un domestique sur l'escalier :

– Où est M. de Villefort ? demanda-t-il.

Le domestique, sans lui répondre, étendit la main du côté du jardin.

Monte-Cristo descendit le perron, s'avança vers l'endroit désigné, et vit, au milieu de ses serviteurs faisant cercle autour de lui, Villefort une bêche à la main, et fouillant la terre avec une espèce de rage.

– Ce n'est pas encore ici, disait-il, ce n'est pas encore ici● !

Et il fouillait plus loin.

Monte-Cristo s'approcha de lui, et tout bas :

– Monsieur, lui dit-il d'un ton presque humble, vous avez perdu un fils ; mais...

Villefort l'interrompit ; il n'avait ni écouté ni entendu.

– Oh ! je le retrouverai, dit-il ; vous avez beau prétendre qu'il n'y est pas, je le retrouverai, dussé-je le chercher jusqu'au jour du dernier jugement.

Monte-Cristo recula avec terreur.

– Oh ! dit-il, il est fou !

● Villefort fait une confusion entre ses deux fils : Benedetto, qu'il a enterré vivant (mais que Bertuccio a sauvé), et Édouard, qui vient de succomber au poison. Villefort avait déjà creusé le jardin de la maison d'Auteuil mais n'avait pas retrouvé le corps de Benedetto.

Et, comme s'il eût craint que les murs de la maison maudite ne s'écroulassent sur lui, il s'élança dans la rue, doutant pour la première fois qu'il eût le droit de faire ce qu'il avait fait.

– Oh ! assez, assez comme cela, dit-il, sauvons le dernier.

En rentrant chez lui, Monte-Cristo rencontra Morrel, qui errait dans l'hôtel des Champs-Élysées[1], silencieux comme une ombre qui attend le moment fixé par Dieu pour rentrer dans son tombeau.

– Apprêtez-vous, Maximilien, lui dit-il avec un sourire, nous quittons Paris demain.

– N'avez-vous plus rien à y faire ? demanda Morrel.

– Non, répondit Monte-Cristo, et Dieu veuille que je n'y aie pas trop fait !

Extraits du chapitre CXI, « Expiation »

1. Il s'agit de l'hôtel particulier de Monte-Cristo sur l'avenue des Champs-Élysées.

31. L'adieu à Mercédès

Monte-Cristo et Maximilien quittent Paris pour Marseille où se trouve aussi Mercédès, qui s'est installée dans la maison du père Dantès, que Monte-Cristo a mise à sa disposition. Albert s'engage chez les spahis (armée coloniale).

[...]

Un navire partait pour Alger ; les colis, les passagers entassés sur le pont, la foule des parents, des amis qui disaient adieu, qui criaient et pleuraient, spectacle toujours émouvant, même pour ceux qui assistent tous les jours à ce spectacle, ce mouvement ne put distraire Maximilien d'une idée qui l'avait saisi du moment où il avait posé le pied sur les larges dalles du quai.

– Tenez, dit-il, prenant le bras de Monte-Cristo, voici l'endroit où s'arrêta mon père quand le *Pharaon* entra dans le port ; ici le brave homme que vous sauviez de la mort et du déshonneur se jeta dans mes bras ; je sens encore l'impression de ses larmes sur mon visage, et il ne pleurait pas seul, bien des gens aussi pleuraient en nous voyant.

Monte-Cristo sourit.

– J'étais là, dit-il en montrant à Morrel l'angle d'une rue.

Comme il disait cela, et dans la direction qu'indiquait le comte, on entendit un gémissement douloureux, et l'on vit une femme qui faisait signe à un passager du navire en partance. Cette femme était voilée ; Monte-Cristo la suivit des yeux avec une émotion que Morrel eût facilement remarquée, si, tout au contraire du comte, ses yeux à lui n'eussent été fixés sur le bâtiment.

– Oh ! mon Dieu ! s'écria Morrel, je ne me trompe pas ! ce jeune homme qui salue avec son chapeau, ce jeune homme en uniforme, c'est Albert de Morcerf !

– Oui, dit Monte-Cristo, je l'avais reconnu.

– Comment cela ? vous regardiez du côté opposé.

Le comte sourit, comme il faisait quand il ne voulait pas répondre.

Et ses yeux se reportèrent sur la femme voilée, qui disparut au coin de la rue.

Alors il se retourna.

– Cher ami, dit-il à Maximilien, n'avez-vous point quelque chose à faire dans ce pays ?

– J'ai à pleurer sur la tombe de mon père, répondit sourdement[1] Morrel.

– C'est bien, allez et attendez-moi là-bas ; je vous y rejoindrai.

– Vous me quittez ?

– Oui... moi aussi, j'ai une pieuse[2] visite à faire.

Morrel laissa tomber sa main dans la main que lui tendait le comte ; puis, avec un mouvement de tête dont il serait impossible d'exprimer la mélancolie, il quitta le comte et se dirigea vers l'est de la ville.

Monte-Cristo laissa s'éloigner Maximilien, demeurant au même endroit jusqu'à ce qu'il eût disparu, puis alors il s'achemina vers les Allées de Meilhan, afin de retrouver la petite maison que les commencements de cette histoire ont dû rendre familière à nos lecteurs.

[...]

1. **Sourdement** : d'une voix *sourde*, étouffée.
2. **Pieuse** : pleine d'un respect affectueux.

Cette maison, toute charmante malgré sa vétusté[1], toute joyeuse malgré son apparente misère, était bien la même qu'habitait autrefois le père Dantès. Seulement le vieillard habitait la mansarde[2], et le comte avait mis la maison tout entière à la disposition de Mercédès.

Ce fut là qu'entra cette femme au long voile que Monte-Cristo avait vue s'éloigner du navire en partance ; elle en fermait la porte au moment même où il apparaissait à l'angle d'une rue, de sorte qu'il la vit disparaître presque aussitôt qu'il la retrouva.

[...]

Arrivé sur le seuil, Monte-Cristo entendit un soupir qui ressemblait à un sanglot : ce soupir guida son regard, et sous un berceau de jasmin de Virginie[3] au feuillage épais et aux longues fleurs de pourpre, il aperçut Mercédès assise, inclinée et pleurant.

Elle avait relevé son voile, et seule à la face du ciel, le visage caché par ses deux mains, elle donnait librement l'essor à ses soupirs et à ses sanglots, si longtemps contenus par la présence de son fils.

Monte-Cristo fit quelques pas en avant ; le sable cria sous ses pieds.

Mercédès releva la tête et poussa un cri d'effroi en voyant un homme devant elle.

– Madame, dit le comte, il n'est plus en mon pouvoir de vous apporter le bonheur, mais je vous offre la consolation : daignerez-vous l'accepter comme vous venant d'un ami ?

– Je suis, en effet, bien malheureuse, répondit Mercédès ; seule au monde... Je n'avais que mon fils, et il m'a quittée.

1. **Vétusté** : la maison est *vétuste*, c'est-à-dire vieille et délabrée.
2. **Mansarde** : chambre sous les toits.
3. **Jasmin de Virginie** : plante grimpante aux fleurs de couleur rouge ou orange.

– Il a bien fait, madame, répliqua le comte, et c'est un noble cœur. Il a compris que tout homme doit un tribut[1] à la patrie : les uns leurs talents, les autres leur industrie[2] ; ceux-ci leurs veilles[3], ceux-là leur sang. En restant avec vous, il eût usé près de vous sa vie devenue inutile, il n'aurait pu s'accoutumer à vos douleurs. Il serait devenu haineux par impuissance : il deviendra grand et fort en luttant contre son adversité qu'il changera en fortune[4]. Laissez-le reconstituer votre avenir à vous deux, madame ; j'ose vous promettre qu'il est en de sûres mains.

– Oh ! dit la pauvre femme en secouant tristement la tête, cette fortune dont vous parlez, et que du fond de mon âme je prie Dieu de lui accorder, je n'en jouirai pas, moi. Tant de choses se sont brisées en moi et autour de moi, que je me sens près de ma tombe. Vous avez bien fait, monsieur le comte, de me rapprocher de l'endroit où j'ai été si heureuse : c'est là où l'on a été heureux que l'on doit mourir.

– Hélas ! dit Monte-Cristo, toutes vos paroles, madame, tombent amères et brûlantes sur mon cœur, d'autant plus amères et plus brûlantes que vous avez raison de me haïr ; c'est moi qui ai causé tous vos maux[5] : que ne me plaignez-vous au lieu de m'accuser[6] ? vous me rendriez bien plus malheureux encore...

– Vous haïr, vous accuser, vous, Edmond... Haïr, accuser l'homme qui a sauvé la vie de mon fils, car c'était votre intention fatale et sanglante, n'est-ce pas, de tuer à monsieur de Morcerf

1. **Tribut** : contribution.
2. **Industrie** : talent, savoir-faire.
3. **Veilles** : nuits passées à veiller.
4. **Fortune** : destinée heureuse.
5. **Maux** : malheurs.
6. **Que ne me plaignez-vous au lieu de m'accuser** : plaignez-moi au lieu de m'accuser.

ce fils dont il était fier ? Oh ! regardez-moi, et vous verrez s'il y a en moi l'apparence d'un reproche.

[...]

Monte-Cristo fit un pas vers elle et silencieusement lui tendit la main.

– Non, dit-elle en retirant doucement la sienne, non, mon ami, ne me touchez pas. Vous m'avez épargnée, et cependant de tous ceux que vous avez frappés, j'étais la plus coupable. Tous les autres ont agi par haine, par cupidité[1], par égoïsme ; moi, j'ai agi par lâcheté. Eux désiraient, moi, j'ai eu peur. Non, ne pressez pas ma main. Edmond, vous méditez[2] quelque parole affectueuse, je le sens, ne la dites pas : gardez-la pour une autre, je n'en suis plus digne, moi. Voyez... (elle découvrit tout à fait son visage), voyez, le malheur a fait mes cheveux gris ; mes yeux ont tant versé de larmes qu'ils sont cerclés de veines violettes ; mon front se ride. Vous, au contraire, Edmond, vous êtes toujours jeune, toujours beau, toujours fier. C'est que vous avez eu la foi, vous ; c'est que vous avez eu la force ; c'est que vous vous êtes reposé en Dieu, et que Dieu vous a soutenu. Moi, j'ai été lâche, moi, j'ai renié ; Dieu m'a abandonnée, et me voilà.

Mercédès fondit en larmes ; le cœur de la femme se brisait au choc des souvenirs.

Monte-Cristo prit sa main et la baisa respectueusement ; mais elle sentit elle-même que ce baiser était sans ardeur, comme celui que le comte eût déposé sur la main de marbre de la statue d'une sainte.

[...]

1. **Cupidité** : goût immodéré pour l'argent.
2. **Méditez** : pensez à.

Monte-Cristo redevient Edmond Dantès face à Mercédès. Ornella Muti (Mercédès) et Gérard Depardieu (Edmond Dantès) dans *Le Comte de Monte-Cristo*, de Josée Dayan, 1998.

– Non, Mercédès, dit Monte-Cristo, non ; reprenez meilleure opinion de vous-même. Non ; vous êtes une noble et sainte femme, et vous m'aviez désarmé par votre douleur ; mais, derrière moi, invisible, inconnu, irrité, il y avait Dieu, dont je n'étais que le mandataire[1] et qui n'a pas voulu retenir la foudre que j'avais lancée. Oh ! j'adjure[2] ce Dieu, aux pieds duquel depuis dix ans je me prosterne chaque jour, j'atteste ce Dieu que je vous avais fait le sacrifice de ma vie, et avec ma vie celui des projets qui y étaient enchaînés.

1. **Mandataire** : personne chargée par une autre d'accomplir une mission.
2. **J'adjure** : je supplie.

[...]

– Assez ! dit Mercédès, assez, Edmond ! croyez que celle qui a pu seule vous reconnaître a pu seule aussi vous comprendre. [...] Comme il y a un abîme[1] entre moi et le passé, il y a un abîme entre vous et les autres hommes, et ma plus douloureuse torture, je vous le dis, c'est de comparer ; car il n'y a rien au monde qui vous vaille, rien qui vous ressemble. Maintenant, dites-moi adieu, Edmond, et séparons-nous.

– Avant que je vous quitte, que désirez-vous, Mercédès ? demanda Monte-Cristo.

– Je ne désire qu'une chose, Edmond, que mon fils soit heureux.

– Priez le Seigneur, qui seul tient l'existence des hommes entre ses mains, d'écarter la mort de lui, moi, je me charge du reste.

– Merci, Edmond.

– Mais vous, Mercédès ?

– Moi, je n'ai besoin de rien, je vis entre deux tombes : l'une est celle d'Edmond Dantès, mort il y a si longtemps ; je l'aimais ! Ce mot ne sied[2] plus à ma lèvre flétrie[3], mais mon cœur se souvient encore, et pour rien au monde je ne voudrais perdre cette mémoire du cœur. L'autre est celle d'un homme qu'Edmond Dantès a tué ; j'approuve le meurtre, mais je dois prier pour le mort.

– Votre fils sera heureux, madame, répéta le comte.

– Alors je serai aussi heureuse que je puis l'être.

[...]

Extraits du chapitre CXII, « Le départ »

1. **Abîme** : gouffre.
2. **Sied** : convient.
3. **Flétrie** : fanée, vieillie.

32. Retour sur l'île du château d'If

Monte-Cristo, assailli de doutes après la mort du petit Édouard, se rend dans son ancienne prison sur l'île du château d'If.

[...] Le ciel se voila de crêpes funèbres, et l'apparition du noir géant qu'on appelle le château d'If le fit tressaillir[1], comme si lui fût apparu tout à coup le fantôme d'un ennemi mortel.

On arriva.

Instinctivement le comte se recula jusqu'à l'extrémité de la barque. Le patron avait beau lui dire de sa voix la plus caressante :

– Nous abordons, monsieur.

Monte-Cristo se rappela qu'à ce même endroit, sur ce même rocher, il avait été violemment traîné par ses gardes, et qu'on l'avait forcé de monter cette rampe[2] en lui piquant les reins avec la pointe d'une baïonnette[3].

La route avait autrefois semblé bien longue à Dantès. Monte-Cristo l'avait trouvée bien courte ; chaque coup de rame avait fait jaillir avec la poussière humide de la mer un million de pensées et de souvenirs.

Depuis la révolution de Juillet, il n'y avait plus de prisonniers au château d'If ; un poste destiné à empêcher de faire la

1. **Tressaillir** : sursauter.
2. **Rampe** : escalier.
3. **Baïonnette** : lame effilée qui s'adapte au bout d'un fusil.

Le crêpe est une étoffe noire que l'on porte en signe de deuil. La métaphore « crêpes funèbres » suggère l'assombrissement du ciel.

Lors des Trois Glorieuses, insurrection des 28, 29 et 30 juillet 1830, Charles X est renversé par le peuple ; Louis-Philippe lui succède et instaure une monarchie libérale (voir p. 9).

contrebande habitait seul ses corps de garde[1] ; un concierge attendait les curieux à la porte pour leur montrer ce monument de terreur, devenu un monument de curiosité.

[...]

On le conduisit dans son propre cachot.

Il revit le jour blafard[2] filtrant par l'étroit soupirail ; il revit la place où était le lit, enlevé depuis, et, derrière le lit, quoique bouchée, mais visible encore par ses pierres plus neuves, l'ouverture percée par l'abbé Faria.

Monte-Cristo sentit ses jambes faiblir ; il prit un escabeau de bois et s'assit dessus.

– Conte-t-on quelques histoires sur ce château autres que celle de l'emprisonnement de Mirabeau ? demanda le comte ; y a-t-il quelque tradition sur ces lugubres[3] demeures, où l'on hésite à croire que des hommes aient jamais enfermé un homme vivant ?

– Oui, monsieur, dit le concierge, et sur ce cachot même le guichetier Antoine m'en a transmis une.

Monte-Cristo tressaillit[4]. Ce guichetier Antoine était son guichetier. Il avait à peu près oublié son nom et son visage ; mais, à son nom prononcé, il le revit tel qu'il était, avec sa figure cerclée de barbe, sa veste brune et son trousseau de clefs, dont il lui semblait encore entendre le tintement.

Le comte se retourna et crut le voir dans l'ombre du corridor, rendue plus épaisse par la lumière de la torche qui brûlait aux mains du concierge.

1. **Corps de garde** : désigne à la fois le lieu et ses occupants.
2. **Blafard** : d'un blanc terne.
3. **Lugubres** : sombres et effrayantes.
4. **Tressaillit** : sursauta.

Le comte de Mirabeau (1749-1791), grand orateur acquis aux idées révolutionnaires, est élu député du tiers état aux états généraux en 1789. Il fut enfermé au château d'If en 1774, sur ordre de son père.

– Monsieur veut-il que je la lui raconte ? demanda le concierge.

– Oui, fit Monte-Cristo, dites.

Et il mit sa main sur sa poitrine pour comprimer un violent battement de cœur, effrayé d'entendre raconter sa propre histoire.

– Dites, répéta-t-il.

– Ce cachot, reprit le concierge, était habité par un prisonnier, il y a longtemps de cela, un homme fort dangereux, à ce qu'il paraît, et d'autant plus dangereux qu'il était plein d'industrie[1]. Un autre homme habitait ce château en même temps que lui ; celui-là n'était pas méchant ; c'était un pauvre prêtre qui était fou.

– Ah ! oui, fou, répéta Monte-Cristo ; et quelle était sa folie ?

– Il offrait des millions si on voulait lui rendre la liberté.

Monte-Cristo leva les yeux au ciel, mais il ne vit pas le ciel : il y avait un voile de pierre entre lui et le firmament. Il songea qu'il y avait eu un voile non moins épais entre les yeux de ceux à qui l'abbé Faria offrait des trésors et ces trésors qu'il leur offrait.

– Les prisonniers pouvaient-ils se voir ? demanda Monte-Cristo.

– Oh ! non, monsieur, c'était expressément défendu ; mais ils éludèrent[2] la défense en perçant une galerie qui allait d'un cachot à l'autre.

– Et lequel des deux perça cette galerie ?

– Oh ! ce fut le jeune homme, bien certainement, dit le concierge ; le jeune homme était industrieux[3] et fort, tandis que le pauvre abbé était vieux et faible ; d'ailleurs il avait l'esprit trop vacillant[4] pour suivre une idée.

– Aveugles !... murmura Monte-Cristo.

1. **Industrie** : habileté.
2. **Éludèrent** : contournèrent.
3. **Industrieux** : adroit et actif.
4. **Vacillant** : instable, dérangé.

– Tant il y a, continua le concierge, que le jeune perça donc une galerie ; avec quoi ? l'on n'en sait rien ; mais il la perça, et la preuve, c'est qu'on en voit encore la trace ; tenez, la voyez-vous ?

Et il approcha sa torche de la muraille.

– Ah ! oui, vraiment, fit le comte d'une voix assourdie par l'émotion.

– Il en résulta que les deux prisonniers communiquèrent ensemble. Combien de temps dura cette communication ? on n'en sait rien. Or, un jour le vieux prisonnier tomba malade et mourut. Devinez ce que fit le jeune ? fit le concierge en s'interrompant.

– Dites.

– Il emporta le défunt, qu'il coucha dans son propre lit, le nez tourné à la muraille, puis il revint dans le cachot vide, boucha le trou, et se glissa dans le sac du mort. Avez-vous jamais vu une idée pareille ?

Monte-Cristo ferma les yeux et se sentit repasser par toutes les impressions qu'il avait éprouvées lorsque cette toile grossière, encore empreinte de ce froid que le cadavre lui avait communiqué, lui avait frotté le visage.

[...]

– Et le prisonnier, demanda-t-il, on n'en a jamais entendu parler ?

– Jamais, au grand jamais ; vous comprenez, de deux choses l'une, ou il est tombé à plat, et, comme il tombait d'une cinquantaine de pieds, il se sera tué sur le coup.

– Vous avez dit qu'on lui avait attaché un boulet aux pieds : il sera tombé debout.

– Ou il est tombé debout, reprit le concierge, et alors le poids du boulet l'aura entraîné au fond, où il est resté, pauvre cher homme !

– Vous le plaignez ?

– Ma foi, oui, quoiqu'il fût dans son élément.

– Que voulez-vous dire ?

– Qu'il y avait un bruit qui courait que ce malheureux était, dans son temps, un officier de marine détenu pour bonapartisme[1].

« Vérité ! murmura le comte, Dieu t'a faite pour surnager[2] au-dessus des flots et des flammes. Ainsi le pauvre marin vit dans le souvenir de quelques conteurs ; on récite sa terrible histoire au coin du foyer et l'on frissonne au moment où il fendit l'espace pour s'engloutir dans la profonde mer. »

– On n'a jamais su son nom ? demanda tout haut le comte.

– Ah ! bien oui, dit le gardien, comment ? il n'était connu que sous le nom du numéro 34.

– Villefort, Villefort ! murmura Monte-Cristo, voilà ce que bien des fois tu as dû te dire quand mon spectre importunait tes insomnies[3].

– Monsieur veut-il continuer la visite ? demanda le concierge.

– Oui, surtout si vous voulez me montrer la chambre du pauvre abbé.

– Ah ! du numéro 27 ?

– Oui, du numéro 27, répéta Monte-Cristo.

Et il lui sembla encore entendre la voix de l'abbé Faria lorsqu'il lui avait demandé son nom, et que celui-ci avait crié ce numéro à travers la muraille.

– Venez.

1. **Bonapartisme** : attachement à Napoléon Bonaparte, alors déchu de son titre d'empereur et exilé sur l'île d'Elbe.
2. **Surnager** : nager au-dessus, survivre.
3. **Importunait tes insomnies** : te dérangeait quand tu ne pouvais pas dormir.

– Attendez, dit Monte-Cristo, que je jette un dernier regard sur toutes les faces de ce cachot.

– Cela tombe bien, dit le guide, j'ai oublié la clef de l'autre.

– Allez la chercher.

[...]

Le guide s'éloigna emportant la torche.

[...]

Alors il regarda tout autour de lui, alors il reconnut bien réellement son cachot.

– Oui, dit-il, voilà la pierre sur laquelle je m'asseyais ! voilà la trace de mes épaules qui ont creusé leur empreinte dans la muraille ! voilà la trace du sang qui a coulé de mon front, un jour que j'ai voulu me briser le front contre la muraille... Oh ! ces chiffres... je me les rappelle... je les fis un jour que je calculais l'âge de mon père pour savoir si je le retrouverais vivant, et l'âge de Mercédès pour savoir si je la retrouverais libre... J'eus un instant d'espoir après avoir achevé ce calcul... Je comptais sans la faim et sans l'infidélité !

Et un rire amer s'échappa de la bouche du comte. Il venait de voir, comme dans un rêve, son père conduit à la tombe... Mercédès marchant à l'autel[1] !

Sur l'autre paroi de la muraille, une inscription frappa sa vue. Elle se détachait, blanche encore, sur le mur verdâtre :

« Mon Dieu ! lut Monte-Cristo, conservez-moi la mémoire ! »

– Oh ! oui, s'écria-t-il, voilà la seule prière de mes derniers temps. Je ne demandais plus la liberté, je demandais la mémoire, je craignais de devenir fou et d'oublier ; mon Dieu ! vous m'avez conservé la mémoire, et je me suis souvenu. Merci, merci, mon Dieu !

1. **Autel** : table où l'on célèbre la messe ; **marcher à l'autel** : se marier.

En ce moment, la lumière de la torche miroita sur les murailles ; c'était le guide qui descendait.

Monte-Cristo alla au-devant de lui.

– Suivez-moi, dit-il ; et, sans avoir besoin de remonter vers le jour, il lui fit suivre un corridor souterrain qui le conduisit à une autre entrée.

Là encore Monte-Cristo fut assailli par un monde de pensées.

Seul, le comte se recueille pendant que le guide va lui chercher un objet trouvé dans la cellule de l'abbé Faria.

– Tenez, monsieur ! dit une voix derrière lui.

Monte-Cristo tressaillit et se retourna.

Le concierge lui tendait ces bandes de toile sur lesquelles l'abbé Faria avait épanché[1] tous les trésors de sa science. Ce manuscrit, c'était le grand ouvrage de l'abbé Faria sur la royauté en Italie.

Le comte s'en empara avec empressement, et ses yeux tout d'abord tombant sur l'épigraphe[2], il lut :

« *Tu arracheras les dents du dragon, et tu fouleras aux pieds les lions, a dit le seigneur.* »

– Ah ! s'écria-t-il, voilà la réponse ! merci, mon père, merci !

En tirant de sa poche un petit portefeuille, qui contenait dix billets de banque de mille francs chacun :

– Tiens, dit-il, prends ce portefeuille.

– Vous me le donnez ?

1. **Épanché** : écrit.
2. **Épigraphe** : citation placée en tête d'un livre, d'un chapitre.

– Oui, mais à la condition que tu ne regarderas dedans que lorsque je serai parti.

Et, plaçant sur sa poitrine la relique[1] qu'il venait de retrouver et qui pour lui avait le prix du plus riche trésor, il s'élança hors du souterrain, et remontant dans la barque :

– À Marseille ! dit-il.

Puis, en s'éloignant, les yeux fixés sur la sombre prison :

– Malheur, dit-il, à ceux qui m'ont fait enfermer dans cette sombre prison, et à ceux qui ont oublié que j'y étais enfermé !

En repassant devant les Catalans, le comte se détourna, et, s'enveloppant la tête dans son manteau, il murmura le nom d'une femme.

La victoire était complète ; le comte avait deux fois terrassé le doute.

Ce nom qu'il prononçait avec une expression de tendresse qui était presque de l'amour, c'était le nom d'Haydée.

[...]

Extraits du chapitre CXIII, « Le passé »

1. **Relique** : reste du corps d'un saint qui fait l'objet d'un culte ; par extension, objet auquel on attache un grand prix en raison de son appartenance à un passé cher.

33. En Italie

Danglars est ruiné, sa fille s'est enfuie pour vivre librement et il a abandonné à elle-même son épouse infidèle. Cependant, l'ancien banquier détourne une grosse somme destinée à des hospices[1] *et fuit en Italie. Là, il est capturé par Luigi Vampa, brigand allié à Monte-Cristo.*

À tout sommeil qui n'est pas celui que redoutait Danglars, il y a un réveil.

Danglars se réveilla.

Pour un Parisien habitué aux rideaux de soie, aux parois veloutées des murailles, au parfum qui monte du bois blanchissant dans la cheminée et qui descend des voûtes de satin, le réveil dans une grotte de pierre crayeuse[2] doit être comme un rêve de mauvais aloi[3].

[...]

– Oui, oui, murmura-t-il, je suis aux mains des bandits dont nous a parlé Albert de Morcerf.

Son premier mouvement fut de respirer, afin de s'assurer qu'il n'était pas blessé : c'était un moyen qu'il avait trouvé dans *Don Quichotte*[4], le seul livre, non pas qu'il eût lu, mais dont il eût retenu quelque chose.

1. **Hospices** : lieux d'accueil pour les pauvres ou les malades.
2. **Crayeuse** : qui a l'aspect de la craie.
3. **Rêve de mauvais aloi** : rêve qui tourne au cauchemar.
4. ***Don Quichotte*** : roman de l'écrivain espagnol Cervantès (1605-1615).

– Non, dit-il, ils ne m'ont tué ni blessé, mais ils m'ont volé peut-être ?

Et il porta vivement ses mains à ses poches. Elles étaient intactes : les cent louis qu'il s'était réservés pour faire son voyage de Rome à Venise étaient bien dans la poche de son pantalon, et le portefeuille dans lequel se trouvait la lettre de crédit de cinq millions cinquante mille francs était bien dans la poche de sa redingote.

– Singuliers bandits, se dit-il, qui m'ont laissé ma bourse et mon portefeuille ! Comme je le disais hier en me couchant, ils vont me mettre à rançon[1].

[...]

Danglars n'a rien eu à manger de la journée, mais il ne peut rien demander à ses gardiens car ceux-ci ne parlent pas français. Jusqu'à l'arrivée de Peppino...

– Pardon, monsieur, dit-il, mais est-ce que l'on ne me donnera pas à dîner, à moi aussi ?

– Comment donc ! s'écria Peppino, Votre Excellence aurait-elle faim, par hasard ?

– Par hasard est charmant, murmura Danglars ; il y a juste vingt-quatre heures que je n'ai mangé.

Mais oui, monsieur, ajouta-t-il en haussant la voix, j'ai faim, et même assez faim.

– Et Votre Excellence veut manger ?

– À l'instant même, si c'est possible.

1. **Me mettre à rançon** : demander une rançon pour moi.

– Rien de plus aisé[1], dit Peppino ; ici l'on se procure tout ce que l'on désire, en payant, bien entendu, comme cela se fait chez tous les honnêtes chrétiens.

[...]

– Eh bien, un poulet, un poisson, du gibier, n'importe quoi, pourvu que je mange.

– Comme il plaira à Votre Excellence ; nous disons un poulet, n'est-ce pas ?

– Oui, un poulet.

Peppino, se redressant, cria de tous ses poumons :

– Un poulet pour Son Excellence !

La voix de Peppino vibrait encore sous les voûtes, que déjà paraissait un jeune homme, beau, svelte[2], et à moitié nu comme les porteurs de boissons antiques ; il apportait le poulet sur un plat d'argent, et le poulet tenait seul sur sa tête.

– On se croirait au *Café de Paris*, murmura Danglars.

– Voilà, Excellence ! dit Peppino en prenant le poulet des mains du jeune bandit et en le posant sur une table vermoulue[3] qui faisait, avec un escabeau et le lit de peaux de bouc, la totalité de l'ameublement de la cellule.

Danglars demanda un couteau et une fourchette.

– Voilà ! Excellence, dit Peppino en offrant un petit couteau à la pointe émoussée[4] et une fourchette de buis[5].

Danglars prit le couteau d'une main, la fourchette de l'autre, et se mit en devoir de découper la volaille.

1. **Aisé** : facile.
2. **Svelte** : mince.
3. **Vermoulue** : rongée par les vers.
4. **Émoussée** : arrondie par l'usure.
5. **Buis** : arbuste au bois très dur utilisé pour la sculpture.

– Pardon, Excellence ! dit Peppino en posant une main sur l'épaule du banquier ; ici on paie avant de manger ; on pourrait n'être pas content en sortant...

– Ah ! ah ! fit Danglars, ce n'est plus comme à Paris, sans compter qu'ils vont m'écorcher[1] probablement ; mais faisons les choses grandement. Voyons, j'ai toujours entendu parler du bon marché de la vie en Italie ; un poulet doit valoir douze sous à Rome.

Voilà, dit-il, et il jeta un louis[2] à Peppino. Peppino ramassa le louis, Danglars approcha le couteau du poulet.

– Un moment, Excellence, dit Peppino en se relevant ; un moment, Votre Excellence me redoit encore quelque chose.

– Quand je disais qu'ils m'écorcheraient ! murmura Danglars.

Puis, résolu de prendre son parti de cette extorsion[3] :

– Voyons, combien vous redoit-on pour cette volaille étique[4] ? demanda-t-il.

– Votre Excellence a donné un louis d'acompte[5].

– Un louis d'acompte sur un poulet ?

– Sans doute, d'acompte.

– Bien... Allez ! allez !

– Ce n'est plus que quatre mille neuf cent quatre vingt dix-neuf louis que Votre Excellence me redoit.

Danglars ouvrit des yeux énormes à l'énoncé de cette gigantesque plaisanterie.

– Ah ! très drôle ! murmura-t-il, en vérité.

1. **M'écorcher** : me demander un prix astronomique.
2. **Louis** : pièce d'or.
3. **Extorsion** : fait d'obtenir quelque chose par la ruse ou par la force.
4. **Étique** : maigre.
5. **Acompte** : avance faite sur le paiement.

Et il voulut se remettre à découper le poulet ; mais Peppino lui arrêta la main droite avec la main gauche et tendit son autre main.

– Allons, dit-il.

– Quoi ! vous ne riez point ? dit Danglars.

– Nous ne rions jamais, Excellence, reprit Peppino, sérieux comme un quaker[1].

– Comment, cent mille francs ce poulet !

– Excellence, c'est incroyable comme on a de la peine à élever la volaille dans ces maudites grottes.

– Allons ! allons ! dit Danglars, je trouve cela très bouffon[2], très divertissant, en vérité ; mais comme j'ai faim, laissez-moi manger. Tenez, voilà un autre louis pour vous, mon ami.

– Alors cela ne fera plus que quatre mille neuf cent quatre-vingt-dix-huit louis, dit Peppino conservant le même sang-froid ; avec de la patience, nous y viendrons.

– Oh ! quant à cela, dit Danglars révolté de cette persévérance à le railler[3], quant à cela, jamais. Allez au diable ! Vous ne savez pas à qui vous avez affaire. [...]

Au bout d'une demi-heure, Danglars rappelle Peppino.

Peppino ouvrit.

– Je veux, dit Danglars, pardieu ! je veux manger !

– Vous avez faim ?

– Et vous le savez, du reste.

– Que désire manger Votre Excellence ?

1. **Quaker** : membre d'un groupe religieux protestant.
2. **Bouffon** : drôle.
3. **Le railler** : se moquer de lui.

– Un morceau de pain sec, puisque les poulets sont hors de prix dans ces maudites caves.

– Du pain ! soit, dit Peppino. Holà ! du pain ! cria-t-il.

Le jeune garçon apporta un petit pain.

– Voilà ! dit Peppino.

– Combien ? demanda Danglars.

– Quatre mille neuf cent quatre-vingt-dix-huit louis, il y a deux louis payés d'avance.

– Comment, un pain, cent mille francs ?

– Cent mille francs, dit Peppino.

– Mais vous ne demandiez que cent mille francs pour un poulet !

– Nous ne servons pas à la carte, mais à prix fixe. Qu'on mange peu, qu'on mange beaucoup, qu'on demande dix plats ou un seul, c'est toujours le même chiffre.

– Encore cette plaisanterie ! Mon cher ami, je vous déclare que c'est absurde, que c'est stupide ! Dites-moi tout de suite que vous voulez que je meure de faim. Ce sera plus tôt fait.

– Mais non, Excellence, c'est vous qui voulez vous suicider. Payez et mangez.

– Avec quoi payer, triple animal ? dit Danglars exaspéré. Est-ce que tu crois qu'on a cent mille francs dans sa poche ?

– Vous avez cinq millions cinquante mille francs dans la vôtre, Excellence, dit Peppino ; cela fait cinquante poulets à cent mille francs et un demi-poulet à cinquante mille.

Danglars frissonna ; le bandeau lui tomba des yeux[1] : c'était bien toujours une plaisanterie, mais il la comprenait enfin.

1. **Le bandeau lui tomba des yeux** : il comprit la situation.

Il est même juste de dire qu'il ne la trouvait plus aussi plate que l'instant d'avant.

– Voyons, dit-il, voyons : en donnant ces cent mille francs, me tiendrez-vous quitte au moins, et pourrai-je manger à mon aise ?

– Sans doute, dit Peppino.

– Mais comment les donner ? fit Danglars en respirant plus librement.

– Rien de plus facile ; vous avez un crédit ouvert chez MM. Thomson et French, via dei Banchi, à Rome ; donnez-moi un bon de quatre mille neuf cent quatre-vingt-dix-huit louis sur ces messieurs, notre banquier nous le prendra.

Danglars voulut au moins se donner le mérite de la bonne volonté ; il prit la plume et le papier que lui présentait Peppino, écrivit la cédule[1], et signa.

– Tenez, dit-il, voilà votre bon au porteur.

– Et vous, voici votre poulet.

Danglars découpa la volaille en soupirant : elle lui paraissait bien maigre pour une si grosse somme.

[...]

Extraits du chapitre CXV, « La carte de Luigi Vampa »

1. **Cédule** : écrit par lequel on reconnaît devoir une somme d'argent.

34. Dernière vengeance

Le lendemain, Danglars demande à boire mais on lui réclame encore vingt-cinq mille francs. Danglars refuse de payer.

[...]

Sa résolution de ne pas signer dura deux jours, après quoi il demanda des aliments et offrit un million.

On lui servit un magnifique souper, et on prit son million.

Dès lors, la vie du malheureux prisonnier fut une divagation perpétuelle[1]. Il avait tant souffert qu'il ne voulait plus s'exposer à souffrir, et subissait toutes les exigences ; au bout de douze jours, un après-midi qu'il avait dîné comme en ses beaux jours de fortune, il fit ses comptes et s'aperçut qu'il avait tant donné de traites au porteur[2], qu'il ne lui restait plus que cinquante mille francs.

Alors il se fit en lui une réaction étrange : lui qui venait d'abandonner cinq millions, il essaya de sauver les cinquante mille francs qui lui restaient ; plutôt que de donner ces cinquante mille francs, il se résolut de reprendre une vie de privations [...].

Trois jours se passèrent ainsi, pendant lesquels le nom de Dieu fut constamment, sinon dans son cœur, du moins sur ses lèvres ; par intervalles, il avait des instants de délire pendant lesquels il croyait, à travers les fenêtres, voir dans une pauvre chambre un vieillard agonisant sur un grabat[3].

1. **Divagation perpétuelle** : délire constant.
2. **Traites au porteur** : écrits par lesquels Danglars confirme qu'il est redevable de sommes d'argent.
3. **Grabat** : lit misérable.

Ce vieillard, lui aussi, mourait de faim.

Le quatrième jour, ce n'était plus un homme, c'était un cadavre vivant ; il avait ramassé à terre jusqu'aux dernières miettes de ses anciens repas et commencé à dévorer la natte[1] dont le sol était couvert.

Alors, il supplia Peppino, comme on supplie son ange gardien, de lui donner quelque nourriture ; il lui offrit mille francs d'une bouchée de pain.

Peppino ne répondit pas.

Le cinquième jour, il se traîna à l'entrée de la cellule.

– Mais vous n'êtes donc pas un chrétien ? dit-il en se redressant sur les genoux ; vous voulez assassiner un homme qui est votre frère devant Dieu ?

– Ô mes amis d'autrefois ! mes amis d'autrefois ! murmura-t-il.

Et il tomba la face contre terre.

Puis, se relevant avec une espèce de désespoir :

– Le chef ! cria-t-il, le chef !

– Me voilà ! dit Vampa, paraissant tout à coup, que désirez-vous encore ?

– Prenez mon dernier or, balbutia Danglars en tendant son portefeuille, et laissez-moi vivre ici, dans cette caverne ; je ne demande plus la liberté, je ne demande qu'à vivre.

– Vous souffrez donc bien ? demanda Vampa.

– Oh ! oui, je souffre, et cruellement !

– Il y a cependant des hommes qui ont encore plus souffert que vous.

– Je ne crois pas.

– Si fait ! ceux qui sont morts de faim.

1. **Natte** : tapis.

Danglars songea à ce vieillard que, pendant ses heures d'hallucination, il voyait, à travers les fenêtres de sa pauvre chambre, gémir sur son lit.

Il frappa du front la terre en poussant un gémissement.

– Oui, c'est vrai, il y en a qui ont plus souffert encore que moi, mais au moins, ceux-là, c'étaient des martyrs[1].

– Vous repentez-vous, au moins ? dit une voix sombre et solennelle, qui fit dresser les cheveux sur la tête de Danglars.

Son regard affaibli essaya de distinguer les objets, et il vit derrière le bandit un homme enveloppé d'un manteau et perdu dans l'ombre d'un pilastre[2] de pierre.

– De quoi faut-il que je me repente ? balbutia Danglars.

– Du mal que vous avez fait, dit la même voix.

– Oh ! oui, je me repens ! je me repens ! s'écria Danglars.

Et il frappa sa poitrine de son poing amaigri.

– Alors je vous pardonne, dit l'homme en jetant son manteau et en faisant un pas pour se placer dans la lumière.

– Le comte de Monte-Cristo ! dit Danglars, plus pâle de terreur qu'il ne l'était, un instant auparavant, de faim et de misère.

– Vous vous trompez ; je ne suis pas le comte de Monte-Cristo.

– Et qui êtes-vous donc ?

– Je suis celui que vous avez vendu, livré, déshonoré ; je suis celui dont vous avez prostitué la fiancée ; je suis celui sur lequel vous avez marché pour vous hausser jusqu'à la fortune ; je suis celui dont vous avez fait mourir le père de faim, qui vous avait condamné à mourir de faim, et qui cependant vous pardonne, parce qu'il a besoin lui-même d'être pardonné : je suis Edmond Dantès !

1. **Martyrs** : chrétiens mis à mort ou torturés en raison de leur foi.
2. **Pilastre** : pilier incrusté dans un mur.

Danglars ne poussa qu'un cri, et tomba prosterné[1].

– Relevez-vous, dit le comte, vous avez la vie sauve ; pareille fortune n'est pas arrivée à vos deux autres complices : l'un est fou, l'autre est mort ! Gardez les cinquante mille francs qui vous restent, je vous en fais don ; quant à vos cinq millions volés aux hospices, ils leur sont déjà restitués par une main inconnue.

– Et maintenant, mangez et buvez ; ce soir je vous fais mon hôte.

Vampa, quand cet homme sera rassasié, il sera libre.

Danglars demeura prosterné tandis que le comte s'éloignait ; lorsqu'il releva la tête, il ne vit plus qu'une espèce d'ombre qui disparaissait dans le corridor, et devant laquelle s'inclinaient les bandits.

Comme l'avait ordonné le comte, Danglars fut servi par Vampa, qui lui fit apporter le meilleur vin et les plus beaux fruits de l'Italie, et qui, l'ayant fait monter dans sa chaise de poste[2], l'abandonna sur la route, adossé à un arbre.

Il y resta jusqu'au jour[3], ignorant où il était.

Au jour, il s'aperçut qu'il était près d'un ruisseau : il avait soif, il se traîna jusqu'à lui.

En se baissant pour y boire, il s'aperçut que ses cheveux étaient devenus blancs.

Extraits du chapitre CXVI, « Le pardon »

1. **Prosterné** : à genoux.
2. **Chaise de poste** : voiture à cheval permettant de voyager rapidement.
3. **Jusqu'au jour** : jusqu'à ce qu'il fasse jour.

35. Retour sur l'île de Monte-Cristo

Il était six heures du soir à peu près ; un jour couleur d'opale[1], dans lequel un beau soleil d'automne infiltrait ses rayons d'or, tombait du ciel sur la mer bleuâtre.

[...]

Le yacht[2] avançait rapidement, quoique en apparence il y eût à peine assez de vent pour faire flotter la chevelure bouclée d'une jeune fille.

Debout sur la proue[3], un homme de haute taille, au teint de bronze, à l'œil dilaté, voyait venir à lui la terre sous la forme d'une masse sombre disposée en cône, et sortant du milieu des flots comme un immense chapeau de Catalan.

– Est-ce là Monte-Cristo ? demanda d'une voix grave et empreinte[4] d'une profonde tristesse le voyageur aux ordres duquel le petit yacht semblait être momentanément soumis.

– Oui, Excellence, répondit le patron, nous arrivons.

– Nous arrivons ! murmura le voyageur avec un indéfinissable accent de mélancolie.

Puis il ajouta à voix basse :

– Oui, ce sera là le port.

Et il se replongea dans sa pensée, qui se traduisait par un sourire plus triste que ne l'eussent été des larmes.

1. **Opale** : pierre semi-précieuse aux reflets irisés.
2. **Yacht** : bateau de plaisance.
3. **Proue** : avant d'un bateau.
4. **Empreinte de** : marquée par.

Quelques minutes après, on aperçut à terre la lueur d'une flamme qui s'éteignit aussitôt, et le bruit d'une arme à feu arriva jusqu'au yacht.

– Excellence, dit le patron, voici le signal de terre, voulez-vous y répondre vous-même ?

– Quel signal ? demanda celui-ci.

Le patron étendit la main vers l'île aux flancs[1] de laquelle montait, isolé et blanchâtre, un large flocon de fumée qui se déchirait en s'élargissant.

– Ah ! oui, dit-il, comme sortant d'un rêve, donnez.

Le patron lui tendit une carabine toute chargée ; le voyageur la prit, la leva lentement et fit feu en l'air.

Dix minutes après on carguait[2] les voiles, et l'on jetait l'ancre à cinq cents pas d'un petit port.

Le canot était déjà à la mer avec quatre rameurs et le pilote ; le voyageur descendit, et au lieu de s'asseoir à la poupe[3], garnie pour lui d'un tapis bleu, se tint debout et les bras croisés.

Les rameurs attendaient, leurs avirons à demi levés, comme des oiseaux qui font sécher leurs ailes.

– Allez ! dit le voyageur.

Les huit rames retombèrent à la mer d'un seul coup et sans faire jaillir une goutte d'eau ; puis la barque, cédant à l'impulsion, glissa rapidement.

En un instant on fut dans une petite anse formée par une échancrure naturelle ; la barque toucha sur un fond de sable fin.

– Excellence, dit le pilote, montez sur les épaules de deux de nos hommes, ils vous porteront à terre.

1. **Aux flancs** : aux bords.
2. **Carguer** : replier les voiles autour d'un mât à l'aide de *cargues* (cordages).
3. **Poupe** : arrière d'un bateau.

Le jeune homme répondit à cette invitation par un geste de complète indifférence, dégagea ses jambes de la barque et se laissa glisser dans l'eau qui lui monta jusqu'à la ceinture.

– Ah ! Excellence, murmura le pilote, c'est mal ce que vous faites là, et vous nous ferez gronder par le maître.

Le jeune homme continua d'avancer vers le rivage, suivant deux matelots qui choisissaient le meilleur fond.

Au bout d'une trentaine de pas on avait abordé ; le jeune homme secouait ses pieds sur un terrain sec, et cherchait des yeux autour de lui le chemin probable qu'on allait lui indiquer, car il faisait tout à fait nuit.

Au moment où il tournait la tête, une main se posait sur son épaule, et une voix le fit tressaillir[1].

– Bonjour, Maximilien, disait cette voix, vous êtes exact, merci !

– C'est vous, comte, s'écria le jeune homme avec un mouvement qui ressemblait à de la joie, et en serrant de ses deux mains la main de Monte-Cristo.

– Oui, vous le voyez, aussi exact que vous ; mais vous êtes ruisselant, mon cher ami : il faut vous changer, comme dirait Calypso à Télémaque•. Venez donc, il y a par ici une habitation toute préparée pour vous, dans laquelle vous oublierez fatigues et froid.

[...]

Morrel regarda le comte avec étonnement.

– Comte, lui dit-il, vous n'êtes plus le même qu'à Paris.

1. **Tressaillir** : sursauter.

• Télémaque est le fils d'Ulysse, le héros de l'*Odyssée*, d'Homère. Dans *Les Aventures de Télémaque*, roman écrit par Fénelon en 1699, le jeune homme, parti à la recherche de son père, rencontre la nymphe Calypso, inconsolable après le départ d'Ulysse pour Ithaque.

– Comment cela ?

– Oui, ici, vous riez.

Le front de Monte-Cristo s'assombrit tout à coup.

– Vous avez raison de me rappeler à moi-même, Maximilien, dit-il ; vous revoir était un bonheur pour moi, et j'oubliais que tout bonheur est passager.

– Oh ! non, non, comte ! s'écria Morrel en saisissant de nouveau les deux mains de son ami ; riez au contraire, soyez heureux, vous, et prouvez-moi par votre indifférence que la vie n'est mauvaise qu'à ceux qui souffrent. Oh ! vous êtes charitable ; vous êtes bon, vous êtes grand, mon ami, et c'est pour me donner du courage que vous affectez[1] cette gaieté.

– Vous vous trompez, Morrel, dit Monte-Cristo, c'est qu'en effet j'étais heureux.

– Alors vous m'oubliez moi-même ; tant mieux !

– Comment cela ?

– Oui, car vous le savez, ami, comme disait le gladiateur entrant dans le cirque au sublime empereur, je vous dis à vous : « Celui qui va mourir te salue. »

– Vous n'êtes pas consolé ? demanda Monte-Cristo avec un regard étrange.

– Oh ! fit Morrel avec un regard plein d'amertume[2], avez-vous cru réellement que je pouvais l'être ? [...] Certes, il est des gens que j'aime : j'aime ma sœur Julie, j'aime son mari Emmanuel ; mais j'ai besoin qu'on m'ouvre des bras forts et qu'on me sourie à mes derniers instants[3] ; ma sœur fondrait en larmes et s'évanouirait ; je la verrais souffrir, et j'ai assez souffert ; Emmanuel m'arracherait

1. **Que vous affectez cette gaieté** : que vous faites semblant d'être gai.
2. **Amertume** : ressentiment causé par la déception.
3. **À mes derniers instants** : au moment de mourir.

l'arme des mains et remplirait la maison de ses cris. [...] Mon ami, continua Morrel, voyant que le comte se taisait, vous m'avez désigné le 5 octobre comme le terme du sursis[1] que vous me demandiez... mon ami, c'est aujourd'hui le 5 octobre...

Morrel tira sa montre.

Il est neuf heures, j'ai encore trois heures à vivre.

– Soit, répondit Monte-Cristo, venez.

Morrel suivit machinalement le comte, et ils étaient déjà dans la grotte que Maximilien ne s'en était pas encore aperçu.

Il trouva des tapis sous ses pieds ; une porte s'ouvrit, des parfums l'enveloppèrent, une vive lumière frappa ses yeux.

Morrel s'arrêta, hésitant à avancer ; il se défiait[2] des énervantes délices[3] qui l'entouraient.

[...]

Monte-Cristo regardait Morrel avec une indéfinissable expression de tendresse. [...]

Morrel lui tendit la main.

– Je comprends maintenant, dit-il, pourquoi vous m'avez donné rendez-vous ici, dans cette île désolée[4], au milieu d'un Océan, dans ce palais souterrain, sépulcre[5] à faire envie à un Pharaon : c'est que vous m'aimez, n'est-ce pas, comte ? c'est que vous m'aimez assez pour me donner une de ces morts dont vous me parliez tout à l'heure, une mort sans agonie, une mort qui me permette de m'éteindre en prononçant le nom de Valentine et en vous serrant la main ?

1. **Sursis** : délai.
2. **Se défiait** : se méfiait.
3. **Énervantes délices** : dans la langue littéraire, quand le mot *délice* est employé au pluriel, il est féminin.
4. **Désolée** : déserte.
5. **Sépulcre** : tombeau.

– Oui, vous avez deviné juste, Morrel, dit le comte avec simplicité, et c'est ainsi que je l'entends.

– Merci ; l'idée que demain je ne souffrirai plus est suave[1] à mon pauvre cœur.

[...]

– [...] Votre douleur est immense, je le vois ; mais cependant vous croyez en Dieu, et vous ne voulez pas risquer le salut de votre âme.

Morrel sourit tristement.

– Comte, dit-il, vous savez que je ne fais pas de la poésie à froid ; mais, je vous le jure, mon âme n'est plus à moi.

– Écoutez, Morrel, dit Monte-Cristo, je n'ai aucun parent au monde, vous le savez. Je me suis habitué à vous regarder comme mon fils ; eh bien ! pour sauver mon fils, je sacrifierais ma vie, à plus forte raison ma fortune.

– Que voulez-vous dire ?

– Je veux dire, Morrel, que vous voulez quitter la vie, parce que vous ne connaissez pas toutes les jouissances que la vie permet à une grande fortune. Morrel, je possède près de cent millions, je vous les donne ; avec une pareille fortune vous pourrez atteindre à tous les résultats que vous vous proposerez. Êtes-vous ambitieux ? Toutes les carrières vous seront ouvertes. Remuez le monde, changez-en la face, livrez-vous à des pratiques insensées, soyez criminel s'il le faut, mais vivez.

– Comte, j'ai votre parole, répondit froidement Morrel ; et, ajouta-t-il en tirant sa montre, il est onze heures et demie.

– Morrel ! y songez-vous, sous mes yeux, dans ma maison ?

1. **Suave** : doux.

– Alors laissez-moi partir, dit Maximilien devenu sombre, ou je croirai que vous ne m'aimez pas pour moi, mais pour vous.

Et il se leva.

– C'est bien, dit Monte-Cristo dont le visage s'éclaircit à ces paroles ; vous le voulez, Morrel, et vous êtes inflexible[1] ; oui ! vous êtes profondément malheureux, et vous l'avez dit, un miracle seul pourrait vous guérir ; asseyez-vous, Morrel, et attendez.

Morrel obéit : Monte-Cristo se leva à son tour et alla chercher dans une armoire soigneusement fermée, et dont il portait la clef suspendue à une chaîne d'or, un petit coffret d'argent merveilleusement sculpté et ciselé[2], dont les angles représentaient quatre figures cambrées, pareilles à ces cariatides[3] aux élans désolés, figures de femmes, symboles d'anges qui aspirent au ciel.

Il posa le coffret sur la table.

Puis, l'ouvrant, il en tira une petite boîte d'or dont le couvercle se levait par la pression d'un ressort secret.

Cette boîte contenait une substance onctueuse à demi solide, dont la couleur était indéfinissable, grâce au reflet de l'or poli, des saphirs, des rubis et des émeraudes qui garnissaient la boîte.

C'était comme un chatoiement[4] d'azur, de pourpre[5] et d'or.

Le comte puisa une petite quantité de cette substance avec une cuiller de vermeil[6], et l'offrit à Morrel en attachant sur lui un long regard.

On put voir alors que cette substance était verdâtre.

1. **Inflexible** : déterminé.
2. **Ciselé** : décoré.
3. **Cariatides** : statues féminines utilisées comme supports en architecture.
4. **Chatoiement** : reflet brillant et changeant d'une pierre, d'un tissu...
5. **Pourpre** : rouge.
6. **Vermeil** : argent doré.

– Voilà ce que vous m'avez demandé, dit-il. Voilà ce que je vous ai promis.

– Vivant encore, dit le jeune homme, prenant la cuiller des mains de Monte-Cristo, je vous remercie du fond de mon cœur. [...]

Il fit un effort pour lui tendre une dernière fois la main, mais sa main sans force retomba près de lui.

Alors il lui sembla que Monte-Cristo souriait, non plus de son rire étrange et effrayant qui plusieurs fois lui avait laissé entrevoir les mystères de cette âme profonde, mais avec la bienveillante compassion que les pères ont pour leurs petits enfants qui déraisonnent.

[...] Ses yeux chargés de langueurs[1] se fermèrent malgré lui ; cependant, derrière ses paupières, s'agitait une image qu'il reconnut malgré cette obscurité dont il se croyait enveloppé.

C'était le comte qui venait d'ouvrir une porte.

Aussitôt, une immense clarté rayonnant dans une chambre voisine, ou plutôt dans un palais merveilleux, inonda la salle où Morrel se laissait aller à sa douce agonie.

Alors il vit venir au seuil de cette salle, et sur la limite des deux chambres, une femme d'une merveilleuse beauté.

Pâle et doucement souriante, elle semblait l'ange de miséricorde conjurant l'ange des vengeances.

– Est-ce déjà le ciel qui s'ouvre pour moi ? pensa le mourant ; cet ange ressemble à celui que j'ai perdu.

Monte-Cristo montra du doigt, à la jeune femme, le sofa où reposait Morrel.

Elle s'avança vers lui les mains jointes et le sourire sur les lèvres.

1. **Langueur** : manque de force.

– Valentine ! Valentine ! cria Morrel du fond de l'âme.

Mais sa bouche ne proféra[1] point un son ; et, comme si toutes ses forces étaient unies dans cette émotion intérieure, il poussa un soupir et ferma les yeux.

Valentine se précipita vers lui.

Les lèvres de Morrel firent encore un mouvement.

– Il vous appelle, dit le comte ; il vous appelle du fond de son sommeil, celui à qui vous aviez confié votre destinée, et la mort a voulu vous séparer : mais j'étais là par bonheur, et j'ai vaincu la mort ! Valentine, désormais vous ne devez plus vous séparer sur la terre ; car, pour vous retrouver, il se précipitait dans la tombe. Sans moi vous mourriez tous deux ; je vous rends l'un à l'autre : puisse Dieu me tenir compte de ces deux existences que je sauve !

Valentine saisit la main de Monte-Cristo, et dans un élan de joie irrésistible elle la porta à ses lèvres.

– Oh ! remerciez-moi bien, dit le comte, oh ! redites-moi, sans vous lasser de me le redire, redites-moi que je vous ai rendue heureuse ! Vous ne savez pas combien j'ai besoin de cette certitude.

– Oh ! oui, oui, je vous remercie de toute mon âme, dit Valentine, et si vous doutez que mes remerciements soient sincères, eh bien, demandez à Haydée, interrogez ma sœur chérie, Haydée, qui depuis notre départ de France m'a fait attendre patiemment, en me parlant de vous, l'heureux jour qui luit[2] aujourd'hui pour moi.

– Vous aimez donc Haydée ? demanda Monte-Cristo avec une émotion qu'il s'efforçait en vain de dissimuler.

1. **Proféra** : prononça.
2. **Luit** : brille.

Monte-Cristo a donné un antidote à Valentine qui a été empoisonnée par Mme de Villefort ; il a empêché Maximilien de se suicider.

– Oh ! de toute mon âme.

– Eh bien, écoutez, Valentine, dit le comte, j'ai une grâce à vous demander.

– À moi, grand Dieu ! Suis-je assez heureuse pour cela ?...

– Oui, vous avez appelé Haydée votre sœur : qu'elle soit votre sœur en effet, Valentine ; rendez-lui, à elle, tout ce que vous croyez me devoir à moi ; protégez-la, Morrel et vous, car (la voix du comte fut prête à s'éteindre dans sa gorge), car désormais elle sera seule au monde...

– Seule au monde ! répéta une voix derrière le comte, et pourquoi ?

Monte-Cristo se retourna.

Haydée était là debout, pâle et glacée, regardant le comte avec un geste de mortelle stupeur[1].

– Parce que demain, ma fille, tu seras libre, répondit le comte ; parce que tu reprendras dans le monde la place qui t'est due, parce que je ne veux pas que ma destinée obscurcisse la tienne. Fille de prince ! Je te rends les richesses et le nom de ton père.

Haydée pâlit, ouvrit ses mains diaphanes[2] comme fait la vierge qui se recommande à Dieu, et d'une voix rauque[3] de larmes :

– Ainsi, mon seigneur, tu me quittes ? dit-elle.

– Haydée ! Haydée ! tu es jeune, tu es belle ; oublie jusqu'à mon nom et sois heureuse.

– C'est bien, dit Haydée, tes ordres seront exécutés, mon seigneur ; j'oublierai jusqu'à ton nom et je serai heureuse.

Et elle fit un pas en arrière pour se retirer.

1. **Stupeur** : étonnement profond.
2. **Diaphanes** : d'une pâleur les rendant presque transparentes.
3. **Rauque** : rude, comme enrouée.

– Oh ! mon Dieu ! s'écria Valentine, tout en soutenant la tête engourdie de Morrel sur son épaule, ne voyez-vous donc pas comme elle est pâle, ne comprenez-vous pas ce qu'elle souffre ?

Haydée lui dit avec une expression déchirante :

– Pourquoi veux-tu donc qu'il me comprenne, ma sœur ? Il est mon maître et je suis son esclave ; il a le droit de ne rien voir.

Le comte frissonna aux accents de cette voix qui alla éveiller jusqu'aux fibres les plus secrètes de son cœur ; ses yeux rencontrèrent ceux de la jeune fille et ne purent en supporter l'éclat.

– Mon Dieu ! mon Dieu ! dit Monte-Cristo, ce que vous m'aviez laissé soupçonner serait donc vrai ! Haydée, vous seriez donc heureuse de ne point me quitter ?

– Je suis jeune, répondit-elle doucement, j'aime la vie que tu m'as toujours faite si douce, et je regretterais de mourir.

– Cela veut-il donc dire que si je te quittais, Haydée...

– Je mourrais, mon seigneur, oui !

– Mais tu m'aimes donc ?

– Oh ! Valentine, il demande si je l'aime ! Valentine, dis-lui donc si tu aimes Maximilien !

Le comte sentit sa poitrine s'élargir et son cœur se dilater ; il ouvrit ses bras, Haydée s'y élança en jetant un cri.

– Oh ! oui, je t'aime ! dit-elle, je t'aime comme on aime son père, son frère, son mari ! Je t'aime comme on aime sa vie, comme on aime son Dieu, car tu es pour moi le plus beau, le meilleur et le plus grand des êtres créés !

[...] Le comte se recueillit un instant.

– Ai-je entrevu la vérité ? dit-il, ô mon Dieu ! n'importe ! récompense ou châtiment, j'accepte cette destinée. Viens, Haydée, viens...

Et jetant son bras autour de la taille de la jeune fille, il serra la main de Valentine et disparut.

Une heure à peu près s'écoula, pendant laquelle haletante[1], sans voix, les yeux fixes, Valentine demeura près de Morrel. Enfin elle sentit son cœur battre, un souffle imperceptible[2] ouvrit ses lèvres, et ce léger frissonnement qui annonce le retour de la vie courut par tout le corps du jeune homme.

Enfin ses yeux se rouvrirent, mais fixes et comme insensés d'abord ; puis la vue lui revint, précise, réelle ; avec la vue le sentiment, avec le sentiment la douleur.

– Oh ! s'écria-t-il avec l'accent du désespoir, je vis encore ! Le comte m'a trompé !

Et sa main s'étendit vers la table, et saisit un couteau.

– Ami, dit Valentine avec son adorable sourire, réveille-toi donc et regarde de mon côté.

Morrel poussa un grand cri, et délirant, plein de doute, ébloui comme par une vision céleste[3], il tomba sur ses deux genoux...

Le lendemain, aux premiers rayons du jour, Morrel et Valentine se promenaient au bras l'un de l'autre sur le rivage, Valentine racontant à Morrel comment Monte-Cristo était apparu dans sa chambre, comment il lui avait tout dévoilé, comment il lui avait fait toucher le crime du doigt, et enfin comment il l'avait miraculeusement sauvée de la mort, tout en laissant croire qu'elle était morte.

Ils avaient trouvé ouverte la porte de la grotte, et ils étaient sortis ; le ciel laissait luire dans son azur matinal les dernières étoiles de la nuit.

1. **Haletante** : essouflée.
2. **Imperceptible** : très léger.
3. **Céleste** : venue du ciel.

Alors Morrel aperçut dans la pénombre d'un groupe de rochers un homme qui attendait un signe pour avancer ; il montra cet homme à Valentine.

– Ah ! c'est Jacopo ! dit-elle, le capitaine du yacht.

Et d'un geste elle l'appela vers elle et vers Maximilien.

– Vous avez quelque chose à nous dire ? demanda Morrel.

– J'avais à vous remettre cette lettre de la part du comte.

– Du comte ! murmurèrent ensemble les deux jeunes gens.

– Oui, lisez.

Morrel ouvrit la lettre et lut :

« Mon cher Maximilien,

« Il y a une felouque[1] pour vous à l'ancre. Jacopo vous conduira à Livourne[2], où monsieur Noirtier attend sa petite-fille, qu'il veut bénir avant qu'elle vous suive à l'autel. Tout ce qui est dans cette grotte, mon ami, ma maison des Champs-Élysées et mon petit château du Tréport[3] sont le présent de noces que fait Edmond Dantès au fils de son patron Morrel. Mademoiselle de Villefort voudra bien en prendre la moitié, car je la supplie de donner aux pauvres de Paris toute la fortune qui lui revient du côté de son père, devenu fou, et du côté de son frère, décédé en septembre dernier avec sa belle-mère.

« Dites à l'ange qui va veiller sur votre vie, Morrel, de prier quelquefois pour un homme qui, pareil à Satan, s'est cru un instant l'égal de Dieu, et qui a reconnu, avec toute l'humilité[4] d'un chrétien, qu'aux mains de Dieu seul sont la suprême puissance

1. **Felouque** : petit bateau à voiles ou à rames.
2. **Livourne** : ville d'Italie, au bord de la Méditerranée.
3. **Tréport** : ville de Normandie, au bord de la Manche.
4. **Humilité** : attitude modeste de celui qui a conscience de ses insuffisances et de ses faiblesses.

et la sagesse infinie. Ces prières adouciront peut-être le remords qu'il emporte au fond de son cœur.

« Quant à vous, Morrel, voici tout le secret de ma conduite envers vous : il n'y a ni bonheur ni malheur en ce monde, il y a la comparaison d'un état à un autre, voilà tout. Celui-là seul qui a éprouvé l'extrême infortune[1] est apte à ressentir l'extrême félicité[2]. Il faut avoir voulu mourir, Maximilien, pour savoir combien il est bon de vivre.

« Vivez donc et soyez heureux, enfants chéris de mon cœur, et n'oubliez jamais que, jusqu'au jour où Dieu daignera dévoiler l'avenir à l'homme, toute la sagesse humaine sera dans ces deux mots :

« *Attendre et espérer !*

« Votre ami,

« Edmond Dantès,

« *Comte de Monte-Cristo.* »

[...]

Extraits du chapitre CXVII, « Le 5 octobre »

1. **Infortune** : malheur.
2. **Félicité** : bonheur.

Le Comte de Monte Cristo, dessin de Henri Meyer (1844-1899).

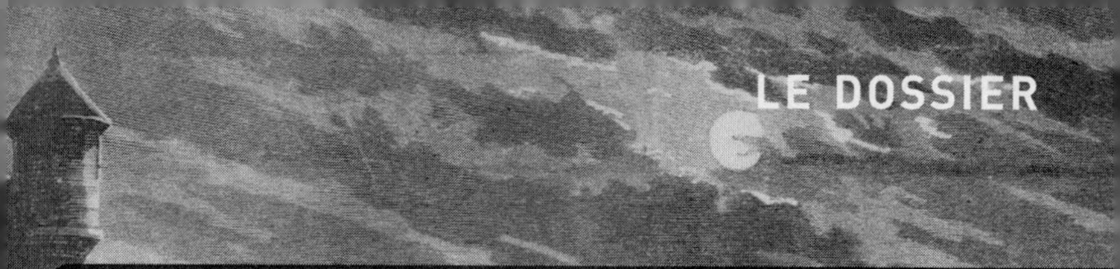

Le Comte de Monte-Cristo

Un roman-feuilleton emblématique du XIXᵉ siècle

REPÈRES

PARCOURS DE L'ŒUVRE

TEXTES ET IMAGE

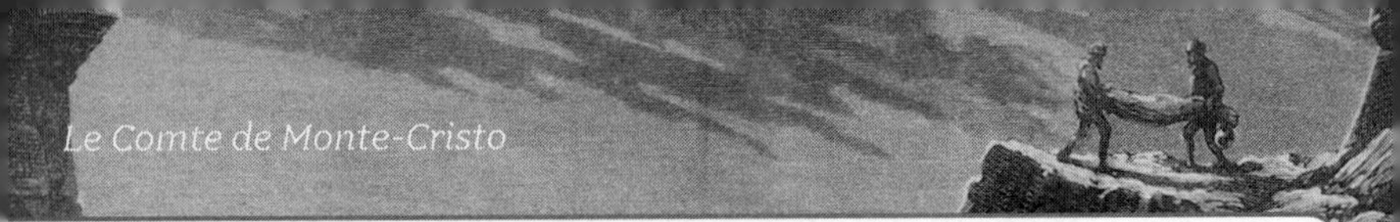

Quelles sont les différentes facettes du *Comte de Monte-Cristo* ?

La longueur du roman et le développement d'intrigues secondaires autour de l'action principale (la vengeance de Dantès) donnent lieu à de nombreuses péripéties qui font du* Comte de Monte-Cristo *une œuvre aux multiples facettes.

● UN ROMAN-FEUILLETON

Le roman-feuilleton est un roman qui paraît par épisodes dans un journal. Au XIXe siècle où la presse connaît un grand essor, les journaux fidélisent leurs lecteurs par le récit quotidien des aventures de leurs héros favoris. Dumas l'a bien compris et s'assure à la fois un revenu stable et un lectorat fidèle en faisant paraître ses romans sous forme de feuilletons.

Le Comte de Monte-Cristo *paraît dans le* Journal des débats *d'août 1844 à janvier 1846. Les lecteurs de l'époque sont aussi impatients que les spectateurs d'aujourd'hui pour les séries à succès.*

Une astuce d'écrivain

L'appétit de Dumas est légendaire : goût pour les femmes, la bonne chère et les romans-fleuves. Pour étoffer ses textes, Dumas a une astuce : il écrit de longs dialogues, parfois composés de très courtes répliques car, à l'époque, dans les journaux, l'écrivain était payé... à la ligne.*

● UN ROMAN HISTORIQUE

C'est un domaine dans lequel Dumas excelle, comme en témoignent *Les Trois Mousquetaires* (1844). Le roman historique donne aux personnages et aux événements de l'Histoire un rôle essentiel dans l'action. *Le Comte de Monte-Cristo* n'en est pas un au sens strict : l'Histoire sert de toile de fond au début de l'intrigue* mais la vengeance du héros prend le pas sur les circonstances politiques, qui restent à l'arrière-plan.

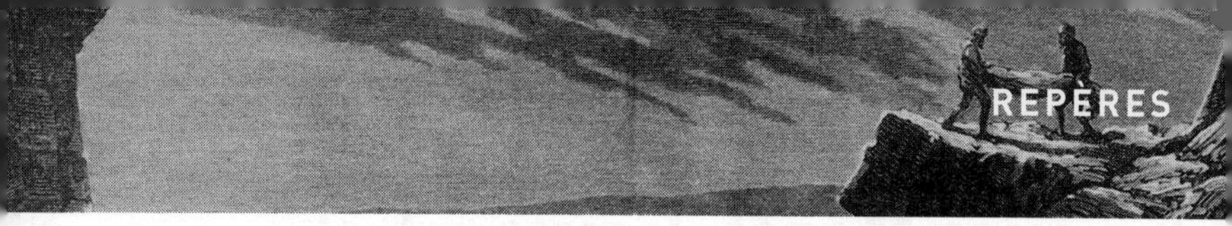

Le roman historique

C'est Walter Scott qui fait connaître le roman historique aux Français avec Ivanhoé *(1819). Hugo et Dumas y seront sensibles. Ainsi, on trouve des références aux Cent-Jours et à la Restauration dans* Les Misérables *(1862) et* Le Comte de Monte-Cristo.

UN ROMAN NOIR

Le roman noir apparaît à la fin du XVIIIe siècle en Angleterre. Il raconte des histoires terrifiantes se déroulant dans des lieux étranges. Les personnages, inquiétants, incarnent la noirceur humaine. Celle-ci est exploitée dans *Le Comte de Monte-Cristo* : Héloïse de Villefort est une empoisonneuse ; quant à son mari, le procureur, il a lui-même enterré vivant son enfant nouveau-né. Même Monte-Cristo, dans sa vengeance implacable, relève à la fois du divin et du démon.

UN ROMAN D'AVENTURES

Fondé sur de très nombreuses actions et un suspense soutenu qui maintiennent le lecteur en haleine, le roman d'aventures est l'un des genres romanesques les plus anciens. *Le Comte de Monte-Cristo* relève de cette catégorie, avec de multiples péripéties* (emprisonnement au château d'If, découverte du trésor, assassinats) et d'incessants rebondissements* (évasion de Dantès, enlèvements par des brigands, révélations d'identité).

UN ROMAN D'APPRENTISSAGE

Le roman d'apprentissage suit le cheminement d'un héros, souvent jeune, vers l'acquisition de l'expérience et du savoir, atteints au terme d'une série d'épreuves physiques et/ou morales. Ainsi, *Le Comte de Monte-Cristo* relate la longue maturation d'un jeune marin qui quitte l'enclos familial, traverse des abîmes – ceux de la geôle et de la mer – et renaît en homme accompli, prêt à réaliser sa destinée.

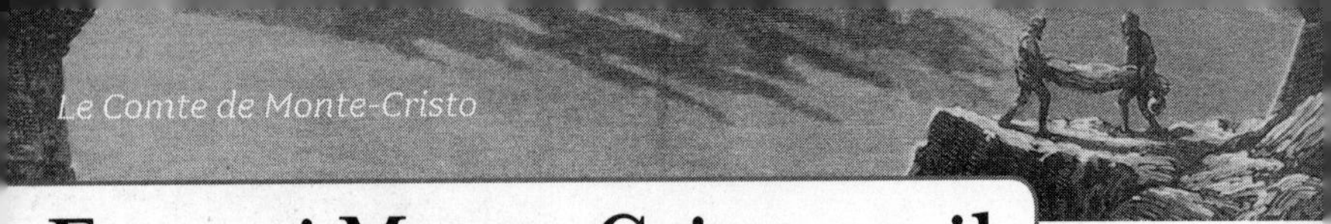

En quoi Monte-Cristo est-il un personnage mythique ?

Le succès du roman au XIX*^e *siècle est assuré par sa publication en feuilleton dans le* Journal des débats *et l'adaptation des aventures de Dantès au théâtre. Mais, au-delà de cet engouement, comment Monte-Cristo est-il devenu l'un des personnages emblématiques de la littérature ?

« Le Diamant et la Vengeance »

C'est un fait divers tiré des archives de la police de Paris qui fournit à Dumas le point de départ du Comte de Monte-Cristo *et l'objectif de son héros, la vengeance. En 1807 un jeune cordonnier parisien, sur le point de se marier, est emprisonné pendant sept ans à la suite d'une machination. Un abbé italien, prisonnier politique, lui lègue un diamant caché à Milan. À sa sortie, il se vengera férocement mais périra assassiné.*

● UN HÉROS PROTÉIFORME

Edmond Dantès disparaît, Monte-Cristo apparaît. Protéiforme, le héros endosse plusieurs identités : lord Wilmore, l'abbé Busoni, Simbad le Marin. Ces apparences variées donnent lieu à des changements physiques, Monte-Cristo s'adaptant aux situations et aux personnes selon leur classe sociale*, sans être démasqué.

L'adjectif protéiforme, *qui signifie « pouvant prendre toutes les formes », est formé à partir du nom* Protée. *Dans la mythologie grecque, le dieu Protée a le pouvoir de se métamorphoser à volonté.*

● UN ÊTRE MYSTÉRIEUX ET CHARISMATIQUE

Qui est Monte-Cristo ? D'où vient-il ? Tous se posent la question. Son éducation laisse penser qu'il est noble, même si l'origine de sa richesse est inconnue. Citoyen du monde, il vient tour à tour de France, d'Italie, de Malte, et même

d'Orient. Si son exotisme plaît au premier abord, c'est par son charisme qu'il séduit ensuite. Il est respecté aussi bien par les Français que par les étrangers, par les nobles et les bourgeois que par les gens du peuple.

Le charisme *(adj.* charismatique*) désigne le don qui permet à quelqu'un – ici, Monte-Cristo – d'exercer une autorité et une fascination sur les gens.*

Du mythe antique au mythe littéraire

À l'origine, le mythe est un récit mettant en scène des êtres surnaturels, dieux ou demi-dieux, confrontés à des obstacles exceptionnels, dont les péripéties serviront de leçons aux hommes. Ulysse, le héros de l'*Odyssée*, a des points communs avec Monte-Cristo : il survit à la mer, traverse des épreuves, puis rentre chez lui sous une fausse apparence pour se venger.*
On parle de « mythe littéraire » lorsqu'un personnage a une histoire si singulière qu'il réapparaît dans des œuvres artistiques ultérieures. C'est le cas de Monte-Cristo dans des suites littéraires mais surtout au cinéma *(voir p. 310-315)**.*

• UN SUPERHÉROS

Mythique, le héros de Dumas l'est par sa force physique et morale. Tel un phénix, il survit au cachot mais aussi au cimetière marin. Sa renaissance est également sociale. Attaché à son père biologique, il devient cependant le fils spirituel de l'abbé Faria qui lui lègue titre, richesse et savoir. Omniscient, il sait tout des méfaits de ses ennemis et peut ainsi les confondre.

Le terme omniscient *signifie « qui sait tout » (on parle de personnage ou de narrateur omniscient).*

• UN PERSONNAGE DE JUSTICIER

Monte-Cristo plaît au public bourgeois auquel est destiné le roman-feuilleton. De condition modeste, il s'élève socialement par son mérite et se venge de ses oppresseurs, rétablissant la justice. Il acquiert ainsi la sympathie des lecteurs. Mais Dumas sème aussi le doute sur la légitimité de ses actes quand il fait des victimes collatérales. Il est tour à tour comparé à lord Ruthwen (vampire de la littérature), à Manfred (héros des romantiques), à un ange et même à Dieu.

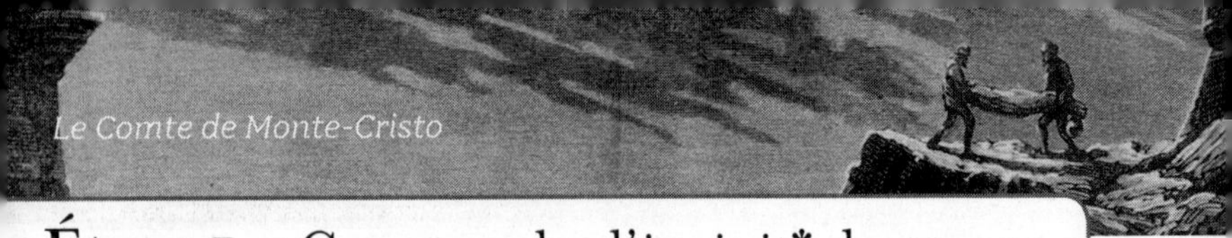

Étape I • Comprendre l'incipit* du roman

SUPPORT • Extraits 1 à 4.

OBJECTIF • Retenir les informations fournies au début du récit, comprendre l'intrigue*.

As-tu bien lu ?

1 À quelle date le roman commence-t-il ?
☐ le 24 février 1789 ☐ le 24 février 1815 ☐ le 24 février 1830

2 Quels personnages correspondent aux fonctions énumérées ci-dessous ?
armateur du *Pharaon* – capitaine du *Pharaon* – comptable du *Pharaon* – second du *Pharaon* – cousin de Mercédès – fiancée de Dantès.

3 Où se réunissent les instigateurs du complot ?

Une ville au cœur de l'intrigue

4 Dans quelle ville l'action se passe-t-elle ? Cite quatre lieux qui le prouvent.

5 **a.** Relève le champ lexical* de la mer (extrait 1, l. 1-18).
b. Quel est le lien entre ce champ lexical et le héros ?

Un héros au centre des passions

6 **a.** Dans l'extrait 1, souligne les informations sur Dantès, et rédige son portrait complet (âge, physique, niveau social, caractère).
b. Quels traits de caractère (ré)apparaissent dans les extraits 2 et 3 ?

7 Complète le tableau suivant. Justifie tes réponses à l'aide du texte.

Nom des personnages	Lien avec Dantès	Apparence physique	Traits de caractère
Morrel (extrait 1)			
Danglars (extrait 1)			
Le père Dantès (extrait 2)			
Caderousse (extrait 2)			
Mercédès (extrait 3)			
Fernand (extrait 3)			

La mise en place du complot

8 Quel événement a retardé l'arrivée du *Pharaon* ? Quel lien a-t-il avec la situation politique du pays (voir p. 15-17) ?

9 Quel danger menace Dantès dès l'extrait 1 (p. 17, l. 112-117) ? Comment Dumas le suggère-t-il (l. 256-260) ?

10 **a.** La réunion des adversaires de Dantès était-elle prévisible ? Pourquoi ?
b. Complète la fiche d'enquête suivante sur le complot.
Document mentionnant un complot : ....
Particularités du document : ....
Lien entre le complot et la situation politique : ....
Victime du complot : ....
Rôle de chaque comploteur : ....
Mobile* de chaque comploteur : ....

11 **a.** Selon toi, pourquoi Dumas relate-t-il le complot sous la forme d'un dialogue et non sous celle d'une narration ? Cite deux raisons.
b. Quelle question se pose-t-on à la fin de l'extrait 4 ?

La langue et le style

12 Dans le portrait de Mercédès (p. 30, l. 1-10) le vocabulaire est-il mélioratif* ou péjoratif *? Justifie ta réponse à l'aide de deux comparaisons*.

Faire le bilan

13 Relève les caractéristiques d'un début de roman : héros, personnages secondaires, lieu, moment et époque de l'action, intrigue. Pourquoi le contexte historique joue-t-il un rôle clé dans cet incipit ?

À toi de jouer

14 Danglars, Fernand et Caderousse ont été arrêtés par la police.
Choisis l'un des trois et imagine en deux pages ce qu'il pourrait raconter pour se disculper. Reprends le déroulement de la scène, tout en soulignant le caractère du personnage choisi.

Étape 2 • Étudier l'épreuve du héros

SUPPORT • Lecture des extraits 5 à 10, puis étude de l'extrait 7.

OBJECTIF • Déterminer les épreuves endurées par le héros au cours des péripéties*, comprendre leur rôle dans l'évolution du héros.

As-tu bien lu ?

1 Quel événement se produit dans l'extrait 5 ? Indique la date et l'heure exactes.

2 **a.** Au début de l'interrogatoire, quelle opinion Villefort a-t-il de Dantès ?
b. Quel rebondissement* le fait changer d'avis ?

3 Comment Dantès entre-t-il en contact avec l'abbé ?

4 Complète : « [...] je vous ai infiltré dans le cœur un sentiment qui n'y était point : la .... ».

5 Depuis combien de temps Dantès est-il détenu (p. 63) ?

La plongée aux Enfers (extrait 7)

6 Au château d'If, Dantès tente :
☐ de poignarder l'un des gendarmes
☐ de s'évader en sautant à la mer
☐ de se suicider avec du poison
☐ de se pendre dans sa cellule

7 Complète le tableau suivant.

Description du château d'If (p. 59–60)	
Description de la geôle et des gardiens (p. 62)	
Réactions de Dantès (p. 61-62)	
Comparaison (p. 61)	

8 Que souligne ce tableau* ? Développe ta réponse.

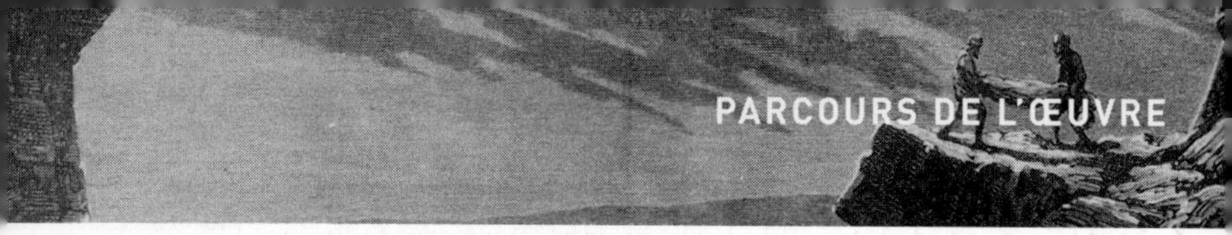

Une rencontre providentielle

9 Remplis une fiche signalétique sur le voisin de cellule de Dantès (extrait 9).

– nom : .... – âge : ....

– surnom : .... – physique : ....

– nationalité : .... – temps de détention : ....

– aptitudes physiques : .... – aptitudes intellectuelles : ....

10 **a.** L'abbé Faria précède un célèbre détective anglais ? De qui s'agit-il ?
b. Prouve-le en montrant comment il démasque les ennemis de Dantès (extrait 10).

11 Qu'entraîne la révélation de l'abbé chez Dantès ? Justifie ta réponse.

12 « Au bout d'un an c'était un autre homme » (p. 83, dernière ligne) : explique cette expression en relisant le paragraphe précédent.

La langue et le style

13 **a.** Dans l'extrait 10 (p. 74 à 77, 79 et 80), que constates-tu en ce qui concerne la longueur des répliques* et les verbes de parole* ?
b. Quel est le but de ce dialogue : pour l'abbé ? pour Dantès ? pour le lecteur ?

Faire le bilan

14 Dans un premier paragraphe, définis les péripéties en intégrant les mots *épreuves*, *rebondissements* et *suspense*. Dans un deuxième paragraphe, résume l'épreuve de Dantès et explique le rôle de celle-ci dans son évolution.

À toi de jouer

15 Mets-toi dans la peau d'Alexandre Dumas pour raconter en une page ce qui précède l'extrait 8. Tu décriras les souffrances physiques et morales endurées par Dantès, en insistant sur la durée de sa détention. Tu termineras ton récit au moment où le héros, alerté par le bruit de la roche creusée, reprend espoir.

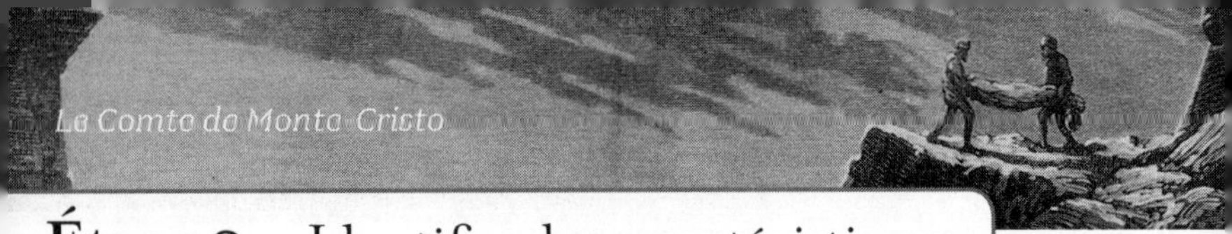

Étape 3 • Identifier les caractéristiques du roman d'aventures

SUPPORT • Extraits 11 à 15 ; repères 1 et 2.

OBJECTIF • Relever les caractéristiques du roman d'aventures, étudier le rythme de l'action, repérer la charnière* du roman.

As-tu bien lu ?

1 Coche les réponses justes et corrige les autres.

☐ L'abbé Faria est l'héritier du comte Spada.
☐ Dantès a passé sept ans emprisonné sur l'île du château de Tiboulen.
☐ Dantès s'enfuit en faisant le mort.
☐ Le trésor contient des diamants, des perles et des émeraudes.

La découverte d'un trésor fabuleux

2 **a.** Complète les éléments suivants sur la carte au trésor (extrait 11).

Date et heure de la découverte : ……………………………………………
Lieu de la découverte : ……………………………………………………
Provenance de la carte : …………………………………………………
Secret pour lire la carte : ………………………………………………
Contenu de la carte : ……………………………………………………

b. Quels ingrédients du récit d'aventures retrouve-t-on dans ces éléments ?

3 Comment Dumas crée-t-il du suspense dans l'extrait 15 ? Réponds à l'aide du lieu de l'action et des personnages.

4 **a.** Relève le champ lexical* de la richesse (extrait 15, p. 102-103). Parmi les cinq sens, lesquels mettent le contenu du coffre en valeur ?

b. Quel épisode des *Mille et Une Nuits* cette scène évoque-t-elle ? Pourquoi ?

Des péripéties* menant à la renaissance

5 Par quel stratagème Dantès s'évade-t-il ?

6 **a.** Relève le champ lexical des sensations (extrait 12, p. 89 à 91).

b. De qui Dumas adopte-t-il le point de vue* ? Pourquoi ?

7 **a.** Quel est « le cimetière du château d'If » ?
b. À ton avis, pourquoi Dumas ne le révèle-t-il qu'à la fin du chapitre ?

8 **a.** Quel danger Dantès encourt-il (extrait 13) ?
b. Cite trois qualités dont il fait preuve lors de cette épreuve. Justifie tes réponses.

9 **a.** Complète le tableau suivant (extrait 14, p. 95-97).

Description physique	Dantès à 19 ans	Dantès à 33 ans
sa figure		allongée
sa bouche	rieuse	
ses sourcils		
		tristesse, misanthropie et haine
son teint		
	assez haute	vigueur trapue
ses formes	nerveuses et grêles	
sa voix		

b. Que souligne ce portrait ?

La langue et le style

10 **a.** Relève les verbes d'action dans les deux passages suivants : p. 92, l. 4-8 et p. 101, l. 80-86.
b. À quel temps sont-ils principalement conjugués ? Justifie leur emploi.

Faire le bilan

11 **a.** Selon toi, par quels aspects le récit de Dumas est-il un roman d'aventures ?
b. L'eau constitue une renaissance symbolique pour Dantès. Pourquoi ?

À toi de jouer

12 « Ce qui ne nous tue pas nous rend plus fort », écrit le philosophe allemand Nietzsche à la fin du XIXe siècle. Selon toi, cette citation peut-elle s'appliquer au roman de Dumas ? Justifie ta réponse.

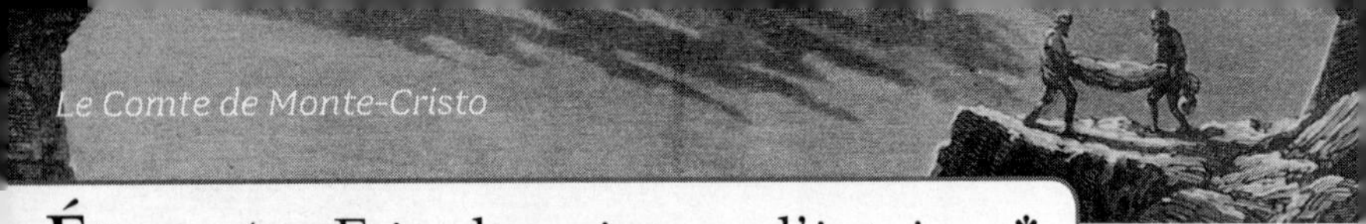

Étape 4 • Faire le point sur l'intrigue*

SUPPORT • Extraits 1 à 20 ; repères 1 et 2.

OBJECTIF • Vérifier la compréhension de l'histoire en revenant sur le cadre spatio-temporel*, les personnages et le déroulement du roman.

As-tu bien lu ?

1 Associe chaque épisode à la date et au lieu qui convient.

Venue de Monte-Cristo •	• au château d'If •	• le 24 février 1815
Arrivée du *Pharaon* •	• du château d'If •	• en 1822
Évasion •	• à Marseille •	• le 28 février 1829
Rencontre de Dantès et Faria •	• à Marseille •	• le 5 septembre 1829
Sauvetage des Morrel •	• à Paris •	• le 21 mai 1838

L'évolution des personnages secondaires

2 **a.** Complète le tableau en précisant la situation sociale et/ou personnelle de chaque protagoniste*.

Personnages	Situation au début du récit (année 1815)	Situation au milieu du récit (année 1829)
Mercédès		
Le père Dantès	père d'Edmond Dantès	
Morrel		4 septembre1829, au bord de la faillite
Caderousse		aubergiste à Beaucaire
Danglars		
Fernand	pêcheur, cousin de Mercédès	
Villefort		

b. Que souligne ce tableau sur l'évolution des personnages ?

3 Après avoir découvert leur vie, quelle mission le héros va-t-il se donner ?

L'apparition du comte de Monte-Cristo

4 **a.** Retrouve l'identité prise par le héros dans les actions suivantes.
Voyager à bord du *Pharaon* – Donner un diamant – Donner une dot – Payer une traite de 87 000 francs – Rencontrer l'aristocratie parisienne – Faire un emprunt illimité – S'occuper d'une princesse orpheline.
b. Au cours du roman, quelle identité disparaît ? Laquelle domine ? Pourquoi ?

5 **a.** Dans l'extrait 17, relève tous les éléments descriptifs sur Monte-Cristo.
b. Comment Dumas met-il en valeur l'apparition du comte ?

6 Pourquoi les rencontres de Monte-Cristo avec les Morcerf et Danglars sont-elles importantes ?

7 **a.** Monte-Cristo impressionne-t-il ses interlocuteurs* ? Justifie.
b. Lequel des trois est troublé ? Pourquoi ?

8 Comment Monte-Cristo réagit-il lors de ces retrouvailles ?

La langue et le style

9 **a.** « L'âge de cet homme singulier [...] trente-cinq ans » (p. 130, l. 163-164).
Qui cette phrase désigne-t-elle ?
b. Parmi ces synonymes de « singulier », lequel convient le mieux ?
☐ particulier ☐ personnel ☐ étrange

Faire le bilan

10 Fais un résumé du roman dans lequel tu mentionneras quatre lieux importants, quatre personnages principaux, quatre identités du héros, quatre dates clés. Tu souligneras ces éléments.

À toi de jouer

11 Mercédès raconte dans son journal intime sa rencontre avec le comte de Monte-Cristo. Relate la scène en une page, en soulignant son émotion. Tu maintiendras le doute sur l'identité du comte.

Étape 5 • Étudier une scène de roman noir

SUPPORT • Extraits 21 et 22 ; repère 1.

OBJECTIFS • Repérer et analyser les caractéristiques du roman noir par l'étude d'un extrait précis.

As-tu bien lu ?

1 En face de quel lieu la maison d'Auteuil se trouve-t-elle ?

☐ du parc Monceau
☐ du jardin du Luxembourg
☐ du bois de Vincennes
☐ du bois de Boulogne

2 Parmi ces personnages, lesquels participent au dîner ?
Albert – Andrea – Fernand – Calvacanti – Château-Renaud – Danglars – Mme Danglars – Debray – Maximilien – Mercédès – Villefort – Mme de Villefort – Valentine.

3 Qui sont les amants – l'ancien et l'actuel – de Mme Danglars ?

La mise en scène de Monte-Cristo

4 Quels changements Monte-Cristo a-t-il apportés à la maison ?

5 Quelle pièce n'a pas été modifiée ? Pourquoi ?

6 Que ressent Bertuccio en voyant Mme Danglars, Villefort et Andrea ? Pourquoi ? Quel type de phrase le prouve ?

7 Selon toi, pourquoi Dumas fait-il ces révélations au lecteur ?

Apparition et effets de la chambre rouge

8 Comment Monte-Cristo crée-t-il du suspense autour de la chambre rouge ?

☐ en l'évoquant au cours du repas
☐ en montrant un tableau la représentant
☐ en la faisant visiter en premier
☐ en faisant d'abord visiter les autres pièces

9 **a.** Relève le passage qui décrit la chambre.
b. Que ressent-on en la voyant ? Pourquoi ?

10 Complète le tableau suivant (p. 159 à 162).

Remarques de Monte-Cristo sur la chambre	Réactions de Villefort et de Mme Danglars
« lit bizarrement placé », « sombre et sanglante tenture », « portraits [...] avec leurs lèvres blêmes et leurs yeux effarés »	
	« Madame Danglars s'évanouit à moitié » « Villefort [...] fut lui-même obligé de s'adosser à la muraille »
« comme un lit visité par la déesse Lucine », « comme le passage par où [...] passe le médecin ou la nourrice, ou le père lui-même emportant l'enfant qui dort ? »	

11 **a.** Quel effet produisent les remarques de Monte-Cristo ? Justifie ta réponse.
b. Quels éléments montrent qu'il s'adresse implicitement* à Mme Danglars et à Villefort ?

12 Complète le texte avec les mots suivants : évocation – but – détails – impressions – scène – tension (deux fois).
Monte-Cristo crée une .... dramatique dans cette .... : il donne ses .... sur la chambre, il en fait le .... de la visite, il cite des .... troublants du passé de Mme Danglars et de Villefort. Enfin, la .... culmine dans la découverte du jardin et l'..................... du coffre recelant le squelette d'un nouveau-né.

La langue et le style

13 « les appartements [...] fameuse chambre » (p. 158, l. 79-85).
Quelle figure de style Dumas emploie-t-il ? Quel est l'effet produit ?

Faire le bilan

14 Explique quelles caractéristiques du roman noir on retrouve dans ces deux extraits. Tu évoqueras la description des lieux, les réactions et sentiments des personnages, et l'effet attendu sur le lecteur.

À toi de jouer

15 Reprends la description de la chambre rouge et enrichis-la de manière à la rendre la plus inquiétante possible. Ta description fera une page.

Étape 6 • Analyser un moment clé du roman : Monte-Cristo révèle son identité

SUPPORT • Extraits 23 à 34.

OBJECTIF • Étudier un moment clé du roman : la révélation de l'identité du héros ; mettre en valeur la théâtralité du récit.

As-tu bien lu ?

1 Qui parle à qui ?
– « Je ne suis ni l'abbé Busoni ni lord Wilmore ; regarde mieux, regarde plus loin » (extrait 25).
– « chaque jour de ces quatorze ans j'ai renouvelé le vœu de vengeance que j'avais fait le premier jour, et cependant j'ignorais que vous aviez épousé Fernand » (extrait 26).
– « oui, monsieur, vous avez eu raison de vous venger de mon père [...] » (extrait 27).
– « Je sue le crime, moi ! et elle a gagné le crime comme on gagne le typhus, comme on gagne le choléra, comme on gagne la peste !... » (extrait 30).

La vengeance en marche

2 Quelles conséquences ont les actes de Monte-Cristo sur la vie d'Albert (extraits 23, 27 et 28) ? Sois précis(e).

3 **a.** Indique à l'aide de flèches les liens de parenté entre les personnages. Sur les pointillés, précise leur situation à la fin de l'extrait 30.

Noirtier de Villefort (en vie, handicapé)		M. et Mme de Saint-Méran (décédés, empoisonnés par Héloïse de Villefort)	
M. de Villefort (......................)	Héloïse de Villefort (......................)	Mlle de Saint-Méran (décès précoce)	Mme Danglars (......................)
	Édouard (......................)	Valentine (......................)	Benedetto (......................)

b. Comme les Atrides*, les Villefort sont une famille maudite. Prouve-le en comparant le mythe antique aux personnages de Dumas. Qui échappe à la malédiction ?

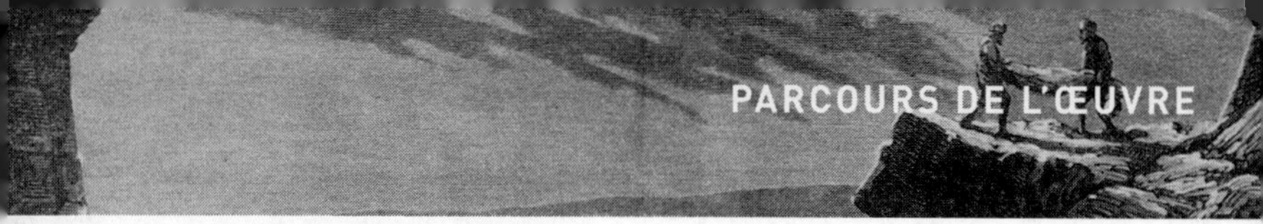

Monte-Cristo se démasque

4 **a.** Complète le tableau.

	Caderousse	Fernand	Villefort	Danglars
Circonstances du face-à-face avec Monte-Cristo				
Apparence de Monte-Cristo				
Gestes par lesquels il révèle son identité				
Mots par lesquels il révèle son identité				
Réactions de l'interlocuteur* lors de la révélation				
Châtiment				

b. Les châtiments sont-ils adaptés aux crimes ? Justifie tes réponses par un paragraphe argumenté pour chaque personnage.

5 **a.** Quelle est la seule personne à avoir démasqué Monte-Cristo ?
b. À quel moment le fait-elle ? Justifie ta réponse.

6 La scène des retrouvailles (extrait 26) est intense. Montre comment Dumas a procédé en analysant : le champ lexical* des sentiments, les types de phrases* et les répétitions (p. 199 à 204).

7 Mercédès et Monte-Cristo ont-ils encore des sentiments l'un pour l'autre ? Justifie ta réponse à partir de la lecture des extraits 26 et 31.

Faire le bilan

8 Selon toi, le lecteur attend-il le moment où Monte-Cristo révèle son identité ? Dans un premier paragraphe, explique pourquoi. Dans un second paragraphe, évalue les choix de Dumas.

À toi de jouer

9 Réécris sous forme théâtrale l'une des scènes où Monte-Cristo se dévoile. Souligne la tension dramatique du passage choisi en insistant sur les réactions des protagonistes*.

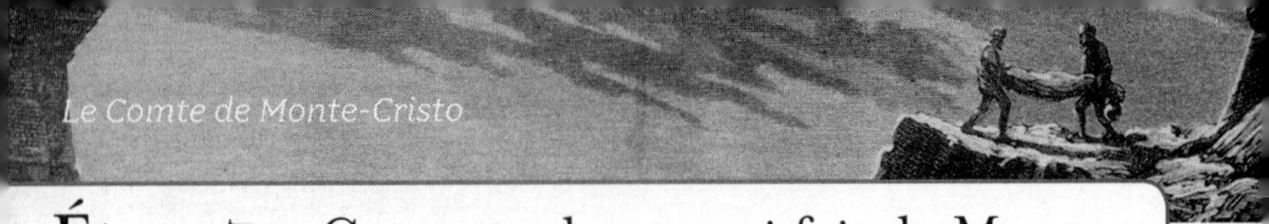

Étape 7 • Comprendre ce qui fait de Monte-Cristo un personnage mythique

SUPPORT • Extrait 35 ; tout le roman ; repère 2.

OBJECTIF • Analyser l'évolution de Monte-Cristo ; comprendre ce qui en fait un personnage mythique.

Monte-Cristo, un héros charismatique

1 **a.** Quelles sont la classe sociale* et la nationalité des personnages ci-dessous ? Quelle identité le héros prend-il face à chacun d'eux ?
Ali – Bertuccio – l'aubergiste Caderousse – les amis d'Albert de Morcerf – Haydée – Luigi Vampa.

b. Monte-Cristo sait-il s'adapter à ses interlocuteurs* ? Pourquoi ?

2 **a.** Admiration – amour – crainte – indifférence – intérêt – haine – mépris – respect : parmi ces sentiments, lesquels Monte-Cristo suscite-t-il ?

b. Comment Monte-Cristo est-il considéré par son entourage ?

Entre exposé scientifique et enquête policière

3 **a.** Parmi les situations suivantes, coche celles où Monte-Cristo domine la situation.

☐ l'emprunt des Morrel
☐ le procès de Benedetto
☐ la libération d'Haydée
☐ le mariage d'Eugénie Danglars
☐ le duel avec Albert
☐ l'article de *L'Impartial*

b. Que constates-tu ?

4 **a.** Complète la phrase suivante : « Je me suis substitué à la …………………… pour récompenser les bons... Que le …………………… vengeur me cède sa place pour punir les méchants ! » (p. 115).

b. Que soulignent les mots ajoutés ?

Monte-Cristo, un homme en devenir

5 À quel moment Monte-Cristo se remet-il en cause ? Pourquoi ?

6 **a.** Parmi ces trois phrases, laquelle est écrite au début du manuscrit de l'abbé Faria (extrait 32) ?

☐ « Tu te soumettras aux dents du dragon, et tu t'agenouilleras aux pieds des lions. »

☐ « Tu brosseras les dents du dragon, et tu caresseras les pattes des lions. »

☐ « Tu arracheras les dents du dragon, et tu fouleras aux pieds les lions. »

b. Quel message délivre-t-elle à Monte-Cristo ?

7 À la fin du récit, à quoi voit-on que Monte-Cristo s'humanise ? Justifie ta réponse en citant ses réactions et ses sentiments.

La langue et le style

8 **a.** La lettre de Monte-Cristo (p. 274-275) comporte les caractéristiques formelles suivantes : *corps de la lettre, formule d'appel, formule de politesse, signature*. Place-les au crayon dans la marge du texte.
b. Que révèle la signature du héros sur son identité ?

Faire le bilan

9 Complète le texte avec les mots suivants : humain – littéraires – mythique – Protée – Providence – Ulysse – vampire.

Dumas donne naissance à un personnage .... qui évoque plusieurs figures .... Il survit à la mer et revient dans sa patrie se venger comme .... Il change d'apparence et s'adapte à la situation comme .... Il est mystérieux comme le .... lord Ruthwen. Il décide de la destinée des hommes comme la .... Mais c'est lorsqu'il doute qu'il devient un ....

À toi de jouer

10 « Celui-là seul qui a éprouvé l'extrême infortune est apte à ressentir l'extrême félicité » (p. 275). Tu expliqueras puis discuteras cette affirmation de Monte-Cristo à l'aide d'arguments* variés.

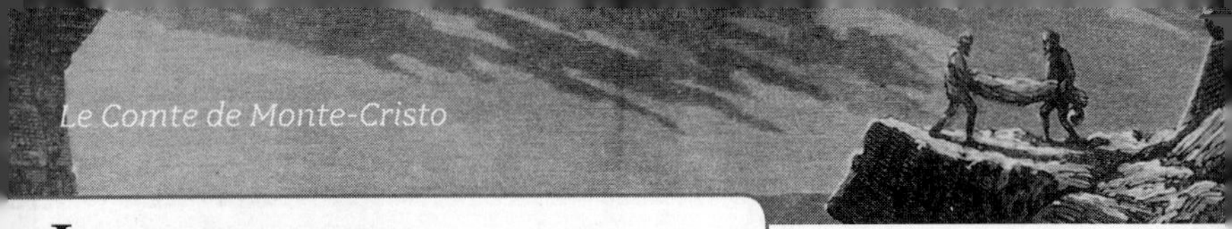

La vengeance : groupement de documents

OBJECTIF • Comparer plusieurs documents sur le thème de la vengeance.

DOCUMENT 1 ALEXANDRE DUMAS, *Les Frères corses*, 1844.

Le jeune Corse Lucien de Fanchi se rend à Paris pour venger la mort de son jumeau, Louis, tué lors d'un duel. Le défunt apparaît en rêve à Lucien pour l'avertir des circonstances du combat...

Nos[1] adversaires arrivèrent à neuf heures juste. Ils étaient à cheval tous trois et suivis d'un domestique à cheval aussi. [...]

– Nous voici, messieurs, dirent MM. de Châteaugrand et de Boissy. Mais vous savez nos conditions, c'est que ce duel est le dernier, et que, quelle qu'en soit l'issue, M. de Château-Renaud n'aura plus à répondre à personne du double résultat.

– C'est convenu, répondîmes-nous, Giordano et moi.

Lucien s'inclina en signe d'assentiment.

– Vous avez des armes, messieurs ? demanda le vicomte de Châteaugrand.

– Les mêmes.

– Et elles sont inconnues à M. de Fanchi ?

– Beaucoup plus qu'à M. de Château-Renaud. M. de Château-Renaud s'en est servi une fois. M. de Fanchi ne les a pas encore vues.

– C'est bien, messieurs. Viens, Château-Renaud.

Aussitôt nous nous enfonçâmes dans le bois sans prononcer une seule parole : chacun, à peine remis de la scène dont nous allions revoir le théâtre[2], sentait que quelque chose de non moins terrible allait se passer. Nous arrivâmes à la fondrière[3].

1. Le narrateur est un ami de Lucien de Fanchi.
2. Il s'agit du duel précédent, au cours duquel Louis a été tué.
3. **Fondrière** : trou envahi par l'eau dans un chemin défoncé.

M. de Château-Renaud, grâce à une grande puissance sur lui-même, paraissait calme ; mais ceux qui l'avaient vu dans ces deux rencontres pouvaient cependant apprécier la différence.

De temps en temps, il jetait à la dérobée un regard sur Lucien, et ce regard exprimait une inquiétude qui ressemblait à de l'effroi.

Peut-être était-ce cette grande ressemblance des deux frères qui le préoccupait, et croyait-il voir dans Lucien l'ombre vengeresse de Louis.

Pendant qu'on chargeait les pistolets, je le vis enfin tirer sa main de sa redingote ; sa main était enveloppée d'un mouchoir mouillé qui devait en apaiser les mouvements fébriles.

Lucien attendait l'œil calme et fixe, en homme qui est sûr de sa vengeance.

Sans qu'on lui indiquât sa place, Lucien alla prendre celle qu'occupait son frère ; ce qui força naturellement M. de Château-Renaud à se diriger vers celle qu'il avait déjà occupée.

Lucien reçut son arme avec un sourire de joie.

M. de Château-Renaud, en prenant la sienne, de pâle qu'il était, devint livide. Puis il passa sa main entre sa cravate et son cou, comme si sa cravate l'étouffait. [...]

– Y êtes-vous, messieurs ? demanda M. de Châteaugrand.

– Oui, répondit Lucien.

M. de Château-Renaud fit un geste affirmatif.

Quant à moi, n'osant envisager cette scène en face, je me retournai.

J'entendis les deux coups frappés successivement dans la main, et, au troisième, la détonation des deux pistolets.

Je me retournai.

M. de Château-Renaud était étendu sur le sol, tué roide[4], sans avoir poussé un soupir, sans avoir fait un mouvement.

Je m'approchai du cadavre, mû par[5] cette invincible curiosité qui vous pousse à suivre jusqu'au bout une catastrophe ; la balle lui était entrée à la tempe, à l'endroit même qu'avait indiqué Lucien.

4. **Roide** : raide.
5. **Mû par** : poussé par.

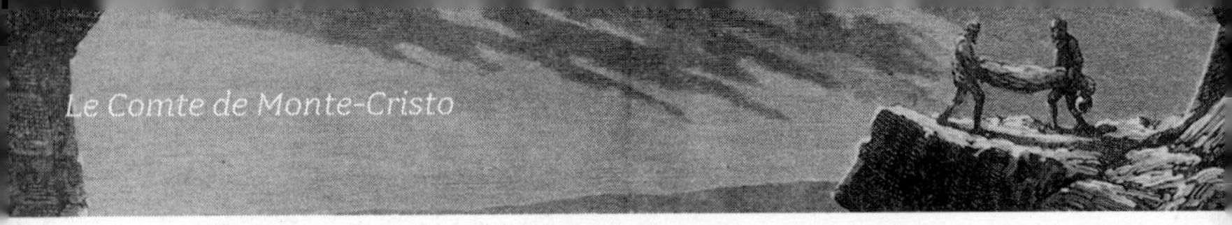

Je courus à lui ; il était resté calme et immobile ; mais, en me voyant à sa portée, il laissa tomber son pistolet et se jeta dans mes bras.
– Oh ! mon frère, mon pauvre frère ! s'écria-t-il.
Et il éclata en sanglots.
C'étaient les premières larmes que le jeune homme eût versées.

DOCUMENT 2 PROSPER MÉRIMÉE, *Carmen*, 1845.

Le soldat Don José est devenu un hors-la-loi par amour pour une belle bohémienne, Carmen. Mais celle-ci met le cœur de Don José à rude épreuve. Il la menace de se venger si elle le trahit encore.

Je me sentais près de pleurer. Je lui dis que je reviendrais, et je me sauvai. J'allai me coucher sur l'herbe jusqu'à ce que j'entendisse la cloche. Alors je m'approchai, mais je restai en dehors de la chapelle. Quand la messe fut dite, je retournai à la venta[1]. J'espérais presque que Carmen se serait enfuie ; elle aurait pu prendre mon cheval et se sauver… mais je la retrouvai. Elle ne voulait pas qu'on pût dire que je lui avais fait peur. [...]
– Carmen, lui dis-je, voulez-vous venir avec moi ?
Elle se leva, jeta sa sébile[2], et mit sa mantille[3] sur sa tête comme prête à partir. On m'amena mon cheval, elle monta en croupe et nous nous éloignâmes.
– Ainsi, lui dis-je, ma Carmen, après un bout de chemin, tu veux bien me suivre n'est-ce pas ?
– Je te suis à la mort, oui, mais je ne vivrai plus avec toi.
Nous étions dans une gorge[4] solitaire ; j'arrêtai mon cheval.
– Est-ce ici ? dit-elle, et d'un bond elle fut à terre. Elle ôta sa mantille, la jeta à ses pieds, et se tint immobile un poing sur la hanche, me regardant fixement.

1. **Venta** : en Espagne, auberge située en pleine campagne.
2. **Sébile** : petite coupe dans laquelle les mendiants reçoivent de l'argent.
3. **Mantille** : écharpe de dentelle dont les femmes se couvrent la tête et les épaules.
4. **Gorge** : vallée encaissée creusée dans la roche.

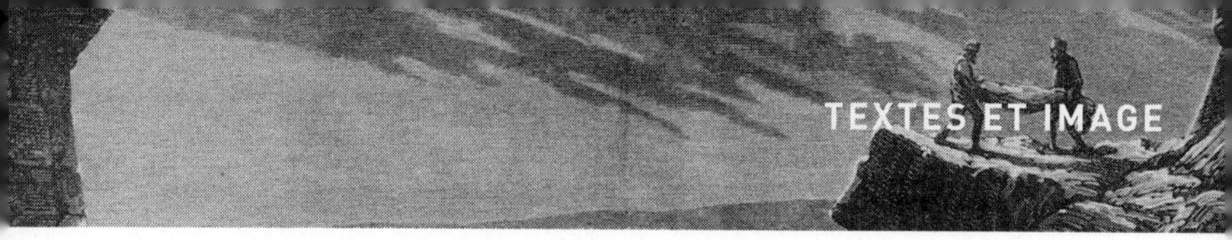

– Tu veux me tuer, je le vois bien, dit-elle ; c'est écrit, mais tu ne me feras pas céder.

– Je t'en prie, lui dis-je, sois raisonnable. Écoute-moi ! tout le passé est oublié. Pourtant, tu le sais, c'est toi qui m'as perdu ; c'est pour toi que je suis devenu un voleur et un meurtrier. Carmen ! ma Carmen ! laisse-moi te sauver et me sauver avec toi.

– José, répondit-elle, tu me demandes l'impossible. Je ne t'aime plus ; toi, tu m'aimes encore, et c'est pour cela que tu veux me tuer. Je pourrais bien encore te faire quelque mensonge ; mais je ne veux pas m'en donner la peine. Tout est fini entre nous. Comme mon rom[5], tu as le droit de tuer ta romi ; mais Carmen sera toujours libre. Calli[6] elle est née, calli elle mourra.

– Tu aimes donc Lucas ? lui demandai-je.

– Oui, je l'ai aimé, comme toi, un instant, moins que toi peut-être. À présent, je n'aime plus rien, et je me hais pour t'avoir aimé.

Je me jetai à ses pieds, je lui pris les mains, je les arrosai de mes larmes. Je lui rappelai tous les moments de bonheur que nous avions passés ensemble. Je lui offris de rester brigand pour lui plaire. Tout, monsieur[7], tout ! je lui offris tout, pourvu qu'elle voulût m'aimer encore !

Elle me dit :

– T'aimer encore, c'est impossible. Vivre avec toi, je ne le veux pas.

La fureur me possédait. Je tirai mon couteau. J'aurais voulu qu'elle eût peur et me demandât grâce, mais cette femme était un démon.

– Pour la dernière fois, m'écriai-je, veux-tu rester avec moi ?

– Non ! non ! non ! dit-elle en frappant du pied, et elle tira de son doigt une bague que je lui avais donnée, et la jeta dans les broussailles.

Je la frappais deux fois. C'était le couteau du Borgne que j'avais pris, ayant cassé le mien. Elle tomba au second coup sans crier. Je crois encore voir son grand œil noir me regarder fixement ; puis il devint trouble et se ferma. Je restai anéanti une bonne heure devant ce cadavre. Puis, je me

5. **Rom, romi** : mari et femme chez les Tsiganes.
6. **Calli** (féminin de *calo*) : « noir », nom que se donnent les bohémiens dans leur langue.
7. Don José raconte son histoire au narrateur.

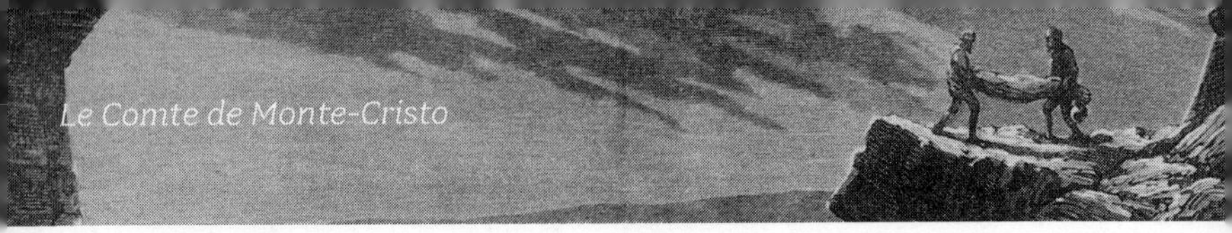

rappelai que Carmen m'avait dit souvent qu'elle aimerait à être enterrée dans un bois. Je lui creusai une fosse avec mon couteau, et je l'y déposai. Je cherchai longtemps sa bague, et je la trouvai à la fin. Je la mis dans la fosse auprès d'elle, avec une petite croix.

DOCUMENT 3 GUY DE MAUPASSANT, « Une vendetta », *Contes du jour et de la nuit*, 1885.

Depuis que son fils, Antoine Saverini, a été tué traîtreusement par Nicolas Ravolati, une mère corse n'a qu'un désir : faire sa « vendetta », c'est-à-dire se venger.

Toute seule, tout le long du jour, assise à sa fenêtre, elle regardait là-bas en songeant à la vengeance. Comment ferait-elle sans personne, infirme, si près de la mort ? Mais elle avait promis, elle avait juré sur le cadavre. Elle ne pouvait oublier, elle ne pouvait attendre. Que ferait-elle ? Elle ne dormait plus la nuit, elle n'avait plus ni repos ni apaisement, elle cherchait, obstinée. La chienne, à ses pieds, sommeillait, et, parfois, levant la tête, hurlait au loin. Depuis que son maître n'était plus là, elle hurlait souvent ainsi, comme si elle l'eût appelé, comme si son âme de bête, inconsolable, eût aussi gardé le souvenir que rien n'efface.

Or, une nuit, comme Sémillante se remettait à gémir, la mère, tout à coup, eut une idée, une idée de sauvage vindicatif[1] et féroce. [...]

La mère d'Antoine affame sa chienne et l'entraîne à déchiqueter un mannequin en paille pour obtenir de la nourriture.

Pendant trois mois, elle l'habitua à cette sorte de lutte, à ce repas conquis à coups de crocs. Elle ne l'enchaînait plus maintenant, mais elle la lançait d'un geste sur le mannequin.

Elle lui avait appris à le déchirer, à le dévorer, sans même qu'aucune nourriture fût cachée en sa gorge. Elle lui donnait ensuite, comme récompense, le boudin grillé pour elle.

1. **Vindicatif** : qui veut se venger.

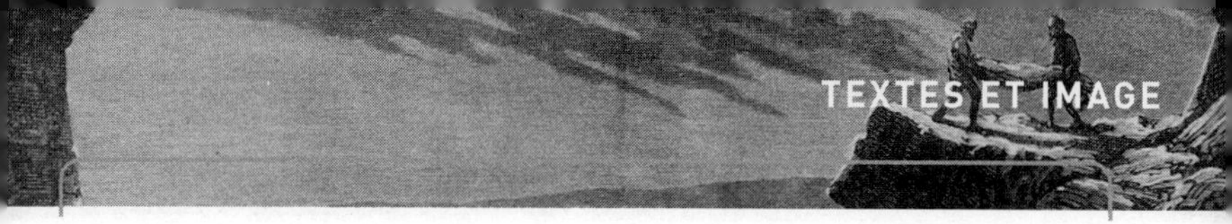

Dès qu'elle apercevait l'homme, Sémillante frémissait, puis tournait les yeux vers sa maîtresse, qui lui criait : « Va ! » d'une voix sifflante, en levant le doigt.

*

Quand elle jugea le temps venu, la mère Saverini alla se confesser et communia un dimanche matin, avec une ferveur extatique[2] ; puis, ayant revêtu des habits de mâle, semblable à un vieux pauvre déguenillé[3], elle fit marché avec un pêcheur sarde[4], qui la conduisit, accompagnée de sa chienne, de l'autre côté du détroit.

Elle avait, dans un sac de toile, un grand morceau de boudin. Sémillante jeûnait depuis deux jours. La vieille femme, à tout moment, lui faisait sentir la nourriture odorante, et l'excitait.

Elles entrèrent dans Longosardo. La Corse allait en boitillant. Elle se présenta chez un boulanger et demanda la demeure de Nicolas Ravolati. Il avait repris son ancien métier, celui de menuisier. Il travaillait seul au fond de sa boutique.

La vieille poussa la porte et l'appela :

– Hé ! Nicolas !

Il se tourna ; alors, lâchant sa chienne, elle cria :

– Va, va, dévore, dévore !

L'animal, affolé, s'élança, saisit la gorge. L'homme étendit les bras, l'étreignit, roula par terre. Pendant quelques secondes, il se tordit, battant le sol de ses pieds ; puis il demeura immobile, pendant que Sémillante lui fouillait le cou, qu'elle arrachait par lambeaux.

Deux voisins, assis sur leur porte, se rappelèrent parfaitement avoir vu sortir un vieux pauvre avec un chien noir efflanqué[5] qui mangeait, tout en marchant, quelque chose de brun que lui donnait son maître.

La vieille, le soir, était rentrée chez elle. Elle dormit bien, cette nuit-là.

2. **Ferveur extatique** : foi exaltée.
3. **Déguenillé** : vêtu de *guenilles*, de vêtements en lambeaux.
4. **Sarde** : originaire de Sardaigne.
5. **Efflanqué** : maigre, les os saillants.

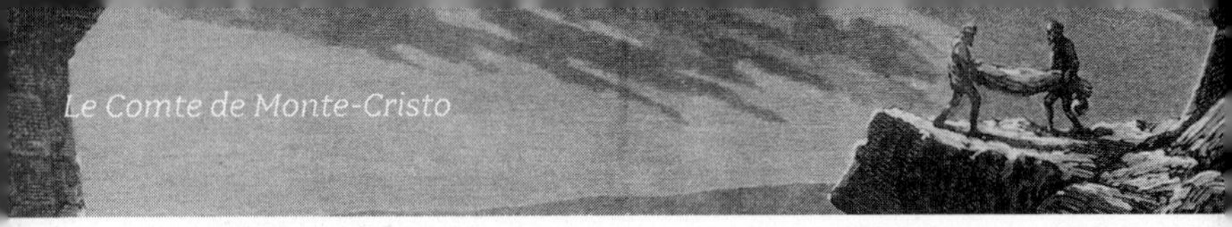

DOCUMENT 4 SERGIO LEONE, *Il était une fois dans l'Ouest* (1968).

Il était une fois dans l'Ouest *fait partie d'une série de westerns italiens (dits « westerns spaghetti ») réalisés par Sergio Leone (1929-1989). Ce film est le premier d'une trilogie consacrée à l'Amérique, les deux suivants étant* Il était une fois la révolution *(1971) et* Il était une fois en Amérique *(1984).*

As-tu bien lu ?

1 D'où sont originaires Lucien (document 1), Carmen et Don José (document 2), la mère Saverini (document 3) ?

2 Dans chacun des trois documents, qui veut se venger de qui ? Pour quelle raison ?

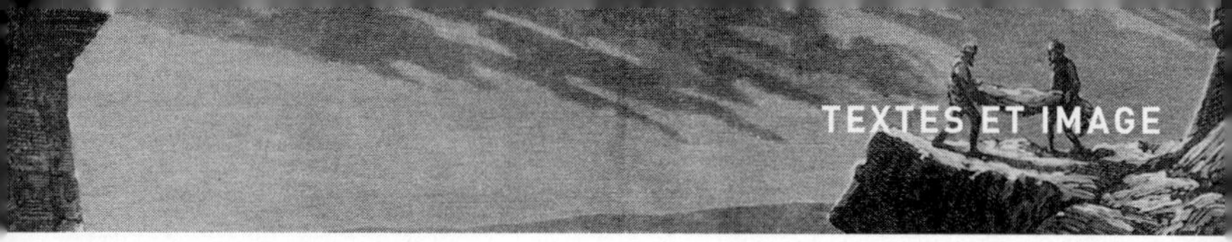

Le projet de vengeance

3 **a.** Qui entourent Lucien et la mère Saverini (documents 1 et 3) après la mort de l'être cher ?
b. De qui la vengeance semble-t-elle être compromise ? Pourquoi ?

4 En quoi le problème de Don José est-il différent (document 2) ?

5 Relève les réactions et les sentiments de Lucien, de la mère Saverini et de Don José. Quelles différences constates-tu entre les trois textes ?

L'exécution de la vengeance

6 **a.** Complète le tableau.

	Document 1	Document 2	Document 3
Lieu de la scène			
Adversaires			
Témoins			
Armes			
Classe sociale			

b. Comment réagissent les protagonistes* après s'être vengés ?

7 Quels auteurs rendent les scènes vivantes ? Comment le font-ils ?

8 Quelle scène est la plus violente ? Relève les mots qui le prouvent.

9 Quelle « vendetta » préfères-tu ? Pour quelle raison ?

Lire l'image

10 Lequel des trois textes cette image du film de Sergio Leone t'évoque-t-elle ? Pourquoi ?

11 De quel genre de film s'agit-il ? Quels éléments (personnages, tenue, posture) le montrent ?

12 Que voit-on au premier et à l'arrière-plan de l'image ?

13 Quel effet cette image produit-elle ?

Paru en 1844 dans le Journal des débats,
Le Comte de Monte-Cristo *connaît un vif succès. Les lecteurs suivent la vengeance d'un homme dépossédé de son avenir, sont avides de connaître les stratagèmes mis en œuvre par le tout-puissant comte de Monte-Cristo. La profusion d'images démontre la dimension mythique prise par le personnage.*
Quels traits ont donné les illustrateurs au héros de Dumas ? Quels acteurs se sont emparés de ce rôle titanesque ? Quels aspects de sa personnalité

L'ENQUÊTE

Le personnage de Monte-Cristo en images

L'ENQUÊTE EN 3 ÉTAPES

1 Les illustrations d'époque

1 500 pages : voilà ce que représente l'intégralité[1] du Comte de Monte-Cristo. Comment s'étonner dès lors que Dumas, soucieux de plaire aux lecteurs, recherche la collaboration d'illustrateurs talentueux pour donner vie aux personnages – en particulier au héros – qu'il a imaginés ?

● UN ROMAN-FEUILLETON ADAPTÉ AUX JOURNAUX

Comme pour *Les Trois Mousquetaires*, Alexandre Dumas publie d'abord *Le Comte de Monte-Cristo*[2] sous forme de feuilleton. Sa première parution a lieu en 1844 dans *Le Journal des débats*. Les péripéties du héros racontées au fur et à mesure des parutions tiennent en haleine les lecteurs du journal.

Et du roman-feuilleton naquit le « superhéros »...

Le premier roman-feuilleton, Les Mystères de Paris, *d'Eugène Sue, paraît de 1842 à 1843. Le héros, Rodolphe, est un surhomme, thème constant du roman-feuilleton de 1840 à 1920. L'originalité de Dumas est d'associer à la toute-puissance de Monte-Cristo une fragilité humaine touchante.*

● LES ILLUSTRATEURS DU ROMAN

Plusieurs dessinateurs vont illustrer le roman de Dumas. Parmi eux, citons Jules Champagne (1846), Tony Johannot (1846) ou Gustave Staal (de1891 à 1896).

Les techniques qu'ils emploient – dessin, gravure[3] ou peinture – soulignent le contraste entre les couleurs sombres et les couleurs claires, ce qui fait ressortir l'intensité dramatique des scènes du roman.

1. **L'intégralité** : le roman en entier.

2. **Monte-Cristo :** ce nom est celui d'une île située entre la Corse et l'Italie, que Dumas aperçut lors d'une promenade en bateau. La référence au Christ plut au romancier.

Monte-Cristo aux mille visages

Ces deux illustrations du XIXe siècle montrent deux facettes du personnage. L'une souligne sa force face aux éléments déchaînés : c'est Dantès surgi des eaux (regard fixe, corps musclé, poignard fermement tenu). L'autre représente un Monte-Cristo en compagnie d'Haydée, empreint d'exotisme oriental (babouches, drapés, narguilé).

3. Gravure : reproduction du dessin par impression, après encrage, d'une planche

« Dantès sentit qu'on le prenait par la tête et par les pieds et qu'on le balançait. »
Illustration du XIXe siècle.

Histoire des arts

Observe l'image p. 308 pour répondre aux questions suivantes.

1. Présentation et contexte de l'œuvre

a. Indique l'auteur, la date et la nature de cette image.

b. Quel épisode du roman illustre-t-elle ?

2. Observation de l'œuvre

a. Où se trouvent les personnages ? Justifie ta réponse en décrivant le décor.

b. Qui le linceul recouvre-t-il ?

3. Interprétation

a. Quel mouvement cette image souligne-t-elle ?

b. Quelles lignes de force mettent ce geste en valeur ?

c. Quelle dimension du personnage l'ombre, la lumière et le linceul évoquent-ils :

— sa dimension diabolique ?

— sa dimension humaine ?

— sa dimension christique ?

d. Selon toi, cette image illustre-t-elle bien l'intensité dramatique de la scène ? Justifie ta réponse.

La composition

La composition est le fait d'organiser les éléments sur une image.

On fait ressortir ces éléments par :

– des lignes de force *(lignes verticales, horizontales, obliques) ;*

– des formes *(carrées, triangulaires, arrondies).*

2 *Le Comte de Monte-Cristo* au cinéma

Le cinéma va populariser[1] le héros de Dumas avec pas moins de 30 adaptations (télévision comprise) de 1907 à 1971. L'image de Monte-Cristo au cinéma varie selon les réalisateurs, les acteurs et l'époque. Mais toutes les versions soulignent le charisme du personnage.

Affiche du film *Le Comte de Monte-Cristo*, réalisé en 1954 par Robert Vernay.

● DEUX ACTEURS POUR UN RÔLE

Robert Vernay (1907-1979) a signé deux réalisations du *Comte de Monte-Cristo*. La première, sortie en 1943, est en noir et blanc ; la seconde, sortie en 1954, est en couleur.

Dans la première version, c'est Pierre Richard-Willm qui endosse le rôle-titre, apportant au personnage une élégance et une hauteur teintées de mélancolie.

Dans la seconde version, Jean Marais (la Bête dans *La Belle et la Bête*, de Jean Cocteau) donne fougue et panache au personnage du comte.

1. **Populariser :** faire connaître quelque chose au plus large public possible.

● UN ACTEUR POUR DEUX RÔLES

En 1961, Claude Autant-Lara (1901-2000)[2] engage Louis Jourdan qui a le raffinement aristocratique nécessaire pour incarner Monte-Cristo. Sa performance marque les esprits, et il réapparaît plus tard dans un téléfilm adapté du roman où il joue… le procureur de Villefort (*The Count of Monte-Cristo*, du Britannique David Greene, 1975).

Monte-Cristo et le cinéma américain

Les Américains sont amateurs d'adaptations à succès. Il faut cependant attendre les années 2000 pour qu'un réalisateur américain, Kevin Reynolds[3]*, porte au grand écran* La Vengeance de Monte-Cristo (2002). *Mais le film n'a pas le souffle épique des deux films français.*

Dumas et le cinéma muet

Transposer l'épopée de *Monte-Cristo* à l'époque du cinéma muet est un exploit réussi par le réalisateur français Henri Fescourt (1880-1966) en 1929. En noir et blanc et sans paroles, le film capte cependant l'attention par le choix de plans larges pour présenter le décor ou de plans resserrés pour les visages.

Affiche du film *Le Comte de Monte-Cristo*, réalisé en 1961 par Claude Autant-Lara.

2. Claude Autant-Lara a aussi réalisé, en 1956, *La Traversée de Paris*, avec dans les rôles principaux Bourvil, Jean Gabin

3. Kevin Reynolds est également le réalisateur de *Robin des bois : Prince des voleurs*, en 1991, avec Kevin Costner

Histoire des arts

Observe l'image située en deuxième de couverture et celle de la page 310 pour répondre aux questions suivantes.

1. Présentation et contexte des œuvres

a. Indique la date et la nature de ces deux documents.

b. Quel acteur a le rôle-titre ?

2. Observation des œuvres

a. Le thème* de l'aventure domine sur ces deux images. Fais la liste des éléments qui le prouvent.

b. Quelle affiche met en valeur Dantès ? Laquelle met en valeur Monte-Cristo ? Justifie tes réponses.

c. Quels autres personnages du récit reconnais-tu ?

3. Interprétation

a. Comment les différents plans mettent-ils en valeur le héros sur ces affiches ?

b. Relève les couleurs employées sur la 2e de couverture. Que soulignent-elles ?

c. Ces couleurs évoquent-elles :

— le calme ?

— le danger ?

— le voyage ?

Les plans et la profondeur de champ

Les plans sont les différentes parties de l'image qui suggèrent un espace. Le premier plan *semble le plus près de nous, le* deuxième plan *est derrière le premier, etc. Le dernier plan est appelé* arrière-plan.

La profondeur de champ dépend de la distance entre les plans. Plus on a l'impression que la distance entre le premier plan et l'arrière-plan est grande, plus le champ est profond.

3 Du roman-feuilleton au feuilleton télévisé

Au XIXe siècle, c'est la parution en feuilleton qui fait connaître le roman de Dumas. Au XXe siècle,* Le Comte de Monte-Cristo *retrouve donc sa forme originelle[1] avec le feuilleton télévisé. Aujourd'hui, on ne parle plus de feuilleton mais de série. Ce sont les acteurs des séries télévisées qui fidélisent le public. Voici ceux qui ont interprété Monte-Cristo.

● LE PERSONNAGE À LA TÉLÉVISION

Sur le petit écran, le téléfilm du Britannique David Greene (1975) précède la série en six épisodes (de 60 min chacun) de Denys de La Patellière[2] diffusée en 1979 sur France 3.

C'est Jacques Weber, acteur montant, qui joue Monte-Cristo avant d'incarner d'autres héros de la littérature (*Bel-Ami*, 1981 ; *Cyrano de Bergerac*, 1990).

Le Comte de Monte-Cristo, de Denys de La Patellière, 1979, avec Jacques Weber dans le rôle-titre.

1. Originelle : initiale.

2. Denys de la Patellière (1921-2013) est le réalisateur, entre autres, du *Tatoué*, film sorti en 1968, avec Jean Gabin et Louis

Fasciné par le personnage, Weber excelle dans l'art de suggérer la dualité du comte, pris par le vertige de sa puissance mais tiraillé par le doute en raison de ses actes.
L'affiche de la page 313 et la jaquette de DVD ci-contre soulignent les deux aspects du héros de Dumas (le marin viril sûr de lui et l'aristocrate inquiétant), avec, dans les deux images, la mer à l'arrière-plan.

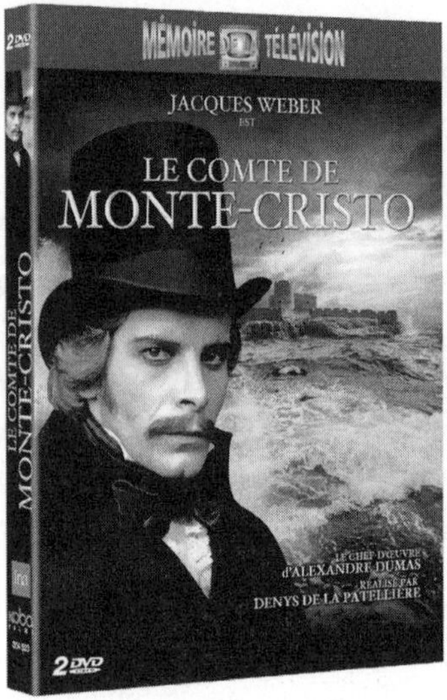

Le Comte de Monte-Cristo, de Denys de La Patellière, 1979, avec Jacques Weber dans le rôle-titre, 2 DVD de la collection « Mémoire de la télévision ».

● UN ACTEUR CHARISMATIQUE

En 1998 c'est Gérard Depardieu qui endosse le rôle mythique de Dantès/Monte-Cristo. La série (4 épisodes de 100 min), dirigée par la réalisatrice Josée Dayan[3], est fidèle au texte de Dumas. On y retrouve les principaux personnages et les péripéties attendues. Quant à Depardieu, il interprète un héros contrasté, sensible et puissant, désespéré puis déterminé à se venger. Il affirme sa grandeur : « Mon royaume, à moi, est grand comme le monde » (chap. XLVIII, « Idéologie »).

3. Après Dumas, Josée Dayan adapte en 2000 pour la télévision (série de 4 épisodes de 90 min) *Les Misérables*, de Hugo, avec Gérard

Histoire des arts

Observe l'image située en troisième de couverture pour répondre aux questions suivantes.

1. Présentation et contexte de l'œuvre
Ce photogramme* est-il extrait d'un film ou d'une série ?

2. Observation de l'œuvre
a. À quelle partie du récit cette image correspond-elle ? Justifie ta réponse à l'aide du décor.
b. Qui sont les personnages ? À quoi les identifies-tu ?

3. Interprétation
a. De quel type de plan s'agit-il :
— gros plan ?
— plan rapproché ?
— plan d'ensemble ?
b. Quel personnage est mis en valeur ? Explique comment il l'est en le comparant aux autres protagonistes*.
c. Que symbolise le jeu d'échecs ?

L'échelle des plans

On parle d'échelle des plans à propos de la variation de la taille d'un élément à l'intérieur du cadre : cet élément peut être filmé de loin ou de très près.
– *Le* plan général *présente le lieu et les personnages dans un cadre très large.*
– *Le* plan d'ensemble *situe les personnages dans le décor.*
– *Le* plan moyen *cadre le personnage de la tête aux pieds.*
– *Le* plan américain *coupe le personnage à mi-cuisse (référence au pistolet du western).*
– *Le* plan rapproché *cadre le personnage à la taille ou à la poitrine.*
– *Le* gros plan *se concentre sur une partie du corps (visage).*

Petit lexique littéraire

Arguments	Idées utilisées et développées pour convaincre quelqu'un.
Cadre spatiotemporel	Tout ce qui renvoie aux lieux (*spatio*) et à l'époque (*temporel*) d'une histoire.
Champ lexical	Ensemble des mots qui se rapportent à un même thème, à un même sujet.
Charnière	Point de liaison marquant entre les parties d'un roman.
Classe sociale	Distinction entre les personnes d'une société selon leur niveau de vie, leur métier, leur instruction.
Comparaison	Figure de style consistant à comparer deux éléments différents à l'aide d'un outil de comparaison (en général *comme*).
Énumération	Figure de style consistant en une suite de mots de même nature grammaticale séparés par une virgule.
Implicitement	Qui n'est pas formulé mais que l'on comprend par sous-entendu (contraire : *explicitement*).
Incipit	Mot latin signifiant « il commence ». Le terme renvoie donc au début (premières lignes ou premières pages) d'un récit.
Intrigue	Dans le domaine littéraire, c'est l'action principale d'une histoire.
Interlocuteur	Personne qui communique avec une autre.
Mélioratif	Vocabulaire qui donne une image positive de ce dont on parle. (fém. *méliorative*).
Métaphore	Figure de style consistant à comparer deux éléments, apparemment très différents, en faisant ressortir un point commun entre ces deux éléments. Il n'y a pas d'outil de comparaison.
Omniscient	C'est l'un des trois points de vue pouvant être adoptés dans un récit. Le narrateur omniscient, à la 3e personne et extérieur à l'intrigue, voit tout et sait tout des personnages.

Péjoratif	Vocabulaire qui donne une image négative de ce dont on parle. (fém. *péjorative*)
Péripéties	Épreuves rencontrées par le héros au cours de ses aventures. Elles peuvent être diverses (obstacle matériel, ennemi, faiblesse morale...).
Photogramme	Chaque image photographique d'un film (24 par seconde).
Point de vue	Il indique l'angle sous lequel le narrateur raconte l'histoire. Il existe trois points de vue : *externe* (observation neutre de la scène), *interne* (le narrateur est un personnage du récit) et *omniscient* (le narrateur voit tout et sait tout).
Procédés (syntaxiques)	Procédés concernant l'ordre des mots et la construction des phrases, qui permettent de mettre en valeur des éléments dans un texte : phrases nominales, types de phrases, utilisation des différentes propositions, apposition, emploi de figures de style...
Protagoniste	Personnage qui joue le premier rôle dans un roman, une pièce de théâtre, un film.
Rebondissement	Retournement de situation inattendu au cours des péripéties.
Registres	Ensemble des impressions et des sentiments nés de la lecture partielle ou complète d'un texte.
Réplique	Paroles prononcées par un personnage, en réponse à celles qui lui sont adressées.
Romanesque	Qui se rapporte au genre du roman, qui en a les caractéristiques.
Thème	Sujet abordé et développé dans un texte.
Types de phrases	Il en existe quatre : la phrase *déclarative*, la phrase *exclamative*, la phrase *interrogative* et la phrase *impérative* (ou *injonctive*).
Verbe de parole (ou *verbe introducteur de parole*)	Verbe utilisé dans les paroles rapportées de façon directe ou indirecte. Il indique quel personnage prend la parole et quel ton il adopte.

À lire et à voir

● D'AUTRES RÉCITS D'ALEXANDRE DUMAS

Les Trois Mousquetaires
Le Livre de poche Jeunesse, 2013

Si les mousquetaires Athos, Portos, Aramis – sans oublier le fameux d'Artagnan – ont acquis une célébrité méritée au fil des adaptations de leurs aventures, peu nombreux sont ceux qui ont découvert ces aventures dans les pages de Dumas. Il est temps d'y remédier !

Les Frères corses
Nathan, Carrés classiques Collège, 2012

Deux frères jumeaux suivent des voies différentes. L'un est attiré par la capitale et sa frénésie intellectuelle, l'autre préfère les parfums enivrants des bruyères du maquis corse. Mais quand l'un meurt, l'autre n'a qu'une idée : se venger, surtout quand le fantôme de son frère lui apparaît...

Le Roman du masque de fer
Le Livre de poche Jeunesse, 2008

Cette histoire mêle les Mousquetaires à une mystérieuse affaire : Louis XIV a un frère jumeau qui pourrait prétendre au trône. Pour éviter que cela n'arrive, Anne d'Autriche et Mazarin le font emprisonner, le visage entièrement dissimulé sous un masque de fer. Aramis voudrait que le prisonnier prenne la place du roi. Mais d'Artagnan acceptera-t-il cette substitution ?

Pauline
Gallimard, Folio classique, 2002

Roman gothique qui n'est pas sans rappeler *Le Comte de Monte-Cristo*, *Pauline* raconte les mésaventures d'une jeune héroïne enterrée vivante, persécutée par un mystérieux bourreau. Va-t-elle pouvoir le démasquer et lui faire face ?

La Reine Margot

Larousse, Petits Classiques Larousse, 2014

Un pays en proie aux luttes intestines pour le pouvoir, déchiré par les conflits entre les catholiques et les protestants, une héroïne haute en couleur... Laissez-vous tenter par ce roman flamboyant d'Alexandre Dumas qui décrit une époque sombre de l'histoire de France.

● DES SITES POUR LES PLUS CURIEUX

http://www.dumaspere.com/

Site officiel de la Société des amis d'Alexandre Dumas. Outre des informations sur sa biographie et sa bibliographie, ce site propose une belle iconographie sur l'auteur du *Comte de Monte-Cristo* et s'intéresse à son actualité (expositions, parutions, etc.).

http://alexandredumas.org/Projet/Presentation

Si la presse vous intéresse, vous serez étonné de découvrir le rôle qu'a pu jouer Dumas dans divers journaux, comme propriétaire ou comme rédacteur en chef. Ce site fait l'inventaire des parutions du romancier dans la presse.

● DEUX ADAPTATIONS DU *COMTE DE MONTE-CRISTO* À L'ÉCRAN

Le Comte de Monte-Cristo

Film de Robert Vernay (1946), 1re époque : La trahison, 2e époque : La vengeance.

Adaptation à voir pour Jean Marais qui incarne parfaitement le héros de Dumas. Cette version permet d'avoir une bonne vision d'ensemble du roman tout en en conservant le rythme des péripéties.

Le Comte de Monte-Cristo

Série télévisée de Josée Dayan (1998)

La forme de la série reprend bien le rythme du roman-feuilleton. Josée Dayan, habituée aux adaptations des grands classiques de la littérature, est fidèle au roman de Dumas. Autour du personnage du comte, incarné par Gérard Depardieu, le casting du film est prestigieux (Ornella Muti, Jean Rochefort, Pierre Arditi).

Table des illustrations

2	ph © Archives Hatier
7	ph © Selva / Leemage
8, 23	© Archives Hatier
37, 48, 53	ph © Photo 12 / Liszt Collection
93	© Collection Christophe L © TF1 Photo Maestracci
96 ,143	ph © Archives Hatier
156	ph © Prod DB © Regina / DR
170, 180, 192	ph © Photo 12
223	ph © Prod DB © Les Productions Jacques Roitfeld – Lux Films / DR
241	ph © © MP / Leemage
276, 303	© Archives Hatier
302	ph © Prod DB © Paramount – Rafran – San Marco / DR
307 mg	ph © Photo 12
307 md	ph © Archives Hatier
308	ph © Photo 12
310, 311	Coll. Perron / Kharbine-Tapabor
313	ph © Prod DB © Gaumont / DR
314 hd	© INA, 1979 / Kobafilms
314 bd	Coll. Christophe L © TF1 / DR
Plat 2	Coll. Kharbine-Tapabor
Plat 3	Coll. Christophe L © TF1 / DR

Suivi éditorial : Luce Camus, assistée de Lisa Roche
Principe de maquette : Marie-Astrid Bailly-Maître & Sterenn Heudiard
Mise en pages : Facompo
Iconographie : Hatier Illustration
Illustrations : Marion Janin

PAPIER À BASE DE FIBRES CERTIFIÉES

Hatier s'engage pour l'environnement en réduisant l'empreinte carbone de ses livres. Celle de cet exemplaire est de : 700 g éq. CO_2
Rendez-vous sur www.hatier-durable.fr

Achevé d'imprimer en Espagne par Black Print
Dépôt légal 97845-6/08 - Avril 2022